ABITIBI
Roman

Un grand merci à ma fille Cindy Gagnon pour son étroite complicité littéraire, ainsi qu'à mon frère François Marcoux pour sa présence aux premières heures de ce roman.

Dépôts légaux : Bibliothèque et Archives nationales du Québec, 2020 ;
Bibliothèque et Archives Canada, 2020
ISBN 978-2-9817316-9-2 (version imprimée)
ISBN 978-2-9817316-7-8 (EPUB)
ISBN 978-2-9817316-8-5 (PDF)
© Marie-Rose Marcoux, 2020
© Les Éditions Cendrillon, 2020

De la même auteure :
Le soleil ne brille plus pour Imabel
Feu Rouge — Poésie 1965-2017
*In the shade of the light**
*Fannie Baby**
*Paru chez Trafford Publishing

Pour joindre l'auteure : *marierosemarcoux@hotmail.com*

Marie-Rose Marcoux

ABITIBI
Roman

LE COMA

La voiture avait pris feu sous le coup de l'impact. Paul Audet avait été percuté dans le coma, le visage brûlé au premier degré. Sauvé in extremis, son état demeurait critique. Il luttait actuellement pour sa vie aux soins intensifs de l'hôpital de Val-d'Or. À ses côtés, une infirmière veillait. Lucienne, qui désirait plus que tout faire revenir le vieil homme à la vie, cherchait dans ses souvenirs les prières apprises sur les bancs de la petite école de Saint-Janvier de Chazel. Lorsqu'après dix jours d'espoir, le blessé ouvrit les yeux, les rougeurs sur son visage avaient presque disparu. Cependant, l'homme de 80 ans se croyait déjà mort. Son esprit flottait toujours dans un halo brumeux. Il percevait son corps comme une poussière valsant avec les rayons du soleil qui s'étiolaient sur la couverture bleue de l'établissement de santé. Une apesanteur de déjà-vu enveloppait tout son être.

Il se sentit léger comme l'air. Était-il dans une salle de cinéma ? L'apprenti pilote prenait plaisir à tenir les commandes. Acquérir le plus d'heures de vol et ainsi devenir autonome ; ce rythme de vie faisait émerger la larve du cocon pour le muter en papillon. Paul oubliait les souffrances des mois passées. Contrairement au temps de sa dépendance à l'alcool, ses souleries actuelles prenaient des allures de liberté. Dans la cabine du Beaver, ses poumons éclataient d'une ivresse de grand air. Il éprouvait une symbiose avec des forces supérieures qui l'élevaient jusqu'à estomper quelque peu sa mélancolie.

Puis le son d'une douce voix gomma la scène. « Bonjour monsieur Audet. Je suis contente de vous savoir enfin réveillé. Bienvenue dans le monde des vivants ! Pouvez-vous me dire l'année que nous sommes ? » Paul cligna des yeux. Par le passé, il revoyait souvent le visage de Délima dans son sommeil. La vision, qui s'estompait aussitôt qu'il ouvrait les yeux, ne se dissipa aucunement cette fois. L'apparition qui demeurait en place se matérialisait à mesure qu'il reprenait ses esprits. Paul distinguait de plus en plus chacun des traits de l'ange qui contourna le lit pour contrôler le débit du soluté auquel il était relié comme à un cordon ombilical. Il se dit qu'effectivement il ne pouvait qu'être arrivé dans l'au-delà ! Sous le costume bien ajusté de la soignante, la même silhouette que Délima se devinait. Il en fut troublé.

- Quelle année sommes-nous ? répéta l'infirmière.
- L'an 2000, j'pense ben. Mais vous êtes qui vous ?
- Je suis Lucienne Audet, votre garde-malade. Vous avez eu un grave accident.

- Ça ressemble à ça on dirait. J'ai mal partout. Où suis-je exactement ?
- Vous êtes à l'hôpital de Val-d'Or. Vous étiez dans le coma à votre arrivée. Depuis, c'est moi qui s'occupe de vous.
- C'est gentil ça.
- Et croyez-le ou non... Comment dire ? Vous êtes... mon père ! P'pa.

« Papa. Ça fait drôle de le dire. J'ai pas prononcé ce mot depuis des décennies. Sauf par la magie des rêves. Pourquoi ne suis-je pas plus révoltée contre vous qui m'avez abandonnée à l'âge de six ans ? » Lucienne garda pour elle la remarque. Paul sentit un picotement dans les yeux. Il croyait avoir déjà versé toutes les larmes de son corps. Était-il mort ou vivant ? À ce moment, une onde de chaleur chatouilla ses jambes. Il voulut se lever.

L'infirmière qui se disait être sa fille posa sa main sur son épaule et l'invita à demeurer étendu. Il avait besoin de repos, disait-elle. Cependant, l'octogénaire éprouvait un immense bonheur en reconnaissant le visage de sa première femme dans les traits de la soignante. Le délire ne l'avait donc pas quitté. Pauvre Délima qu'il retrouvait en sa fille. Après toutes ces années, il était certain de les avoir oubliées toutes les deux : la mère et la fille. L'acquisition de richesses n'avait pas opéré la magie de l'oubli sur son cerveau torturé par le drame du feu qui avait dévasté sa famille cinq décennies plus tôt. Mais où donc était allée sa jeunesse fougueuse ? Tout ce temps où il avait trimé dur la terre avec celle qui lui avait donné six enfants. Paul ravala sa salive péniblement. Lucienne se pencha sur le blessé. Se pouvait-il qu'à peine retrouvée, elle perdît à nouveau son père ?

- P'pa ! Que puis-je faire ?
- …
- Je suis contente de vous avoir retrouvé, vous savez.
- Moi aussi.
- Ne parlez pas. Gardez vos forces !

La porte de la chambre restait ouverte. C'était plus rapide pour aller chercher du secours dans le cas où le malade retomberait dans le coma. Or le brouhaha coutumier du corridor n'empêchait pas l'infirmière de se torturer l'esprit. Tout aux soins qu'elle prodiguait à son patient, elle aurait voulu savoir le pourquoi de son long et cruel silence. Une des dernières fois qu'elle avait vu son père, c'était à l'occasion d'une fête de Noël. Elle et ses frères avaient repris contact avec leur père pour la première fois depuis qu'il les avait quittés. Et c'était grâce au bon vouloir de ses parents adoptifs.

Lucienne en avait gros sur le cœur. Chaque soir, la fillette priait le ciel pour que ses parents lui soient redonnés. Elle avait l'âge pour comprendre la disparition de sa mère et de ses autres frères et sœurs. Pourquoi leur père ne les avait-il pas gardés avec lui, Raoul, Joachim et elle ? Raoul avait tout de même revu son père pendant un moment, alors qu'ils travaillaient ensemble. Dans la tête de la petite Lucienne, la rancune s'était forgé un nid. Elle avait décidé qu'elle couperait les ponts définitivement avec cet être méchant qu'était devenu Paul à ses yeux. Son père n'avait pas besoin de vivre au quotidien avec ses enfants? Il n'en avait pas le droit!

En apparence, le temps avait fini par adoucir le crime de l'abandon de son père. Résiliente, elle avait misé sur le positif de la situation. Lucienne avait profité de l'éducation offerte par ses parents adoptifs. Elle avait obtenu un diplôme dans une profession qui leur faisait honneur ainsi qu'à elle-même. Voilà que l'occasion se présentait. Elle règlerait le dilemme cette fois. Devant l'homme alité qui réclamait des soins pour reprendre contact avec la vie, elle ne pouvait plus cultiver la haine. Lucienne ressentait de la compassion envers les malades. C'était son travail de soigner les autres. En ce jour, Paul Audet, son père retrouvé, était son patient. Elle devait passer outre sur les blessures du passé. La question était réglée. Il fallait qu'elle le soit! Sinon, comment aurait-elle pu aller de l'avant? Les grands maux faisaient moins mal que les petits. Le degré de souffrance d'un être avait ses limites. Au-delà d'un certain niveau, une amnésie s'installait. La vie devait se poursuivre envers et contre tout.

La raison imposait ses balises. Néanmoins, du fond de ses entrailles, Lucienne, la petite fille abandonnée, cherchait à comprendre. Mais il était vraiment trop tôt pour ramener le sujet plus avant avec son père. Elle continuait de vérifier les

cathéters de survie sur lesquels son paternel était branché. Comme si l'état de dépendance physique où il était réduit avait le pouvoir de le rendre ultrasensible à l'intellect de sa fille, Paul murmura.
- Tu as raison. J'ai été un très mauvais père.
- Ne dites pas de telles choses, voyons ! Dans ma profession de soignante, je côtoie la misère humaine. Je suis en mesure de comprendre que notre famille a subi des circonstances de vie qui n'ont pas été faciles.
- ...
- Vous savez p'pa, vous avez été victime d'un très grave accident d'auto. Vous auriez pu mourir et... je ne vous aurais jamais revu !

Le blessé bougea la main gauche en signe de reconnaissance. Lucienne se rapprocha et joignit ses doigts à ceux de son père. L'effusion fut interrompue par le hautparleur qui réclamait la garde-malade Lucienne Audet à l'urgence. Paul eut un pincement au cœur. C'était sa fille qu'on appelait. Il n'avait pas su garder les liens avec elle. Quelle sorte d'être était-il ? Il était rongé par le remords. Étendu. Impuissant. Une larme s'échappa de l'homme qui avait réussi. Réussir quoi au juste ?

Il la regarda se diriger vers la porte. Un flash lumineux percuta tout à coup son esprit. Il voyait des flammes partout. Était-il sous l'effet de stupéfiant ? Lucienne lui avait dit qu'il avait été victime d'un accident d'auto. Mais le scénario, qui s'imposait à son cerveau revenu à la vie, ne ressemblait pas à ce qu'elle avait dit. Oui, il y avait eu cet accident terrible qui était le responsable de son état actuel. Comme si ce n'était pas suffisant, le passé lui revenait en pleine face. Il travaillait au chantier. Il avait une famille qui l'attendait à la ferme. On était venu le chercher d'urgence. Le feu. Le Feu. LE FEU ! Ce tout petit mot prit une cadence enflammée dans son esprit. C'était trop lui demander. Il bascula à nouveau dans l'inconscience.

LE FEU

« **M**ôman! V'nez à maison! Le feu est pogné! Môman... »

Joachim se répétait. Comme dans un fondu enchaîné de cinéma, le chat Daisy se bomba le dos sur les jambes de Délima qui était assise sur le petit banc de bois utilisé lors de la traite des vaches. Au contact du félin, Délima reprit ses sens. Tel un vase précieux, émietté sous le coup de la chute, l'image du feu qui grugeait la maison familiale l'avait propulsée en enfer. Le messager âgé de neuf ans en faisait à peine trois en esprit. Finalement, elle réagit aux multiples appels de son fils. Elle s'arracha de la vie insouciante qui régnait dans l'étable. Elle bouscula la chaudière de métal remplie du lait qu'elle venait de traire. Il était plus ou moins six heures du matin.

Elle bondit à l'extérieur vers la lueur maléfique qui éclairait la terrible noirceur de ce petit matin de janvier. Si Paul avait été présent à la ferme, comme il aurait été normal qu'il le fût, elle aurait pu veiller sur leurs six enfants pendant qu'il serait allé nourrir les animaux à sa place. «Mon Dieu, faites que j'arrive à temps!»

Dieu ne répondit pas. Les quelques pas qui séparaient l'étable de la maison lui parurent des milles. C'était d'un présage lugubre. Ce film qui se déroulait au ralenti, alors que ses bottes de caoutchouc, barbouillées du crottin de l'écurie, tachaient la pureté de la neige. «Qui? Qui peut m'aider? Je suis donc pas chanceuse! Pourquoi moi? Ah! Non! Seigneur Jésus, aidez-moi je vous en supplie! Mes enfants qui sont dans ce brasier! C'est pas vrai. Ça ne peut pas être vrai! Pourquoi Paul n'est jamais là? Malheur! Qu'est-ce que je vais faire?»

Délima fulminait contre le destin. La misère ne l'abandonnerait donc jamais. Elle venait d'atteindre la première marche de la galerie lorsqu'à cette minute précise, le vieux monsieur Zouaizou alerté par le rouge du sinistre arrivait sur les lieux.
- Sapristi madame Audet! Vous ne ferez pas ça! Pas question d'entrer là-dedans! C'est une fournaise, vous voyez pas! Nom de Dieu, vous allez y passer!
- ...

La voix tonitruante du voisin empressé pouvait encore dominer les rugissements du monstre qui affûtait ses griffes ardentes sur la proie qu'était devenue la maisonnette de campagne. À travers la fenestration, qui s'opacifiait à vive allure, on pouvait deviner l'assassin qui exécutait son tour de piste dévastateur alors qu'il calcinait murs et toiture. Le feu semblait posséder

mille langues avec lesquelles il léchait la mort sur son passage. Exaltée par un instinct incoercible, Délima n'entendait raison qui vaille. Elle hurla à son tour.
- Il faut que j'aille sauver mes petits !
- Non, n'y allez pas... ! Attendez... ! On va venir vous aider !

Déjà, il était trop tard. Le voisin pouvait bien s'entêter à vouloir l'arrêter. L'instinct de mère n'entendait rien d'autre que l'appel au secours de sa portée. Armée d'un courage suicidaire, la malheureuse s'engloutit dans la fournaise.
- Allôôô... Y'a quelqu'un ? C'est maman. C'est maman, les enfants ! Mes enfants ! C'est toi, Lucienne ? T'es-tu là ?

Pas un cri, pas un son de sa progéniture ne lui parvint à l'oreille. Elle s'asphyxiait de son souffle court sous les effets de la course. La gorge asséchée, elle déglutissait à petites lampées. Terrifiée comme une Jeanne d'Arc au bûcher, elle se frottait les yeux compulsivement afin de secouer la fumée qui la tenait en otage et l'obligea à assister au spectacle. À travers l'incroyable rideau de flamme, flou et irréel, l'horreur se matérialisa. Délima, le regard dilaté, grand comme un précipice, ne sut comment elle pourrait continuer de vivre après la vision d'une telle scène. Que ne reconnaissait-elle pas ce pantin distordu, le menton appuyé sur le thorax, qui achevait de se consumer comme une pièce de bois taillée à la hache ? La petite Elizabeth paraissait assoupie dans sa chaise haute. Un jour, la fillette de cinq ans avait dit que lorsqu'elle serait grande, elle irait traire les vaches avec sa mère afin d'adoucir sa tâche. Délima avait bien ri. Cette blonde enfant était délicieuse. De peau rose et tendre, aux bras dodus, elle réjouissait la maisonnée de ses mots d'esprit qui n'avaient d'égal que sa mine adorable.

Délima s'enfargea pour la deuxième fois lorsqu'elle amorça un pas vers l'enfant qui dormait à jamais dans sa chaise haute. Sur le plancher de la cuisine où la table se tordait sous la torture des flammes, deux êtres se serraient à bras le corps. Délima se pencha vers eux. Méthote avait dû pressentir les ondes meurtrières du feu et devant l'inévitable, elle avait posé une patte caressante sur le bras de Noémie dont la robe commençait à prendre feu. La scène agissait comme un fusil braqué sur la tempe de Délima. Unis par l'affection, le chien et la gamine de trois ans s'étaient éteints dans un câlin éternel. *« Noémie, donne pas ton morceau de pain à Méthote ! Il faut que tu manges si tu veux devenir grande. »*

Dans un rictus dément, Délima se souvenait. Robotisée par la tragédie qui se jouait en continu, Délima s'imperméabilisa aux attaques des étincelles qui picoraient sa chair mise à vif. Ironiquement, elle sentit ses seins gonflés. Il devait être l'heure d'allaiter Joseph. Mais au lieu de se diriger vers la chambre où le poupon reposait sans doute, elle se momifia sur place sous l'assaut du glaive qui transperçait son cœur de mère.

Un spectacle horrifiant. Le feu avait conquis la maison au complet. Aucune lutte, aucune défense n'était possible pour une personne seule. Sa dernière pensée avait été pour son mari. Paul Audet, le dur à cuire, verserait des larmes quand il apprendrait.

Pendant ce temps, les voisins alertés par l'odeur et le vacarme s'étaient rendus sur les lieux. Ils se relayaient maintenant dans une chaîne humaine pour remplir des seaux d'eau dont ils s'approvisionnaient à la pompe dans l'étable. Paul l'avait installée juste avant de partir pour les chantiers. Les efforts déployés pour sauver les sinistrés ne suffirent pas. Le feu s'était propagé causant des dégâts irréparables, impossible à dompter. Il fallait trop de temps pour remplir les chaudières, les faire passer d'une main à l'autre et les vider sur la maison en voie de perte totale.

Quelqu'un cria à travers le bruit infernal du bûcher.
- Attention! Attention! R'gardez! La toiture s'écroule! Y'é trop tard! On peut pu rien faire... Arrêtez la chaîne d'eau! Ça donne pu rien de continuer. Tassez-vous de là avant qu'y ait d'autres victimes dans l'assistance.

Puis les murs se cabrèrent et, tels les blés fauchés de l'automne, ils se couchèrent les uns sur les autres. Ces embrassades meurtrières alimentèrent le brasier devenu invincible. Pris en gage par une épaisse fumée qui dansait avec les flammes de l'enfer, le ciel bleu tout entier semblait la proie du diable.

La scène se figea. On ne sut combien de temps il fallut pour nettoyer l'atmosphère. La fumée s'estompa graduellement. Le passage de la destruction ne laissait qu'un amas de braises chaudes qui perdura plusieurs jours encore.

Plus tard, des témoins déclarèrent avoir aperçu au moment du drame, madame Audet qui se tenait debout non loin de la porte par où elle était entrée. Les apparences laissaient croire qu'elle ne voulut pas survivre aux cadavres de ses enfants. On avait déclaré que la maman ne semblait pas tenir de bébé dans ses bras. À un moment donné, le plancher avait cédé, affaiblissant du même coup toute la structure de la maison. Délima avait été réduite en cendres sous les yeux des spectateurs impuissants.

LE CHANT DU COQ

Dans les villages de l'Abitibi, il n'était pas rare qu'un propriétaire élève deux ou trois poules dans la cour arrière de sa maison. Au grand dam de Paul qui avait travaillé tard dans la nuit. Que diable, le coq du voisin avait-il à s'époumoner précisément sous la fenêtre de sa chambre? Mais qui aurait pu s'empêcher de chanter l'euphorie d'une matinée estivale si parfaite? Avec juste ce qu'il fallait de délicatesse, la brume rosée s'estompait doucereusement, prostrée devant l'astre divin qui se levait sur La Sarre.

Paul Audet, devenu barman vedette, avait quitté la chambrette sous les combles qu'il occupait à l'hôtel Paquette depuis plus d'un an. D'abord recueilli par générosité chrétienne, il ne devait plus rien à personne. Grâce aux pourboires, qui pouvaient atteindre la faramineuse somme de cinquante dollars en une seule journée, il avait pu aménager dans la garçonnière voisine de l'hôtel. Après s'être négligé jusqu'à n'être plus qu'une loque humaine, l'urgence de s'occuper de sa personne lui tenait lieu de religion. Il portait des complets confectionnés sur mesure par un tailleur de Val-d'Or. Il fréquentait des salons de massages y recevant pédicure et manucure tel un millionnaire. Il avait même laissé en pan son amour pour Rouge Moulin.

En réalité, depuis quatre mois que monsieur et madame Paquette étaient de retour, l'amante ne venait plus le rejoindre aussi régulièrement dans son repaire. Ça faisait jaser les personnes bien pensantes de savoir que la gérante de l'hôtel couchait avec un employé sans qu'ils soient mariés. Les amoureux auraient à prendre une décision un jour ou l'autre. Cependant, aux yeux de l'ancien laissé-pour-compte, tout ce qui importait en cet instant tenait en une seule phrase. Vivre au jour le jour.

Ainsi, après avoir été réveillé si abruptement par des cocoricos indésirables, Paul Audet jonglait plutôt à sa vie passée qu'à des plans de mariage avec Rouge. Il se laissait conter fleurette par le soleil qui lui chatouillait le visage en passant entre les rideaux de coton qu'il n'arrivait jamais à fermer complètement. Il se languissait tout à coup de sa ferme à Saint-Janvier de Chazel alors que les mois de juillet et d'août savaient œuvrer à la naissance de l'avoine issue du ventre de la terre. Au temps des récoltes, Paul, tout comme son père l'avait fait avant lui, attelait sa jument, mais non sans avoir secoué la nuée de mouches noires qui dansaient perpétuellement le long de la croupe du cheval. En symbiose, l'homme et la bête se réjouissaient de l'épopée automnale qui allait débuter. D'abord, l'odeur enivrerait la tête. Paul se demandait parfois s'il y avait quelqu'un qui avait pensé à concocter un parfum à l'arôme de foin coupé. Puis, il y aurait l'emballement d'avoir à engranger tout de suite après la coupe, avant la pluie. Frères et voisins s'armeraient de fourches aux longues dents pour la cueillette dans les champs peinturlurés d'ocre. Le danger passait au second rang devant l'urgence de compléter l'opération. Alors les jeunes étaient invités à monter sur la charrette pour ce qu'ils savaient mieux faire : sautiller. Il s'agissait de compacter le fourrage aussi dense que possible avant que le vent ne vide à son tour le précieux chargement.

De l'aube au crépuscule, il fallait voir tous ces bras et jambes affairés à ramasser ces blondes et odorantes brassées de froment qui servirait à nourrir les animaux à la morte-saison. Bien entendu les enfants ne travaillaient pour rien ; il s'agissait de leur terrain de jeu futur alors qu'ils se creuseraient des tunnels dans la paille libre pour y jouer à la cachette. Pour l'heure, ceux ou celles qui faisaient partie de la corvée des foins se trouvaient chanceux. Car il y avait trop d'enfants qui vivaient dans le secteur pour que tous connaissent la bienheureuse fatigue qui leur ferait courber la tête sur l'oreiller à la nuit venue. Étendu sur son lit dans sa garçonnière de l'hôtel Paquette, c'était de ce bonheur de bonne fatigue dont Paul avait la nostalgie.

Le coq ne chantait plus. Il devait se lever. Bien qu'il ait eu l'amour de la terre ancré bien au fond de ses tripes, sa réalité avait bien changé sous le joug du public et de l'argent qu'il devait gagner en jouant de ses cocktails au bar de l'hôtel

Paquette. Il se dit qu'il flânerait encore un peu sur le matelas. Le soleil se faisait si espiègle. Il n'osait briser la magie du moment. Alors qu'il n'était qu'un enfant, rien ne lui plaisait autant que de sentir la terre rougeâtre alanguie sur le velours de ses orteils nus. Il se souvenait des grands arbres plaintifs les jours de grand vent juste avant que l'orage se déchaîne et, faute de paratonnerre, catapulte sa foudre sur une maison ou un cultivateur imprudent encore au champ malgré le ciel chargé de décibels.

Les enfants étaient souvent laissés seuls à eux-mêmes. Ainsi, la mère de Paul, qui souffrait de maladie inconnue, s'enfermait des jours entiers dans sa chambre pour ne pas s'en prendre à ses petits. Elle disait qu'elle ne se comprenait plus de fatigue. Chacun se débrouillait comme il le pouvait. Très tôt, Paul avait appris à faire son lunch pour l'école : deux tranches de pain du pays, une bonne dose de moutarde, et hop, le tour était joué. Un hiver durant, la famille n'avait pas mangé de viande, toutes les conserves avaient été avariées à cause d'une erreur dans le processus de cannage. Paul se rappelait les jours d'abattage des porcs qui criaient à fendre l'âme. Puis sa mère qui tout de suite après la saignée confectionnait le boudin dans un chaudron en fonte déposé sur les ronds du poêle à bois. Paul n'avait jamais aimé la viande. Paul sourit toutefois en revoyant la scène des départs pour l'école. Le retardataire devait trouver des mitaines ou des bas de laine appareillés. La tâche n'était pas mince : tout se ramassait au fond de la boîte à bois près de la porte d'entrée. Le pire, c'était quand un enfant de la maisonnée devait se taper un mille à pied dans la grosse neige chaussé de bottes en feutre encore mouillées. Du fait que leur mère gardait le lit, personne n'avait songé à faire sécher les vêtements près du poêle à bois.

La chaleur des souvenirs s'estompa soudain sur celle de la chambre maintenant dominée par le soleil devenu maître de céans. On entendait les gens qui se rendaient à leur travail. Paul se dit qu'il pourrait bien essayer de dormir encore puisqu'il ne commencerait son quart de travail qu'en fin de journée. La chaleur était devenue intenable dans l'habitacle. Il se leva et sortit avant que d'autres souvenirs moins heureux ne le rattrapent au vol.

LA PRÉMONITION

Non, les mères ne devraient pas être faibles ou malades. Elles n'en avaient pas le droit. Elles étaient le phare au loin, devant les bobos des petits et des grands. C'était encore plus vrai lorsque Joachim était venu avertir sa mère à l'écurie. L'horreur avait donné à l'enfant une tonalité plus aiguë à sa voix en mue. Délima avait sursauté au tapage subit qui avait tout à coup brouillé le calme qui régnait dans l'antre des animaux. Elle avait d'abord remarqué les mains maculées de suie noire de son fils.

La porte de l'étable pesait une tonne. Comment avait-il pu l'ouvrir ? Un véritable tour de force auquel elle-même avait fait face une heure plus tôt. Ainsi le seuil à peine franchi, le froid avait pénétré à la suite de Délima. Un gros nuage de chaleur humide en avait profité pour s'échapper des lieux surchauffés par la respiration des animaux de ferme. Malgré son accoutumance des lieux, l'odeur puissante dégagée par la rencontre du chaud et du froid lui avait donné le vertige. Ce qui avait eu pour effet d'accentuer le cruel vide de l'absence de son mari.

Elle ne pouvait lui en vouloir. Bien que la situation était difficile à vivre, Délima et Paul formaient un solide duo. Avant même leurs épousailles, ils portaient le même nom de famille. Issus d'une même lignée, mais de parents éloignés, on les disait parents de la fesse gauche. Dans les cantons où la mobilité sociale se faisait rare, la pratique de se marier entre cousins était très courante. Loin d'être perçus comme un désavantage, les mariages consanguins pouvaient être un avantage. Ainsi les familles s'agrandissaient jusqu'à devenir un clan très puissant. Cependant, certains couples n'avaient pas eu autant de chance que Délima et Paul. Ces deux-là n'avaient pas perdu un seul enfant en bas âge. Ce qui n'avait pas été le cas de l'une des filles Zouaizou qui habitait à l'autre bout du rang. En effet, une quelconque maladie de consanguinité disséminait les nouveau-nés comme blés sous la faux. Annette Zouaizou, une jolie brunette à faire tourner les têtes, avait épousé son non moins charmant cousin germain, Hector Zouaizou. Les deux ne mettaient au monde que des enfants qui n'atteindraient jamais plus que l'âge de dix ans. Ce fut justement lors du décès d'un des petits-fils Zouaizou que Raoul, l'aîné des garçons des Audet, était allé à son premier «corps». C'était ainsi qu'on désignait les derniers hommages à la personne décédée avant l'enterrement. Puisque père et mère se trouvaient dans l'impossibilité de remplir la mission, ce fut le plus vieux de la famille, alors âgé de onze ans, qui irait transmettre les sympathies au nom des siens.

La brunante gribouillait les jolis nuages du jour en fuite. Raoul avait beau porter fièrement son titre d'aîné, l'heure entre chien et loup n'était pas tendre pour lui. Il trottinait à vive allure de peur de voir le loup de l'heure lui happer une cuisse. Tant d'histoires caricaturaient la bête. Les contes pour enfants qui n'avaient pour but que de calmer avant le dodo finissaient par instiller la peur. Les bottines du jeune homme faisaient tout un vacarme sur le gravier durci par l'automne qui s'était couché sur la route maintenant devenu d'encre. Au bout d'un mille hanté de sorcières et de fantômes, Raoul aperçut les lumières de la maison en deuil. Celle-ci, transformée en chapelle ardente pour la triste circonstance, concentrait toute l'attention sur la vision blafarde du cadavre de l'enfant. Vêtues de noir, une dizaine de personnes devisaient plus ou moins tristement entre elles comme des corbeaux en annonce de pluie. Raoul reconnut le grand-père Zouaizou. Il aimait bien ce vieux qui était gentil avec les gamins du voisinage. La pipe à la main, le vieillard se berçait en silence au fond du salon. Raoul se força à affronter le Christ en croix qui présidait au-dessus des planches où le petit de quatre ans avait terminé ses jeux. Raoul pensa qu'il ne voulait pas mourir. En dernier recours, il se signa comme il l'avait appris dès qu'il avait su bouger les bras. Sans demander son reste, il sortit du sinistre lieu et, plus vite que son ombre, parcourut le chemin du retour.

Délima avait été contente de Raoul, son fils aîné. Mais ici, dans l'étable, elle n'avait su que penser de Joachim, l'enfant retardé qui lui apportait la nouvelle du feu. Malheur à celui par qui le malheur arrive ! Les empereurs grecs et romains se faisaient un devoir d'assassiner les messagers porteurs de mauvaises nouvelles. Délima s'était contentée d'ignorer Joachim. Habité par sa folie intérieure, son fils Joachim inventait souvent des histoires qui lui tenaient lieu de vérité. Nonobstant cet apparent détachement, elle avait été prise d'un fugace tressaillement qui lui avait pincé le creux des reins. Habituée à la dure, elle n'y avait pas porté attention. Joachim pleurnichait et tirait sur le manteau de sa mère dans un ultime effort pour la sortir de la torpeur occasionnée par le choc de la nouvelle. Bien que le tout n'ait duré que quelques secondes, l'alarme sonnée par son fils l'avait pétrifiée. Délima était incapable du moindre mouvement alors que son esprit battait la chamade à travers des sentiers déraisonnables. Et si l'enfant ne mentait pas ? Elle n'avait pas vu que Joachim était pieds nus. C'était le chat Daisy qui l'avait extirpé de cette prémonition de mort imminente lorsqu'il était venue se lover contre les jambes de sa maîtresse.

LES HEURES HEUREUSES

La photo d'un militaire en uniforme souriait à demi dans un cadre en laiton. Par les détails du cliché qui ressortait à travers le feuillage de la tapisserie du salon, Délima captait un peu de la destinée de son frère jumeau. Ce dernier, à la faveur de l'ennui dont il ne pouvait se départir depuis son départ de Saint-Janvier de Chazel écrivait chaque semaine à sa jumelle. Le courrier ne parvenait pas hebdomadairement à destination aussi régulièrement à cause des problèmes de transport entre l'Europe et l'Amérique en temps de guerre. Si bien que les enveloppes se multipliaient et le facteur se questionnait à savoir quel personnage important pouvait bien être cette madame Délima Audet à laquelle il portait des sacs de lettres en provenance du front. Le soldat Donat Audet parlait de tout et de rien, comme dans un journal intime, il se racontait, ou alors il décrivait avec détails son accoutrement militaire, photo à l'appui.

C'était effectivement une de ces photos qui trônait au salon de la chaumière. Coiffé d'un calot, l'homme portait un long manteau sur un pantalon épais engoncé dans des guêtres. Ses bottillons de cuir étaient recouverts de surbottes en caoutchouc. Donat avait expliqué à sa jumelle que, transporté dans un grand sac sous le bras, l'encombrant masque à gaz serait le premier équipement dont il aurait à se débarrasser une fois rendu à la ligne de combat. De même que le sac à dos et la couverture seraient délestés au moment de l'action, sans oublier la trousse de premiers soins agrafée à la ceinture. Le maniement des armes lui demanderait plus de lestes dans l'équipement. À la blague, Donat avait ajouté qu'une fois venu le moment de recourir aux maigres objets de confort trimbalés jusqu'au front, il se pourrait qu'il ne dispose que du hasard pour se sortir du pétrin. Sa façon de voir la vie avec humour, quelle que fût la situation, était une qualité que Délima n'avait plus.

Quand, pour la dernière fois, elle avait regardé la photo avant de sortir de la maison pour aller faire le train en ce matin d'hiver 1949, Délima se demandait encore si son jumeau était mort ou vif. L'espoir de le serrer dans ses bras à nouveau commençait à faiblir. En effet, les survivants de la guerre 39-45 étaient pratiquement tous revenus dans leur patelin et ils travaillaient maintenant à reconstruire un nouveau visage à la race humaine. Tels des choux dans les champs fraîchement labourés, des usines de toutes sortes poussaient ici et là. La révolution était devenue industrielle. Moyennant une dose de chance ou d'acharnement, tout un chacun avait l'occasion de devenir plus riche. Une tâche noble les attendait ; reconstruire les édifices, les églises, les écoles, la vie même. Cette année 1949, Délima avait appris que la province de Québec s'était dotée du fleurdelisé devenu le drapeau officiel sous lequel on faisait des petits. Il y avait des mères à qui il était loisible de vieillir à l'ombre de la dizaine d'enfants qu'elles avaient mises au monde, tout comme les dizaines de chapelets qu'elles récitaient aux bons ainsi qu'aux mauvais jours. L'antichambre de la mort construite par l'idée de la guerre s'estompait de plus en plus pour se transformer en un souvenir mauvais et inoffensif. Tout était possible. Mais il semblait que cette abondance de l'après-guerre fuyait la jeune femme, car celle-ci avait l'âme à la tempête.

La ligne rouge des bas de laine de son mari qu'elle avait enfilés à l'intérieur des bottes appropriées à la besogne qui la réclamait lui suggéra l'idée folle que son frère était mort au bout de son sang. Il y avait maintenant quatre ans que son frère demeurait muet. Avait-il donné sa vie inutilement à l'Europe alors qu'ici il y avait tant à faire ? Délima sentait le poids du monde sur ses épaules et pourtant elle se disait qu'elle n'était pas faite en fer. Quelle aberration ! Toutes ces tâches qui la réclamaient jour après jour ! Ses trente ans la crucifiaient à la croix d'un joug dont elle ne voyait pas la fin. Toutefois, elle devait se ressaisir, son monde dépendait d'elle. Puisque la guerre était finie, le bonheur ne se redécouvrait-il pas aussi simplement que d'ouvrir la porte de sa chaumière pour poser un pied dehors afin de respirer l'odeur du temps qui s'était figé dans une espèce de bien-être sans bombe ?

- Raoul, mon grand, maman doit aller aux bâtiments. Occupe-toi de tes frères et sœurs. Je vais faire le plus vite possible.
- OK môman ! Tu sais que tu peux me faire confiance.
- T'es fin mon beau Raoul. Avec ton père qui travaille à l'extérieur, une chance que t'es là. Écoute Raoul, n'oublie pas d'aller chercher de l'eau potable chez madame Zouaizou.

Heureusement qu'on pouvait compter sur le voisin du rang. Car en janvier, la gelure pouvait s'attaquer aussi bien au bout du nez qu'à la tuyauterie des pompes à l'eau. Nantie de son courage qu'elle voulait à toute épreuve, Délima était partie faire sa ronde tout en songeant injustement que son mari semblait plus marié à sa *job* de bûcheron qu'à elle. Mon Dieu, les heures qu'il pouvait passer en Ontario à couper les épinettes noires qui serviraient à fabriquer le papier journal ! Et dire qu'elle-même ne lisait même pas les journaux. Qu'avait-elle à faire avec ces mauvaises nouvelles qui aboutiraient dans son petit coin de vie où elle passait le plus clair de son temps entre un bébé à langer et du bétail à pomponner ?

Dès leurs épousailles, Paul Audet et Délima avaient acquis une terre qu'il avait d'abord fallu défricher. Ensuite, la maison construite en billots de bois équarris à la hache par Paul avait pris forme sur une fondation constituée de quatre rangs de pièces sur pièces aplanies sur deux faces. Le couple Audet avait travaillé jusqu'à seize heures par jour pour parachever l'habitacle en un seul été. Ce tour de force, il le devait à la vigueur de leur jeunesse. Mais ils en étaient redevables aussi au soleil de l'Abitibi qui ne savait pas se coucher avant dix heures du soir.

Ainsi ces longs jours d'été semblaient des cadeaux de Dieu. La terre sensuelle humait les sillons des labours. Les poules et les cochons dormaient dans l'étable maintenant dressée à quelques pas de la maison où les tartes aux framboises se cuisaient aux chants de Délima, heureuse de cette vie effervescente qui jaillissait de partout autour d'elle. Avec son Paul Audet, elle devenait positive et inébranlable devant l'épreuve. Chaque année ou presque, un nouveau-né réchauffait le berceau placé près du lit de la chambre nuptiale.

Toutefois, l'arrivée du dernier poupon exigea un remaniement substantiel de la routine familiale. En effet, sur leur terre située aux confins du Grand Nord, les roches poussaient mieux que les carottes. De dépit, Paul s'était résigné à gagner les chantiers. La pénurie de main-d'œuvre qui résulterait du départ de l'homme de la maison placerait la femme devant une tâche titanesque. Ainsi, jour après jour, recluse pendant des mois entiers, sans sortir de l'esclavage de l'immense devoir à accomplir, Délima avait vu son moral se vider au compte-gouttes. La tête souvent ailleurs, elle se disait, pour se consoler, que le plus bel hommage qu'une femme pouvait recevoir consistait au fait de se savoir désirée encore et encore par le même homme. Elle savait fort bien que son homme trimait dur à l'Abitibi Paper pour la famille. En quelque sorte, Délima acceptait l'anémie énergétique causée par l'éloignement de son mari. Mais accepter le fait ne lui rendait pas l'existence plus facile pour autant puisque l'énorme besogne qui se rattachait à l'exploitation de la ferme lui incombait de surcroit à celle de la maison.

Pourtant, dans d'autres patelins de l'Abitibi, les habitants profitaient d'une enviable générosité de la nature. Car il n'existait pas que des épinettes rabougries et des terres de roches à la grandeur du territoire. Par exemple, dans la région de Val-d'Or, de fiers et vigoureux pins gris, des sapins et des bouleaux sublimes faisaient l'orgueil de tous. En plus, un mariage entre les terres de minéraux, de sable, de marécage et de glaise offrait sur un plateau d'argent une richesse dont on savait tirer profit. Ainsi, la coupe de bois, l'exploitation des mines et la culture de la pomme de terre pouvaient compter parmi les principales exploitations qui apportaient une abondance bien méritée.

Le mérite de la chance ne se rendait pas jusqu'à Délima. Paul, lui-même contraint à l'exil, obligeait Délima à s'occuper seule de ses enfants et du reste. C'est pourquoi aussitôt la sage-femme passé le seuil du logis, l'accouchement ne devait plus être le prétexte d'une quelconque paresse. Le train-train de la maison sonnait l'heure de retrousser ses manches tout en faisant preuve d'ingéniosité. Il fallait pétrir le pain tandis que les langes souillés se désinfectaient dans une cuve d'eau bouillante posée sur le poêle à bois. En même temps que le feu était bon, la femme fabriquait du savon avec un peu de caustique et du gras de porc.

Lorsque la nuit s'installait, dans l'envers d'un habit usagé reçu en aumône, elle taillait un nouveau pantalon pour remplacer celui qui tombait en lambeaux. Si un pique-nique s'organisait au bord du ruisseau par un beau dimanche après-midi et que l'un des enfants n'avait pas de maillot pour la baignade, Délima, telle une magicienne, en confectionnait un de ses doigts de fée.

Les bribes de souvenirs que Délima revivait comme le scénario de sa jeune vie l'avaient conduite de la maison à l'étable sans qu'elle en ait eu vraiment conscience. Elle avait machinalement traversé le court sentier tout à son habitude de regarder le ciel avant d'entrer dans l'étable. Les traces de foin et de fumier laissées par le passage répété des pas perçaient à travers la fine neige tombée pendant la nuit. Malgré le froid tranchant, la neige avait à peine crissé sous la pression des semelles cannelées de Délima qui violaient un tant soit peu la quiétude de la nuit agonisante. Car déjà on pouvait deviner que le ciel se dévoilerait dans une nudité bleutée affriolante sous l'effeuillage des rayons du soleil tapis à l'horizon. Telle une danseuse de music-hall affublée de frou-frou rose et de paillettes à outrance, le coquin allait apparaître juste à gauche derrière le boisé de peupliers qui se tenait béat d'admiration devant le spectacle. Bien malgré elle, Délima s'était attardée quelque peu à ce nuage semblable à une montée de fumée aux grandes oreilles molles qui noircissait encore le tableau bleuissant. Ce même ciel, qui, hélas, accueillerait sous peu dans son lit les nouveaux anges nés de l'hécatombe qui s'apprêtait à foudroyer son existence.

Délima, trop préoccupée par son ordinaire, ne tint pas compte du malaise ressenti avant de peser sur la clenche de la porte. Elle secoua les épaules d'indifférence. En cette période de l'année, les travaux sur la ferme consistaient au maintien du bien-être des bêtes et l'opération entière pouvait nécessiter facilement deux heures chaque fois. Un peu plus lorsqu'arriverait la période de vêlage. Au printemps, lorsque les vaches mettaient bas, la température était plus clémente. À l'aube et à la brunante, il s'agissait de récurer les dalots de fumier situés à l'arrière des bêtes rangées en rang d'oignons. Sécurisée à l'aide d'une laisse en corde tressée, on avait attribué à chacune d'elles une place respective. De la grange, muni d'une fourche pointue on piquait et transportait, pelletée par pelletée, le foin du fenil. Celui-ci servirait à la fois de nourriture et de litière pour les bêtes. Après s'être assurée que l'eau ne manquerait pas dans les bacs placés sous les gueules brouteuses des vaches, Délima pourrait retourner à sa marmaille, et ce jusqu'au lendemain matin où il faudrait reprendre tout le processus.

Dans un petit bonheur de passage, Délima se réjouissait que ces visites de courtoisie aux animaux se fussent grandement simplifiées depuis l'été dernier. En effet, son mari, dans son désir de modernisme, avait installé dans l'étable même, une pompe à eau manuelle double cylindre. Curieusement, l'eau ne gelait pas dans l'engin. Le miracle s'expliquait peut-être par la montagne de fumier à l'extérieur qui servait de parevent au bâtiment en attendant d'être étendu dans les champs labourés du printemps pour engraisser la terre. Délima n'avait qu'à actionner le levier de la pompe de gauche à droite pour que l'eau s'écoule et se déverse dans l'auge située en dessous. Le récipient, creusé à même le tronc d'un merisier géant, traversait l'étable et permettait aux bêtes de se désaltérer à leur aise.

Sculptée par la rudesse de la vie rurale, Délima n'était pas femme à s'apitoyer sur son sort. Pourtant, dès le lendemain du Jour de l'An, quand son mari avait dû s'exiler de nouveau, le fardeau de la solitude, combiné au travail physique, la minait par en dedans. Se mettre au travail devenait de plus en plus difficile. Telle une prisonnière dans sa cellule, elle se mit à biffer les jours du calendrier qui ramèneraient son Paul Audet. Ce dernier aurait cueilli de la gomme de sapin pour les enfants qui mâcheraient ces bonbons de la forêt avec gloutonnerie. Déjà, Délima pouvait ressentir les frissons d'émoi qui la gagneraient lorsque son mari l'enlacerait dans un baiser de retrouvailles printanières. Serait-elle enceinte de nouveau ? Le petit dernier s'apprêtait à faire ses premiers pas et Paul Audet, en bon catholique, n'avait pas négligé son devoir conjugal avant de la quitter.

- Voyons chéri ! Tu devrais faire attention. J'allaite, tu le sais.
- Tu vois ma belle Délima, c'est ce qui m'chavire. Tu m'fais tellement envie. Quand j'suis dans le bois, j'pense tout le temps à toé. Les gars ont des photos de filles en haut de leur lit, mais moi, j't'ai dans tête. Si j'pars comme ça en Ontario, tu le sais que c'est parce que j'veux pas que toi pis les enfants vous manquiez du nécessaire. Les jours passés autour de tes jupes me manquent.
- Moi aussi, c'est pareil. Y'a pas un jour que j'pense pas à notre vie d'avant, quand t'avais pas besoin de partir. J'trouve ça dur.

Les mains de Paul erraient sur le satin des cuisses de sa femme. Cette dernière, conquise, savait qu'elle aurait besoin de ces souvenirs de passion bestiale pour pallier l'absence de son mâle. Les yeux de la femme et de l'homme s'étaient harmonisés au même diapason d'amour charnel. Qu'avait-elle à craindre ? Perdue au milieu de ce nulle part dont se résumerait sa vie quand Paul Audet disparaîtrait dans sa forêt lointaine et puis, elle n'avait pas d'inquiétude pour la grossesse. Les femmes savaient qu'en temps d'allaitement, elles ne pouvaient pas tomber enceintes. Ce qui se résumait pour la plupart à pouvoir espacer la famille aux deux ans.

Par après, ils avaient parlé un peu. Délima avait l'expérience d'une génération de femmes au service de la famille. Devenue madame Paul Audet à l'âge de dix-sept ans, c'était la première fois qu'elle osait contredire son homme. Elle avait entendu des racontars sur le fait que son mari s'était mis à boire au chantier. Lorsqu'elle lui en fit le reproche, il se choqua. Elle lui avait demandé de ne plus boire pour l'amour d'elle-même et des enfants. Elle avait entendu dire que le père de Paul n'avait pas toujours fait des affaires très catholiques quand il était en boisson. Que son homme se fût tourné vers la bouteille? Elle n'arrivait pas à le croire. Lui, un si bon père de famille! Il avait certainement appris à développer ce vice lors des longs soirs d'hiver passés avec ses amis bûcherons. Elle craignait que le fils n'ait hérité des malfaçons de son père. Elle ne s'était pas attendue à ce que Paul adhère illico à sa demande de ne plus toucher à la boisson. Pour la première fois de leur union, une crainte sournoise s'immisça entre eux. Ainsi, ce fut un Paul grognon qui repartit pour les chantiers. Délima se disait que ça lui passerait durant ces trois mois au loin. Revenant à son malaise à elle, elle écarta l'hypothèse de la grossesse. Une femme six fois en couche ne pouvait ignorer les nausées et les sautes d'humeur des premiers instants. L'indisposition ressentie par Délima était d'un tout autre genre. C'était plutôt un sentiment de détachement qui la submergeait sporadiquement.

Les hennissements qui provenaient du fond de l'écurie la ramenèrent sur terre. Elle pensa qu'il devait être six heures. Profitant du fait que les enfants dormaient encore, elle avait quitté la chaumière à quatre heures. Délima constata que Méthote n'était pas là à lui tourner autour comme d'habitude.

- Méthote ! Mon bon chien ! Comment ça se fait que tu viens pas prendre ton lait chaud à matin ?

Depuis le temps que le Labrador se pointait la frimousse dès la traite de la première vache, il y avait de quoi se poser des questions. Lui était-il arrivé quelque chose ? S'il était dehors, le contraste de sa fourrure noire trancherait sur la neige blanche. Elle le trouverait facilement. Délima se ravisa, elle connaissait bien la chienne qui faisait partie de la famille depuis bientôt dix ans. Devenue frileuse, Méthote ne courait certainement pas après les lièvres par ce temps. Elle se promit d'aller vérifier plus tard et le cœur attendrit par cette pensée, elle s'approcha de l'étalon qui semblait se déprimer dans la stalle double à chevaux. La nervosité du cheval était palpable. Elle s'approcha de lui et caressant le velours brun de sa robe élimée par l'âge. Elle lui susurra à l'oreille. « Comment est ton humeur ce matin mon Ti-Gus ? As-tu bien dormi ? Il faudrait que je trouve du temps pour te brosser. Je vais demander à Raoul qu'il s'occupe de toi aujourd'hui ! »

Le regard morne, il reluqua d'abord sa maîtresse, puis sa mangeoire qui ne contenait plus que cinq ou six grains d'avoine. Délima avait souri devant leur compréhension réciproque. Elle avait servi l'animal qui entamait sa pitance comme l'aurait fait un prince, sans brusquerie ni bavure, dans le silence de la bonne éducation.

La récolte de céréales d'octobre dernier avait fait l'orgueil de Paul. Nouvellement défrichés, les prés gagnés sur la forêt avaient produit des plants qui pouvaient atteindre la hauteur de ceinture d'homme. Trop cher pour un portefeuille unique, les cultivateurs du voisinage s'étaient cotisés pour acheter une batteuse à grains. Chacun son tour, on avait bénéficié et de l'engin et de la corvée pour cueillir la moisson généreuse.

Ainsi comme un mauvais film dont le scénario s'avérait rempli d'incohérence, Délima finirait sa vie, sans jamais l'avoir vécu vraiment. Elle n'avait existé que pour et par les autres, son mari, ses enfants, ses animaux. L'émouvant récit des circonstances de sa disparition fut rapporté dans le journal La Frontière de Saint-Janvier de Chazel : *« Selon une fillette de six ans, l'un des trois enfants survivants, le feu aurait peut-être été allumé par l'un d'eux. Une allumette craquée sur le poêle de fonte et jetée dans la boîte à bois n'aurait pris qu'une fraction de seconde pour s'embraser violemment. La mère âgée de 30 ans et trois de ses enfants, Elizabeth cinq ans, Noémie trois ans et Joseph un an, disparurent avec la maison. Les trois aînés de la famille eurent la vie sauve. Raoul douze ans fut épargné parce qu'il était sorti chercher de l'eau. Joachim neuf ans était allé avertir sa mère à l'étable. Quant à la brave Lucienne six ans sortie nu-pied de la maison, avec pratiquement rien sur le dos en ce froid d'hiver, elle aurait tenté d'amener la petite Noémie avec elle, mais cette dernière est restée accrochée à la chienne. Le père, Paul Audet, n'était pas là au moment du drame, parti travailler au loin dans les chantiers. »*

LE CAMP DES BÛCHERONS

Pendant la nuit, le vigile s'était endormi tout comme les autres occupants dans la grande cabane des bûcherons. Le poêle à bois au centre de la pièce ne produisait pratiquement plus de flamme. L'air guilleret de janvier s'était infiltré allègrement à travers les interstices mal colmatés des murs de bois rond. Dès le sortir du lit, il faudrait chausser ses bottes de travail, seules chaussures dont on disposait, pour s'éviter des engelures aux pieds. Plus tard, l'homme de maintenance, appelé *showboy* puisqu'il était de toutes les corvées, viendrait ressusciter le feu de ses cendres. La chaleur se laisserait désirer tout comme ces belles inconnues dont les images, pour plusieurs des dormeurs, avaient remplacé l'habituel crucifix.

À l'intérieur de l'unique pièce commune, l'activité reprenait vie petit à petit. Théophile Dubé se servit une tasse de café qui achevait de bouillir sur le poêle.

- Pis Paul Audet, t'as-tu passé une bonne nuit pareil ?

Le sous-entendu de Théophile lui mit les nerfs en boule. Ces maudites chicanes de gars saouls le rendaient rouge de colère. Il en avait vraiment assez! Il fallait que ça finisse. L'homme était loin d'être un bonasse. Paul ne se laisserait pas marcher sur les pieds. Néanmoins, il ne voulait pas réanimer la dispute. Il lui arrivait de disjoncter sous le coup de la colère et ses propos allaient trop loin. Surtout lorsqu'il avait pris un p'tit verre de blanc de trop.

Paul avait passé une mauvaise nuit. La journée d'avant, son cheval avait moins performé et Théophile, qui sirotait son flacon de gin en cachette, l'avait astiqué sur le sujet pendant le repas du soir.

- Coudon Paul Audet, ta picouille, ton Ti-Mousse comme tu l'appelles, a vaut pas une claque. On a attendu toute la journée tes maudits voyages de bois!
- Hey! Si t'es pas content, ostie, va travailler ailleurs, tabarnak. Pis crisse moé patience.

Le *foreman*, qui avait eu vent de l'affrontement, était venu séparer les deux bûcherons qui, les poings hargneux, s'apprêtaient à offrir le spectacle d'un vrai combat de coqs.
- Écoutez ben les gars! Arrêtez ça drette là! Oubliez pas que la *run* vient de commencer. Ça va être long si vous vous pognez tout le temps de même. J'endure pas qu'mes hommes se pognent à gorge quand y sont dans le bâtiment. Si vous voulez régler ça, c'est dehors. Pas icitte en dedans.

Paul avait ravalé sa rogne. Mais ce matin, il avait encore du ressentiment envers Théophile Dubé. De plus, il avait l'estomac à l'envers ayant peu dormi. Comme la journée de la veille avait été infecte, l'appétit creusé par le grand air et la grosse besogne l'avait conduit à forcer sur le lard. Dès son arrivée au camp, il avait repensé aux recommandations de Délima. Il avait fini par admettre qu'il ne devait plus boire. La boisson le rendait stupide, il le savait. Il compensait donc l'abstinence par le travail et la nourriture. Tout de suite après souper, il s'était allongé sur son *buck* alors que les gars se racontaient des histoires salées en se tapant sur les genoux. Mais la frustration et la mauvaise digestion avaient eu raison de ces heures de sommeil si précieuses quand on doit travailler fort physiquement.

Effectivement, ce matin-là, Paul Audet n'était pas d'humeur à argumenter. Il engloutit ses crêpes au sirop d'érable en compagnie de son chum Roméo Gamache. Puis les deux comparses quittèrent la bâtisse qui s'était réchauffée depuis le réveil. Ils se délectèrent de l'air glacial qui leur sauta au visage en sortant du camp. Dans leur besace, chacun transportait le repas du jour : quatre sandwichs de porc frais et un gros thermos de café.

Lorsqu'ils arrivèrent à l'écurie, Ti-Mousse, le cheval de trait, les accueillit avec indifférence. Il aurait préféré rester à l'abri. Mais personne ne lui demanderait son avis. Il fut attelé au traineau de service dans lequel se trouvait une ration de foin et d'avoine qui lui servirait de pitance pendant le jour. Nul besoin de transporter de l'eau pour désaltérer la bête. La neige des alentours suffisait. De toute manière, l'eau aurait gelé sans que le cheval puisse en boire. Les deux hommes prirent place dans le traineau. L'ordre fut donné à Ti-Mousse de se mettre en marche. Aucune parole ne fut échangée lors du parcours. Alors qu'une complainte émanait du cliquetis des ferrures de l'attelage et du traineau qui glissait sur la neige durcie, les pas du cheval ferré battaient la mesure. Une fois l'équipage rendu à l'aire de coupe qui leur avait été attribuée, Gamache dételé le cheval. Roméo Gamache n'aimait pas son prénom qui lui valait bien des boutades de la part de ses compagnons. Combien de fois lui avait-on demandé si sa Juliette était chaude au lit? Il n'entendait pas à rire sur le sujet des femmes puisqu'aucune ne partageait sa vie. On se demandait si le type n'appréciait pas plutôt les hommes. Gamache, qui voulait s'éviter toute allusion sur sa vie personnelle, se présentait par son nom de famille.

Le tandem qui résultait du respect mutuel entre les deux bûcherons facilitait grandement leur travail qui consistait pour le moment à ramasser les billots de la veille. Ces derniers, coupés de la même longueur, devaient être regroupés pour en faire des piles semblables. Théophile Dubé, le mesureur du chantier, calculerait le nombre de cordes et la paye serait en fonction de l'évaluation. Le travail semblait facile en soi, mais le lot à bûcher se situait en flanc de montagne versant est. Puisque le vent dominant arrivait de l'ouest, les rafales de neige compliquaient la donne. À certains endroits, le cheval calait jusqu'aux flancs. L'accumulation exceptionnelle de neige freinait les opérations de manière très désagréable. L'embourbement avait causé le retard de la veille d'où la dispute entre Paul Audet et Théophile Dubé. Le mesureur prétendait que la race de chevaux canadiens, dont Ti-Mousse était issu, ne valait pas celle de ces magnifiques bêtes cendrées de l'Ouest canadien. Plus forts, les chevaux de l'Ouest n'auraient pas laissé de billots sur place à la noirceur venue.

Paul ruminait la prise de bec des heures passées. Théo Dubé était un *jobeur*. Il n'avait pas besoin d'un *team* de chevaux pour faucher, ratteler, rentrer le foin et labourer. Ce qui n'était pas le cas de Paul. Puisqu'il ne pouvait s'offrir le luxe de posséder un tracteur, il savait que pour abattre les tâches sur la ferme, l'acquisition de deux chevaux ordinaires valait mieux qu'un gros pur sang. Or, il n'avait pas non plus l'argent nécessaire pour faire vivre ses deux chevaux au chantier. Ce qui aurait diminué considérablement son salaire le printemps venu.

Paul s'apprêtait à démarrer la scie mécanique lorsque Gamache l'interpela.
- Hey! Paul. C'est pas un loup qu'on voit en haut d'la butte?
- Ben moé, j'dirais que ça ressemble plus à un renard. Regarde comme y faut, on dirait une tache rousse.

Puis, les hommes voulurent reprendre leur travail. Mais l'huile avait figé à cause de la température et la grosse Homelite EZ refusait de démarrer. Paul décida d'allumer un feu. Ce n'était pas les bouts de bois coupés qui manquaient. Il déposa l'outil récalcitrant sur un lit de branches d'épinettes. Les deux hommes devraient attendre au moins une heure avant que la scie ne se dégourdisse suffisamment auprès du feu pour reprendre du service.

Pendant l'attente, Paul prit de l'avance dans son ouvrage. Il fit une profonde entaille à la hache dans la direction où l'arbre tomberait. Puis, comme il l'avait appris de ses pairs, il utilisa chaque pouce de la lame de la scie à mains dans un mouvement continu et régulier. Paul crut entendre une plainte qui émanait du cœur de l'arbre agressé. Ce genre de mystification ne se manifestait pas quand il utilisait la scie à chaîne, le bruit du moteur dominait tout autre bruit. Endurci, Paul poursuivit sa manœuvre de bourreau jusqu'à ce que l'arbre vaincu s'affaisse dans un hurlement ultime. Au moment où l'agressé avait entamé sa chute, Paul avait jeté un coup d'œil de reconnaissance autour de lui. C'était à ce moment qu'il lui avait semblé que la scie mécanique, non seulement avait dégelé, mais qu'elle s'était enflammée. L'illusion créée par le reflet des flammes sur l'acier de la *Homelite* le fit sursauter. Il se redressa tout à fait et malgré ses six pieds, il se sentit petit. Il lui semblait que le faîte du Goliath qu'il venait d'assassiner se dessinait encore dans le firmament songeur. Pris d'un pressentiment terrible, Paul vit en surimpression la majestueuse épinette enrobée de flammes ardentes de pied en cap. Un *blackout* avait suivi la terrible représentation. Un frisson d'angoisse lui parcourut l'échine.

Paul avait mis cette émotion sur le compte de la soirée précédente : l'excès de nourriture, la boisson frelatée bue en cachette avec Théophile, la chicane et le manque de sommeil. Il ne sut dire combien de temps s'écoula. La froidure l'avait gagné. « *Ouin, avant de devenir fou, j'serais mieux d'aller voir comment se débrouillent Gamache et Ti-Mousse.* » La distance d'une centaine de pieds à franchir lui fit grand bien. Il retrouva ses esprits.
- Salut Gamache ! T'avances-tu un peu dans ta *job* ?
- J'pense ben que oui. On a ramassé les billots d'hier comme tu peux l'voir.
- Bon, j'vois que vous avez presque fini. J'm'en va continuer de mon bord. La scie mécanique est dégelée. Ça va aller plus vite. Viens m'rejoindre avec le cheval pis l'traineau quand t'auras fini. À tantôt mon chum.
- OK. À tantôt !

La scie vrombissait maintenant sous les doigts de Paul. Un nuage de respiration voltigeait autour de son casque de poil où s'était greffé une dentelle de glace qui lui arrivait jusqu'aux yeux. Toute la matinée, les moteurs des autres scies à chaîne s'orchestrèrent sous les *timber* vociférés par le chef de chacune des équipes qui opérait dans le secteur. Disséminées ici et là, ces dernières se devaient de signaler la chute d'un arbre pour éviter tout accident fâcheux.

Tout allait bien. D'un geste machinal, Paul replaça son chapeau sous lequel il faisait drôlement chaud. À trimer dur, tout à coup l'hiver fut bon. On se sentait presque heureux dans la clairière que les hommes venaient de créer à coup de sueur et de tabarnak. Les sacres agissaient comme des stimulants puissants devant les tâches à abattre. Le soleil agrémentait de diamants les vertes aiguilles des conifères fraîchement sacrifiés. Il devait bien être midi. Paul déposa ses armes de bûcheron et rejoignit son compagnon. Après avoir avalé leur repas, les deux travailleurs se roulèrent une cigarette. Habituellement, les deux amis échangeaient sur la difficulté de déplacer un arbre abattu ou encore ils s'extasiaient sur la force surprenante de Ti-Mousse malgré sa soi-disant petite taille. Il ne fallait surtout pas aborder les sujets d'ordre personnel. Mais ce jour-là, ni l'un ni l'autre n'avait ressenti le besoin de jaser de quoi que ce soit. Les trente minutes de *break* autorisées pour le lunch venaient de prendre fin. Ils s'apprêtaient à quitter le feu, maintenu vivant toute la matinée, autour duquel ils avaient pris place. Malgré les entourloupettes du soleil, l'hiver vous mordait les chairs dès qu'on arrêtait de s'activer.

Ils entendirent alors un attelage approcher. Ils surent qu'il s'agissait du contremaître à cause des grelots qui tintamarraient au loin. L'attelage d'Amédée était facile à différencier des autres. Toujours pressé, jamais le temps d'attendre, le *boss* avait priorité de passage sur les employés du camp. Même les propriétaires du chantier se rangeaient pour le laisser passer. Paul et Gamache restèrent saisis et se regardèrent en fronçant les sourcils. Pour que le patron se déplace, il devait se passer quelque chose de sérieux. De très grave même. L'espace d'un instant, Paul se dit qu'il avait été découvert. Avait-on mis à jour sa cachette de ti-blanc frelaté qu'il avait acheté de Théo avant sa promesse à Délima ?

Paul n'eut pas à se morfondre plus longtemps. L'attelage s'immobilisa devant lui.

- Audet, j'ai besoin de t'voir. La journée est finie pour toé. Ramasse tes affaires. J't'attends dans mon bureau dès que tu seras au camp.

Sans attendre la réaction de l'employé, Amédée tira la bride de son attelage vers lui tout en claquant la langue. Le cheval effectua un demi-tour dans la lourde neige entraînant le berlot et son occupant. La voiture d'hiver laissa un sillon derrière elle, ses grelots tintinnabulèrent de plus en plus faiblement.

Surpris par cette visite, Paul jeta son mégot dans le feu et vida sur la neige les quelques cuillerées de café tiède qui restait au fond de son gobelet. Il aspira profondément. Il en était maintenant certain. On avait trouvé. Il allait perdre sa *job*. Pas de frelaté au camp, c'était clair depuis le début. Quelle honte ! Il ne pourrait plus bûcher dans aucun chantier. Les lois étaient si sévères en Ontario au sujet de la boisson. Paul Audet leva les yeux vers Gamache.

- Viens avec moé Gamache !
- ...
- Fais pas ton innocent mon Roméo ! Tu sais de quoi qu'on m'accusera, j'pense ? T'en prends aussi toé de la frelatée. J'comprends pas pourquoi le *foreman* s'en prend juste à moé. T'es dans la musique aussi m'semble.
- C'est ton affaire ! Mais j'peux pas faire autrement que de te suivre. J'me vois pas marcher dans grosse neige pour r'venir à pied au camp.

Sans plus attendre, ils réunirent leurs effets sur le traineau, attelèrent Ti-Mousse et après s'être assuré que tous les tisons avaient été couverts de neige, l'équipage reprit le sentier par lequel il était venu. Chemin faisant, Paul se sentait partagé entre la joie de retrouver les siens et l'anxiété de son avenir de bûcheron. Il se dit que s'il ne travaillait plus dans les chantiers, il pourrait passer le reste de l'hiver chez lui. Délima serait heureuse de son retour ; elle lui avait semblé si triste lorsqu'il était reparti. Il y avait toujours beaucoup à faire sur la ferme. Mais sans salaire, sa famille manquerait d'argent d'ici le printemps.

Tout à ses élucubrations peu joyeuses, ils arrivèrent au camp. Il confia à Gamache le soin de conduire le cheval à l'écurie vide à cette heure du jour, les autres bûcherons n'ayant pas terminé leur journée. Nerveux, Paul se présenta à son rendez-vous. Il frappa deux petits coups sur le bord du cadrage de porte.

- Entre mon Paul Audet. Assis-toé.
- Que c'est qui se passe Amédée ?
- Vois-tu Paul, j'ai reçu un message de la part du curé de ton village. Y te fait dire que tu dois descendre chez vous de toute urgence. Y'a une nouvelle à t'annoncer. De personne à personne.

À ce discours, Paul ressentit un grand soulagement. Il ne serait pas licencié comme il l'avait d'abord craint. Il s'enhardit à vouloir en savoir plus.
- Voyons Amédée, c'est quoi c't'histoire-là ? Y se passe quoi chez nous pour que le curé téléphone icitte en plein jour ? Vas-tu me l'dire ?

À l'évidence, le contremaître se sentait mal à l'aise. Il évitait de regarder en face l'homme qui se trouvait sous son autorité en l'absence du grand *boss*. Cette attitude de gêne ne correspondait pas du tout au portrait exubérant que donnait le personnage à son entourage.
- Vois-tu mon Paul, ton curé m'a fait dire de t'annoncer qu'il y avait un problème chez vous. Mais y m'en a pas dit plus. Y m'a dit de te d'mander de passer à l'hôtel Paquette. Là où tu descends dès fois quand tu te rends pas direct chez vous. Y va aller te voir à l'hôtel. Y'é même déjà rendu à La Sarre.
- ...

- Pour descendre à La Sarre, Ti-Nest le *showboy* t'attend dans le pick-up de la compagnie. Y s'en allait chercher la commande du cuisinier pour trois heures. J'y ai dit de t'attendre.
- OK, j'ferai comme tu dis. J'suis prêt à partir drette là!

Paul ne comprenait pas trop le pourquoi de tous ces arrangements. Toutefois, il les accepta sans discuter. Il était estomaqué de savoir que le curé était au courant de ses frasques occasionnelles à l'hôtel Paquette. Il se dit que si c'était un malheur qui était arrivé, il le saurait bien assez tôt. Paul informa Gamache qu'il devait s'absenter quelques jours. Ce dernier nullement surpris avait eu ordre d'Amédée de prendre congé pour accompagner son ami. Roméo Gamache n'en demandait pas tant. Il passerait ces jours de congé à l'hôtel où il se promettait de passer du bon temps.

L'HÔTEL PAQUETTE

Haut perché sur un tabouret, Roméo Gamache posa ses lèvres sur le rebord du verre qu'il venait de se commander. Il regarda sa montre, il était quatre heures de l'après-midi. L'odeur du brandy réchauffa ses sens. Il ferma les yeux. Tel un baiser profond, il prit une gorgée qu'il laissa rouler dans sa bouche un bon moment. Sous les effluves mystiques de l'ocre breuvage, il voulait se délecter de cette parcelle de détente inespérée. Lui, le souffre-douleur, se sentait libre. Il redevenait un homme, un vrai. Puis, il avala le reste de la divine boisson. Celle-ci se fraya un passage qu'il pouvait ressentir tout le long du parcours dans son corps. Il leva les yeux qui croisèrent la brillance qui émanait du miroir. La moitié du mur était habillé d'une gigantesque psyché. Si ce n'eut été des lumières tamisées du bar qui se multipliaient à travers les coupes suspendues au-dessus du comptoir, on n'y aurait vu que des fantômes tellement la place était sombre. En effet, les tentures fermées rendaient le bar de l'hôtel Paquette très mystérieux et propice aux manigances de toutes sortes.

Gamache reposa son verre sur la patine du comptoir tachetée par l'écume des bières qui débordaient des rires des fêtards. Comme il convient parfois aux êtres en apparence timides, Gamache commençait à perdre sa gêne dans l'atmosphère euphorique qui hantait la clandestinité de l'endroit. La Sarre se travestissait en Chicago ou presque.

Roméo Gamache, les sens allumés, y voyait plus clair maintenant. Il remarqua une blonde pulpeuse assise à deux bancs de lui. Il l'étudiait à son aise par le truchement de la glace et se torturait à la fois sur l'à-propos d'agir.

N'y pouvant plus, Roméo se lança. Il changea de place pour se rapprocher de la vamp des lieux.

- Bonjour mademoiselle. Comment vous appelez-vous ?
- Mon nom est Irma tout court.

Vêtue d'une robe moulante et d'escarpins du même rouge, la dame se donnait des airs de fatale. Elle écarta de sa bouche son porte-cigarette d'où naissaient des arabesques bien distinctes malgré l'opacité enfumée créée par les autres clients du bar. Irma se tourna un peu plus en direction du timide bûcheron.

- T'es pas mal mignon, tu sais. Si t'étais mon amoureux, je t'appellerais mon p'tit chou.

Roméo vida son verre d'un trait et en commanda un autre pour se donner du courage. Il ajouta à son tour.

- Je m'appelle Roméo Gamache, mais mes chums m'appellent juste Gamache.
- Roméo. Quel beau nom ! Ça me donne des idées. J'ai une chambre au deuxième où je pourrais te transformer en arc-en-ciel. Atteindre le ciel et l'enfer dans mes bras.

Ces mots d'esprit qui confondaient le bien et le mal achevèrent de décider l'indécis. Roméo se leva à la suite de sa déesse du moment. Dans l'escalier à la rampe sculptée de rosaces, ils grimpèrent lentement en titubant sur les fleurs du tapis élimé par l'usure des pas de tout un chacun.

Pendant ce temps, dans la salle à manger de l'établissement, Paul Audet retrouva la personne qui lui avait donné ce rendez-vous bien particulier.
- Paul Audet, je suis heureux de te voir. Assis-toi !
- Monsieur le curé.

Le curé Mercure prit une profonde inspiration, se racla la gorge puis poursuivit.
- Cependant, il est de mon devoir de t'aviser du terrible drame qui a touché ta famille.

Paul demeura de glace. Les lèvres scellées en une ligne droite, il fixait son interlocuteur. Ce dernier crut voir un cheveu blanc se frayer un passage à travers la noire chevelure de l'éprouvé.
- Le feu a détruit ta maison.
- ...

Paul Audet retenait son souffle. Le silence infernal qui accueillait chacune des révélations maudites n'empêcha pas l'ecclésiastique de sonner le glas final.

- Ta femme Délima et trois de tes enfants ont péri dans le brasier.
- ...
- La compagnie Abitibi Paper a mis une autoneige à ta disposition pour que tu ailles ce soir même à Saint-Janvier de Chazel.
- ...

Qu'avait-il à redire? La planète se scindait. Et lui, Paul Audet, était écartelé. Les mots sortis de la bouche du curé eurent l'effet d'une torture sous l'Inquisition. Paul détourna les yeux de son cruel messager et se mit à penser à son chat. Il avait peur que la bête soit morte aussi. Il voulait préserver sa relation actuelle avec la vie. Il ne pensait qu'au bonheur du félin. Il était déconnecté du monde et son seul lien de vie semblait son ami poilu. C'était dur dans sa tête. Des coups de marteau marquaient les secondes une à une. Il eut un haut-le-cœur en regardant par la fenêtre où il lui sembla voir briller un beau soleil d'hiver. Ce n'était pas normal. En hiver, à 5 heures de l'après-midi, en Abitibi, il faisait noir depuis longtemps. C'était la folie qui voulait s'installer en lui. Il secoua la tête et se retourna vers le curé. La raison refit surface.

- C'est mieux que j'aille sur place tout de suite.
- Mais il fait noir! Attends demain matin pour te mettre en route, Paul.
- Je pourrai pas dormir de toute façon!
- Que Dieu te protège mon fils.

Il n'y avait rien à rajouter. Comment Dieu pourrait-il faire quelque chose pour lui? Tout en réfléchissant aux prières à faire dans un tel cas, Paul réalisa qu'il ne se souvenait d'aucune d'elles. Il grimpa dans la Bombardier couverte. Il n'existait pas de moyen plus efficace de franchir la distance entre La Sarre et son village. Telle une plage sans limites, le tracé de la route se confondait aux vastes champs où s'amoncelaient les flocons. Paul se débattait avec le givre qui se concentrait sur le pare-brise. Il n'arrivait pas à s'imaginer la perte de Délima et de ses trois petits. Il devait y avoir une erreur. Ce cauchemar ne pouvait être réel. Alors que son univers s'était transformé en une béante meurtrissure, l'infecte odeur des corps tordus et calcinés lui monta à la gorge. Le mal de cœur se fit à nouveau sentir. Il prit conscience que jamais, au grand jamais, il ne pourrait s'en remettre. Il ne voyait aucune porte de sortie à l'impasse qui l'attendait. Il vivrait avec cette lésion au cœur toute sa vie durant. Le conseil du curé de faire sa prière le fit monologuer tout haut. Comme s'il s'adressait à Dieu.

«Il se peut que j'aille quand même à Montréal, Gamache m'avait demandé que je lui dise quand j'irais. Y viendrait me rejoindre. En plus, ça diviserait les frais en deux. Mais ça, c'est une consolation ben niaiseuse. Si j'y vais, j'dis bien si, c'est pour faire comme quand t'as un accident de char. Tu dois pas arrêter de conduire après. Tu dois faire comme si rien était arrivé. Gamache avait raison quand y disait y'a rien de beau dans vie.»

Dieu resta silencieux. Paul roula ainsi pendant trois quarts d'heure. Puis, le courage lui manqua. Il fit demi-tour. Les pistes de l'autoneige le guidèrent machinalement au point de départ. Il stationna le véhicule et se réfugia au bar de l'hôtel Paquette.

Jusqu'à ce jour, Paul Audet avait été un homme foncièrement bon. Il avait respecté les règles de la société. Il avait craint Dieu et vivait selon les préceptes établis par l'Église. Il entretenait des relations amicales avec son entourage. Lorsqu'arrivait le temps des corvées, on pouvait compter sur sa participation enthousiaste. Incapable de retrouver sa force morale d'antan, il devenait soumis, indifférent au drame. Tel le poison mortel d'un serpent venimeux s'insinuant en lui, une colère sauvage croupissait dans ses tripes. L'alcool amollissait son cerveau au point qu'il filtrait la réalité, la déformait jusqu'à devenir acceptable. Le bien-être apparent devait toutefois être entretenu. Il fallait absolument ne pas redevenir sobre. Quelqu'un dans le bar avait mis un trente sous dans le jukebox qui chantaient les amours malheureux. En harmonie avec la nostalgie ambiante, Paul Audet buvait coup sur coup. Il n'avait aucune intention de quitter ce faux cocon.

LA BONNE ACTION DE MARCELLIN

De par son état de curé, Marcellin lisait son bréviaire quotidiennement. Quelle coïncidence, qu'en ce 26 janvier, on faisait mention de la mort de Polycarpe sur un bûcher. Né vers l'an 70, le Saint du jour, disciple de l'apôtre Saint-Jean, était l'un des plus célèbres évêques des premières années de l'Église. Il avait vécu en Asie Mineure où il y fut martyrisé malgré son âge fort avancé. Au proconsul qui le pressait de maudire le Christ, il avait répondu : «*Il y a quatre-vingt-six ans que je le sers, il ne m'a jamais fait de mal, comment pourrais-je blasphémer mon Roi et mon Sauveur?*» Attaché à un bûcher, il remerciait Dieu de l'avoir jugé digne de participer à la Passion du Christ. Le rapprochement avec les événements qui avaient disséminé la famille Audet allait de soi.

Marcellin Mercure coiffait le titre de représentant de l'Église, mais par la force des choses, il était devenu aussi l'ami de ses paroissiens. Il connaissait les rêves et les ambitions de chacun. Les confidences qu'il accueillait avec bienveillance ouvraient des portes sur la vie de ses ouailles et lui donnaient l'occasion de leur apporter soutien et réconfort. Les gens étaient reconnaissants à son endroit. Marcellin souriait d'aise à savoir que la population l'appelait par son prénom. Tous les paroissiens se ralliaient au fait que Marcellin était un gars correct et que malgré le port de la soutane, il était capable de les comprendre, eux, les gens ordinaires qu'ils étaient.

Le curé fondateur de Saint-Janvier de Chazel avait œuvré à la reconnaissance de l'endroit qui n'était qu'une mission dans les débuts de la colonisation. Il s'adjoignit les faveurs des habitants en les faisant participer aux décisions concernant l'emplacement où s'érigeraient les principaux bâtiments du nouveau village. D'abord, on construirait une église et un presbytère. Puis le village disposerait de son magasin général, de son école ainsi que d'un dispensaire. Plus tard viendrait se greffer une auberge pour les commis voyageurs et les gens d'affaires venus investiguer le potentiel commercial de l'endroit afin de s'y établir. La page blanche de l'avenir offrait tous les espoirs.

En bon père de famille, Marcellin se préoccupait du bien-être matériel autant que spirituel de chacun de ses paroissiens. Bien au fait de la déchéance de Paul depuis le jour fatidique où il avait eu l'odieux de lui annoncer la fin de son monde, il en comprenait le pourquoi. Marcellin voulut en faire plus pour le malheureux. Son empathie se traduisit par le geste de trouver un foyer d'accueil pour Raoul, Joachim et Lucienne, les trois enfants qui avaient échappé à l'incendie.

Les propriétaires du magasin général acceptèrent de s'occuper des orphelins temporairement. Marcellin se mit tout de suite à la recherche d'un deuxième refuge. Comme il connaissait tout le monde, le bon samaritain n'eut pas à chercher très longtemps. À plus ou moins deux heures de route en auto, un couple plus âgé, et sans enfants ceux-là, voulait bien recevoir et même adopter des enfants abandonnés. Monsieur et madame Filion vivaient dans l'aisance. Monsieur Filion occupait un poste de direction à la mine Sigma. On racontait partout dans Val-d'Or qu'une belle veine d'un pouce d'épaisseur par huit de largeur avait été découverte. L'or coulait à flots dans les fonderies. Les coffres-forts d'Ottawa ressemblaient de plus en plus à la caverne d'Ali-Baba. L'éducation des enfants ne serait pas un problème; madame Filion rêvait d'être mère depuis toujours et le couple débordait d'enthousiasme à l'idée d'accueillir les trois enfants.

Il fut facile pour l'homme d'Église de faire signer les documents d'adoption. Bien que Paul n'eut pas dessoûlé depuis le début du drame, il eut une étincelle de génie qui le fit céder aux arguments du curé voulant que pour les enfants ce soit la meilleure chose qui puisse arriver. Un environnement familial sain et réconfortant dans un milieu de vie plus facile leur permettrait de connaître une vie plus équilibrée. Paul devait bien cette compensation à ses enfants qu'il n'avait pas su garder hors du danger. Il n'était pas question pour Marcellin que les petits fussent laissés à leur compte et abandonnés par un père ivrogne ou, pire encore, qu'ils deviennent enfants de

Duplessis.

Marcellin avait lu un article qui l'ébranlait encore au sujet des traitements subis par certains sous la garde du système instauré par le gouvernement afin de prendre la tutelle les enfants oubliés.

« Ainsi les enfants abandonnés ou nés hors des préceptes religieux du mariage étaient placés dans des asiles. Dès leur arrivée à Saint-Jean de Dieu, ils étaient dépouillés de tous leurs maigres biens personnels allant de leurs vêtements à tout ce qui se rattachait à une certaine forme d'identité : papiers, photos, etc. Les jeunes enfants étaient gardés à l'écart, à l'arrière de l'institution, dans des cellules et des cages où ils vivaient dans d'horribles conditions. Ils étaient revêtus de camisoles de force et on leur administrait des drogues pour dompter leur révolte. Ils restaient la plupart du temps dans leurs propres excréments. On parlait d'un enfant d'une dizaine d'années qui avait été battu à mort par deux gardiens. En effet, la plupart des gardiens étaient des criminels qui avaient séjourné à l'école de réforme. Certains jeunes pensionnaires auraient été sodomisés par eux. Un enfant qui était allé se plaindre reçut un sanglant avertissement. On lui enfonça un couteau dans l'œil gauche et on l'avertit que s'il se plaignait encore, il perdrait aussi son œil droit. Les choses allaient plus loin en dénonçant que toutes les semaines, une couple d'enfants subissaient des opérations au cours desquelles on leur prélevait des organes vitaux. Ce qui restait de ces corps

mutilés se retrouvait dans des boîtes de carton qu'on plaçait ensuite dans "le cimetière de la porcherie" parce que c'était à cet endroit qu'on gardait les cadavres des porcs avant d'être ensevelis. Alors que d'autres corps d'enfants étaient littéralement jetés dans un incinérateur avec les ordures. »

Marcellin n'était pas homme à regarder les gens souffrir sans agir. Oui, il y avait la prière. Mais Dieu pouvait être tellement occupé ailleurs. Il Lui fallait un petit coup de pouce ici-bas, se disait-il, en espérant que le Tout-Puissant lui pardonnerait son péché d'orgueil. Ainsi, Monseigneur le curé de La Sarre, avec lequel Marcellin était lié d'amitié, avait accepté de le seconder dans son désir d'aider Paul Audet. Le presbytère et l'église, construits sur les berges de la rivière Whitefish, offraient un cadre enchanteur aux longues conversations des deux prélats. Sur l'autre versant de la rivière, qui jalonnait le village d'un bout à l'autre, se dressait l'hôtel Paquette où Paul semblait s'être terré à tout jamais avec son chagrin.

Ce fut avec la bénédiction de Monseigneur que Marcellin avait franchi les portes du lieudit de perdition, dans le but de récupérer l'âme d'un fidèle. En entrant à l'hôtel, Marcellin avait assisté à une querelle virulente entre deux comparses qui s'étaient émoustillés par la dive bouteille. La serveuse n'arrivait pas à les séparer. Ces derniers avaient les yeux injectés de sang. L'orage grondait. Une bombe allait exploser. On aurait dit deux chevaux aux prises avec le mors aux dents. Puis, ce fut l'hécatombe.

- Tabarnak. Tu m'laisses même pas nourrir les corneilles. T'es un ostie d'malade mon calice.

Quoi répondre à ce flot d'injures au calibre d'un pistolet ? Un duel de bouteilles de bière s'amorça alors que l'autre gars ne semblait pas d'humeur à entendre de pareilles insanités poursuivait sur sa lancée.
- Va chier, mon chien sale !
- M'a t'en crissé une tu vas voir.

Marcellin s'approcha de la serveuse qui se préparait à intervenir entre les deux hommes en boisson.
- Mademoiselle, s'il vous plaît, je voudrais voir monsieur Audet. Pendant ce temps, avec votre permission, je vais tenter d'apaiser ces messieurs. Vous direz à Paul Audet que je l'attends au presbytère à côté.
- Ouf ! C'est certain que je vous donne la permission, monsieur le curé. Pour une fois que j'aurais pas à régler une chicane de gars chauds.

Quant à Marcellin, il n'avait pas peur de la guerre. Il en avait déjà vu les couleurs par les confidences des soldats revenus au patelin après l'armistice.
- Les gars, les gars ! Soyez raisonnables.
- Que c'est que vous voulez, monsieur le curé ? On n'est pas à l'église icitte. Vous devriez r'tourner voir ceux qui ont besoin de vos services.
- Assoyez-vous. On va discuter ensemble calmement.

Penauds, les deux hommes obtempérèrent. Devant l'homme en soutane, ils se sentirent un peu honteux de leur emportement. Le bon curé croyait que chaque instant était un cadeau de la vie. Il fallait vivre une journée à la fois. Les êtres de son entourage immédiat et le présent uniquement méritaient l'attention des personnes qui voulaient être heureuses sur cette terre. C'était un peu le discours qu'il avait servi aux deux hommes. Marcellin se sentait plutôt mal à l'aise à discourir dans un bar. Posséder un corps et un esprit réjouissait et troublait à la fois le curé. On pouvait prendre toute une vie afin d'harmoniser les deux entités de l'être pour qu'à la fin de sa vie, l'esprit abandonne le corps. Parfois, Marcellin avait des doutes quant à l'au-delà. Mais il n'en parlait jamais. Il préférait agir plutôt que de se torturer les méninges. Marcellin retourna au presbytère pour y attendre Paul.

La serveuse frappa à la porte de la chambre de Paul. Ce dernier, malheureux, ne l'avait pas regardé. Elle resta plantée dans l'embrasure. Le curé Marcellin lui avait demandé de s'assurer que le client de l'hôtel vienne le rencontrer. Celui-ci, confus sur le rebord du lit, éminçait son chagrin comme un air de violon. Elle l'imagina, en des temps plus heureux, où rentrant chez lui, la moustache chauffée par le soleil, joyeux du fruit de sa journée, il se faisait des bonheurs immenses de retrouver son foyer rempli d'amour. L'image de la femme brûlée comme une martyre cingla l'âme de la voyeuse. La forêt sombre et grouillante des présences invisibles de toutes ces morts inutiles la fit plonger dans une famille où régnait une atmosphère de monstres et de sorcières. Rouge comprenait. Elle s'ébouriffa les cheveux. Des lilas en fleurs sautaient dans l'horizon d'un tableau au-dessus de la tête de lit.

- Paul Audet, ce serait mieux si je replaçais les couvertures du lit. Pendant ce temps, tu pourras aller rencontrer le curé qui est venu pour te voir. Il t'attend au presbytère.

Paul ne broncha pas. La serveuse s'approcha de lui et fit le geste de l'aider à se lever. Il se laissa faire. Rouge tenait Paul par le bras. Il lui fit l'effet d'un poney. Cet animal qui était vraiment beaucoup plus petit qu'un cheval, mais qui en possédait la même fierté. Ils marchèrent les quelques pieds à franchir comme s'il se fut agi d'une promenade dans un sous-bois piétinant brindilles et cailloux.

Paul descendit les escaliers et, avant de sortir de la bâtisse, il jeta un coup d'œil à Rouge Moulin qui n'avait pas bougé du haut des escaliers. Dès qu'elle le vit prendre la direction du presbytère, elle retourna à son travail.

Le désespoir de Paul était devenu le sien. Chaque soir, cet homme devait vouloir s'endormir sans jamais plus se réveiller. Pourtant il était toujours là, à l'hôtel Paquette. En effet, lorsqu'il était revenu de son rendez-vous avec le curé Marcellin, Rouge n'avait posé aucune question. Elle ne voulait pas l'effaroucher. Perdu sur une autre planète, Paul se trouvait près du bar. Envoûté par la cacophonie qui émanait des bocks

de bière qu'entrechoquaient des buveurs éméchés. Il se laissait pénétrer par la folie, le nouveau piment de sa vie. Il parla tout haut. Il devenait haïssable de ses amours perdus.
- La morte! C'était une si bonne personne. Oui, ma Délima avait son caractère. Elle se pognait toujours avec sa mère. Une vieille chipie à tête dure, une vraie sauvage.

Paul tituba et poursuivit son monologue devenu inaudible. Soudain, il s'aperçut que la serveuse était retournée derrière le comptoir. Il alla la trouver.
- OK. Fini le niaisage. Donne-moé une bière tout de suite.

Rouge, soulagée de le savoir encore conscient de la réalité, lui servit ce qu'il avait demandé si impoliment.
- T'es-tu correct à c't'heure? V'là ta commande. Prends ça relax. À soir y fait noir. Tu verras demain ce qui faut faire.
- ...

Paul Audet prit une gorgée et croisa le regard de la serveuse.
- Tu sais qu'on ne possède pas un chat? C'est lui qui te possède. J'trouve que c'est vrai aussi avec les femmes. Qu'est-ce que t'en penses toé, la belle?

Rouge fit la sourde oreille. Elle avait l'habitude d'entendre des sornettes de tout genre. Elle s'affaira auprès des autres clients. Paul recourba la tête vers le comptoir et il redevint

triste comme sous l'emprise d'un boulet invisible. Il continuait son discours insolite.
- J'sais pas où est Daisy? J'm'ennuie de ce matou grincheux. En té cas, c'est pas ça qui va m'faire brailler à soir.

Rouge revenait souvent vers son client protégé. Tout en préparant les commandes des autres clients, elle gardait l'œil sur lui. Quand, tout à coup, Paul l'interpela.
- Hey la mamzelle. R'garde l'horloge. Y'est l'heure de mettre le chat dehors. Y'est passé deux heures de la nuitte.

Il riait de sa boutade. Un rire gras d'ivrogne. Sur la ferme, on sortait le chat dehors pendant la nuit afin qu'il monte la garde au cas où un mulot ou une souris s'immiscerait par les nombreux interstices dans les murs des constructions artisanales des campagnes.

Rouge achevait de laver les derniers verres qu'elle disposait avec soin sur les tablettes vitrées du mur derrière le comptoir. À cette heure tardive, les bouteilles rebouchées des boissons fortes semblaient bien inoffensives. Elles étaient même plutôt jolies sous les reflets du réverbère miniature du bar. Rouge prit place près de son dernier client. Elle s'était versé un verre de bière. Elle pouvait bien s'offrir un moment de détente après une telle journée.

- C'est un vrai cauchemar de travailler si fort pour gagner sa vie au lieu d'être chez moi à m'occuper de ma fille !

En attendant la serveuse se plaindre, l'ivrogne qui somnolait sur son banc chancela.
- Tu veux que j'te dise quèque chose ma belle ? Y'a des affaires pire que ça dans vie !

Il se redressa sur son banc. Les yeux fixés sur le mot BAR qui provenait de la seule source lumineuse de la place. Il marmonna.
- Moé, j'me rappelle des affaires pas trop correctes qui se sont passées chez nous. Pas avec Délima. Non. Elle, c'était une sainte. Non, non. C't'arrivé chez mon père.

Il fit une pause en fouillant ses souvenirs vaporeux. Ou peut-être ce n'était pas des souvenirs. Juste des vacheries de la vie qui surgissent dans tes pensées quand tu prends une brosse.
- Ma mère est morte. J'étais ben jeune. J'avais cinq sœurs plus vieilles que moé. J'avais peut-être juste six ans, mais je voyais ben qu'y avait des patentes bizarres qui se passaient à maison.

LE PÉCHÉ DE MÉDÉE

Il n'y avait pas de sanitaire dans la maison à deux étages où vivait le jeune Paul Audet avec ses sœurs et son père. Sa mère décédée très tôt d'un cancer les avait laissés seuls avec leur père, Médée Audet. Paul s'était levé pour aller uriner à l'extérieur. En empruntant l'escalier, l'enfant avait entendu des cris étouffés. Les bruits semblaient provenir de la chambre du paternel. La pièce située au premier ainsi qu'un abri forestier sis aux limites de ses terres se voulaient les deux seuls refuges où se terrait le veuf qui noyait sa détresse dans l'alcool. Le petit Paul, attiré par le bruit insolite, avait poussé la hardiesse jusqu'à entrouvrir la porte. Cette dernière, si délicatement manipulée par la curiosité de l'enfant, collabora. Pas un grincement ne vint ternir le moment de vérité qui se jouait là. De longs cheveux blonds dépassaient la catalogne grosse des corps qui se débattaient sous elle. Paul reconnut la blondeur de la tignasse de sa grande sœur Marjorie. Il se sentit une pudeur, une retenue dont il ne pouvait expliquer la teneur. Il percevait que son initiative pourrait lui être préjudiciable un jour. Un sentiment de nausée le submergea, il n'avait plus envie d'uriner tout à coup. Aussi lentement que possible, Paul s'évinça de la porte qui maintenant semblait brûler comme la porte de l'enfer. Celle que monsieur le curé lui avait décrite lors de sa visite paroissiale.

Le lendemain matin, son père était arrivé tout guilleret dans la cuisine. Il portait une chemise marine. Le bleu marin se mariait si bien à son teint rosi par les abus. Il donna ses ordres aux enfants.

- Écoute Marjorie, j'pars dans mon camp de chasse. J'reviendrai pas ce soir. Occupe-toi de tes sœurs et ton frère.
- Oui, p'pa. C'est comme vous voulez.

La jeune fille n'avait que douze ans. Il y avait eu plusieurs nuits semblables. Ses sens d'adolescente se réveillaient dans son corps. Son père l'aimait, elle en était certaine. Au début, elle ne savait pas comment réagir. Il s'installait sur elle et elle lui devait respect. Il lui demandait si elle aimait telle ou telle caresse sans jamais attendre sa réponse. Marjorie avait été retirée de l'école pour s'occuper de la famille après la mort de sa mère. Elle avait vu son père et sa mère coucher ensemble. Le fait qu'elle remplaçait sa mère dans l'ordinaire de la maison lui laissait croire que ce qui se passait la nuit devait aussi être correct. Son corps se transformait en planète isolée de l'univers sous les attouchements interdits. Elle avait même appris à ne plus rien ressentir quand il la pénétrait.

Comment un père pouvait-il agir de la sorte avec ses filles ? Après l'aînée, les abus se perpétuèrent sur les autres. Elles arriveraient souillées d'impuretés à leur nuit de noces.

Or, le péché de Médée le rattrapa. Les enfants avaient grandi et, un à un, ils avaient quitté la maison familiale sans jamais y revenir. L'homme ne dessoûlait pas assez longtemps pour se rendre compte du mal qu'il avait causé. Comme à son habitude, il se préparait à passer du temps dans son camp de chasse. Il avait attelé ses chiens au traineau. Le vent se levait. Le froid glacial serait un obstacle à la route à parcourir pour se rendre au bout de ses terres. Médée avait enfoncé plus avant son casque de fourrure. Titubant sous les bourrasques, il avait saisi son flasque de brandy. Il en avait bu une lampée en guise de petit-déjeuner. Les rafales ébouriffaient les brins de poil du capot de Médée, tandis qu'il achevait d'attacher tant bien que mal la charge à son attelage. À l'évidence, le père Audet passerait plus qu'un soir dans son camp. Le blizzard courait après tous les flocons de neige à la fois. Le ciel et la terre disparurent formant un tableau blanc sans horizon. L'attelage de Médée Audet s'élança vers la forêt. La tempête avala violemment le pécheur. Plus personne ne revit le pauvre diable vivant.

L'ASSURANCE

En apparence, Paul éprouva un chagrin mitigé à l'annonce du décès mystérieux de son père. D'abord, les gars ne devaient pas montrer leurs sentiments et puis ce qu'il connaissait de lui relevait plus de mauvais souvenirs que de bons. C'était l'époque où il venait de rencontrer Délima. Les deux tourtereaux ne voyaient que leur bonheur. Pour le protéger, ils avaient eu la prévoyance de contracter une assurance sur leurs biens. Les recommandations de Marcellin n'avaient pas été étrangères à la décision d'assurer la ferme. L'agent d'assurance avait été tellement insistant qu'ils n'avaient pas été capables de lui dire non. Délima et Paul riaient parfois en écoutant La Bolduc à la radio. *«Ah! Les agents d'assurance, c'est comme ça que j'les arrange, quand je les vois arriver, j'barre la porte, pis j'va m'cacher...»* Marcellin, qui connaissait aussi cet air de turlutte pour l'avoir entendu lors des veillées d'hiver chez les colons, se réjouissait que le couple n'ait pas écouté la suggestion de la chanteuse. Aujourd'hui, il se faisait un devoir de retrouver l'agent qui avait vendu la police à Délima et

Paul. Mais le vendeur avait mystérieusement disparu depuis l'annonce du drame. La publication dans les journaux du feu de Saint-Janvier avait fait le tour du Québec et le bruit avait couru jusqu'aux provinces voisines. En tant que responsable religieux de sa paroisse, Marcellin détenait un pouvoir qu'il exerça en écrivant une longue lettre à l'évêché du diocèse au sujet de cette assurance irrécupérable. À son tour, l'évêque en avait glissé un mot à l'archevêque. Les hautes instances s'activaient dans le but d'un règlement en bonne et due forme.

En attendant que la cause se règle, ce qui restait de la famille de Paul Audet se devait d'être mis sous tutelle, selon Marcellin. Quant à l'évêque, il avait vu son intervention comme une opportunité de faire fructifier les dividendes du clergé. De quel droit cette compagnie se permettait-elle de se désister de ses engagements envers un des diocésains?

L'évêque voulut s'informer de la situation concernant l'affaire en cause. Il chargea donc Bernard, son jeune adjoint, d'écrire à Québec, siège lieu de la compagnie d'assurance. Peu de temps après l'expédition de la missive, l'agent d'assurance était réapparu avec des documents forts intéressants qu'il avait remis à son Excellence Monseigneur Antonio Paré, évêque d'Amos. Ce dernier les remettrait ensuite au curé Marcellin qui en avait fait la demande au nom de son protégé. Le précieux butin consistait en un chèque libellé au nom de monsieur Paul Audet accompagné d'une note de l'assureur qui stipulait l'effectivité du contrat nonobstant sa destruction lors dudit incendie. La compagnie remplissait ses obligations envers l'assuré survivant.

Cette subite facilité à régler le dossier tenait-il du fait que la *Canadian Fire and Life Assurance Corp.* négociait avec l'archevêché de Québec afin d'assurer la totalité des propriétés et des édifices religieux ? Il fut manifeste pour la compagnie d'assurance sollicitée qu'une réponse favorable et immédiate à la lettre du haut dignitaire ecclésiastique lui garantirait un atout majeur hors de toute compétition éventuelle. Aller dans le sens contraire des souhaits des hauts représentants du clergé pouvait mettre en péril la survie de la succursale de Québec.

La problématique financière brassée par cette histoire d'assurance étant sur le point de se régler, l'évêque Paré planifia une rencontre de tous les curés œuvrant sur le territoire de l'Abitibi au presbytère de La Sarre. En ce 8 décembre, la nature conquise par l'hiver offrait son banquet de neige étalé au gré des grands froids nordiques. Avant que débute le rassemblement, Monseigneur Paré aborda l'abbé Marcellin Mercure. Ils échangèrent sur des banalités, quand l'évêque en vint au véritable sujet.

- Mon cher abbé, pour faire suite à votre lettre concernant Paul Audet, j'ai ici votre réponse. J'ai transmis votre demande aux assureurs. Ceux-ci ont fait preuve d'humanité, si je peux dire, et donné suite à ma démarche. Ils ont payé les dix mille dollars, la totalité de l'indemnité prévue au contrat. Même si Paul Audet

n'a plus les preuves de ce contrat qui ont été, on s'en doute, détruites dans l'incendie de sa maison.
- Monseigneur, quelle bonne nouvelle ! Je suis surpris du règlement rapide et complet. Permettez-moi de vous féliciter. Je rends grâce au Seigneur que ma voix ait été entendue.
- Le Seigneur nous a, en effet, été favorable. Je compte sur vous, abbé Mercure, pour mener à bien la suite de cette affaire. Maintenant, si vous le désirez, allons retrouver nos frères.

L'abbé s'empressa de gratifier d'un baise-main la bague qui lui était présentée. Il enfouit l'enveloppe dans l'une des nombreuses poches de sa soutane. Il ouvrit la porte et s'effaça respectueusement au passage de son supérieur. Le cœur en liesse, il alla rejoindre ses confrères.

Monseigneur Paré ne laissait personne indifférent, que ce soit les paroissiens ou les grands patrons de compagnies avec qui il avait à négocier pour le bien matériel du diocèse. Sa bonté notoire et son sens des affaires le précédaient partout où il allait. Son adjoint, l'abbé Bernard, voyait aux procédures. En plus de faire office de chauffeur, celui-ci avait été mandaté pour organiser l'événement de La Sarre. Fort heureusement, la route qui reliait Amos et La Sarre était déneigée régulièrement et Monseigneur Paré avait pu arriver à l'avance à la rencontre. Il en avait profité pour aller se recueillir avant le début de la séance. Alors qu'il admirait les anges peints sur les pierres des murs de l'église, il se réjouissait que la paroisse Saint-André de La Sarre, érigée canoniquement en 1917, soit l'hôte du présent conciliabule religieux. Ses dévotions terminées, il traversa au presbytère. Les planchers de parqueterie brillaient de mille feux grâce aux soins de la ménagère du curé. Les arabesques gracieuses du large tapis ovale assourdissaient les pas de ces messieurs. La vingtaine de participants conviés avait trouvé une place assise dans le grand salon vert pâle où trois fauteuils de style victorien agencés à une causeuse de même facture donnaient le ton. Des banquettes et des chaises d'appoint avaient été ajoutées par le bedeau afin d'accommoder les invités. Malgré l'encombrement du lieu, on pouvait admirer, du plafond jusqu'à son agenouillement sur le sol, de fins rideaux de dentelle tricotés au crochet par les religieuses du village. Les hommes d'Église fumaient en devisant des petits tracas de leurs paroissiens respectifs.

Vint alors le moment où se présenta le dignitaire qui présiderait le rassemblement. On aurait dit un tableau grandeur nature accroché aux murs du Louvre. La porte du salon, orné d'une large bande d'acajou, encadrait l'évêque en tenue violette. L'assistance, de noir vêtu, se leva pour l'accueillir.
- Mes amis, veuillez vous assoir s'il vous plaît. Nous allons commencer.

Dans un frou-frou de soutanes, les ecclésiastiques obtempérèrent. Deux ou trois membres de l'assistance émirent quelques toussotements. Le silence revenu, Monseigneur

Antonio Paré s'adressa aux pasteurs de l'Abitibi. Ces chefs de file spirituels trouvaient un grand réconfort dans ces ralliements épisodiques où ils avaient l'occasion d'échanger sur les aléas de la vie religieuse tout en se distrayant un peu.

« Chers collaborateurs. Permettez-moi d'abord de remercier le curé Victor Latulipe de La Sarre de nous accueillir dans son magnifique presbytère. Je tiens aussi à souligner les efforts particuliers que certains d'entre vous ont eu à surmonter pour assister à la rencontre d'aujourd'hui. C'est l'hiver et les routes sont à peine praticables en certains endroits. Je me suis laissé dire que le curé Marcellin Mercure de Saint-Janvier de Chazel a dû parcourir tout le chemin en "sleigh" tiré par des chevaux. Quant au curé de Macamic, il a eu plus de confort dans sa cabane chauffée. J'admire la débrouillardise des gens du nord. Ces gens du pays de givre qu'est l'Abitibi. Qui aurait pensé qu'une voiture de ferme montée sur des glisses et recouverte d'une cabane munie d'un poêle à bois tiré par des chevaux apporterait autant de confort en faisant route durant ces froids légendaires ? J'ai moi aussi eu l'occasion de faire un bout de chemin avec ce type de locomotion et, ma foi, j'ai apprécié le temps passé à l'abri. Et j'ai pu admirer à l'arrivée au village la grande étable construite à proximité de l'église. Cet édifice d'appoint est tout à fait approprié pour y laisser sa monture pendant les offices religieux. On sait faire les choses en grand dans le canton. Mais revenons-en au vif du sujet de notre rassemblement : la préparation de nos fidèles pour la période des Fêtes qui s'annoncent dans quelques semaines.

C'est le début de l'avent. Il ne faut pas oublier qu'il y a 104 ans aujourd'hui, le bienheureux pape Pie IX a défini ce jour du 8 décembre, le jour de l'Immaculée Conception. Ce dogme de l'Église catholique, le pape Pie IX l'a proclamé en citant la bulle Ineffabilis Deus. "Nous déclarons, prononçons et définissons que la doctrine, qui tient que la bienheureuse Vierge Marie a été, au premier instant de sa conception par une grâce et une faveur singulière du Dieu tout-puissant, en vue des mérites de Jésus-Christ, Sauveur du genre humain, préservée intacte de toute souillure du péché originel, est une doctrine révélée de Dieu, et qu'ainsi elle doit être crue fermement, et constamment par tous les fidèles." Ainsi, en ce jour, moi, votre évêque, je désire vous inciter à souligner l'importance de la pénitence de vos ouailles. Il ne faut pas hésiter à mentionner dans vos sermons l'importance de faire pénitence par égard pour la commémoration de la naissance du Christ. Les paroissiens sont portés, bien naturellement, aux excès de nourriture et surtout de boissons dans les rencontres familiales, sans compter les immanquables rapprochements humains qui, l'alcool aidant, peuvent dégénérer en des unions hors mariage. Il est de votre devoir de sensibiliser vos ouailles des dangers de l'exagération qui mènent aux péchés... »

L'officiant poursuivit sur cette lancée. Certains tenaient les yeux fermés en guise de concentration. Il était difficile de dire qui dormait ou pas. Puis, l'assistance avait hoché de la tête en signe d'approbation. La demande officielle de l'évêque serait respectée.

En homme du Nord, l'hôte du congrès religieux de La Sarre, le curé Victor Latulipe, connaissait les us et coutumes de l'hospitalité. Il lui était également agréable d'accueillir ses confrères autour de l'immense table de bois massif dont les pattes sculptées reposaient sur des dessous en verre. L'endroit était peu décoré en respect pour la période de jeûne et de prières qui s'amorçait. Des armoires jouxtant le plafond haut de douze pieds semblaient orphelines dans la vaste cuisine aseptisée. On aurait dit que la hauteur des bâtiments religieux aspirait à toucher le firmament. Quoiqu'il en fût, un escabeau montait la garde sur l'un des murs, la servante ne pouvait atteindre les assiettes sans cet outil d'appoint.

Le curé Latulipe avait fait préparer un banquet de clôture par les dames des Filles d'Isabelle. Quant aux marguillers, ils avaient eu à dénicher des lieux d'hébergement pour les convives qui ne reprendraient la route que le lendemain. Le banquet s'amorçait. On profitait de la présence des uns et des autres. Bien que l'abstinence fût de mise en cette période de l'année liturgique, quelques-uns firent une entorse à la règle. Les prêtres consommaient du vin lors de la célébration de la messe quotidienne et le geste mystique de la communion avait déteint jusque dans la vie privée de certains. La réception au presbytère donnait lieu à un moment festif, contrastant à une vie vécue à l'ombre d'une étonnante solitude meublée de placards étroits et de meubles silencieux.

Le moment de prendre congé sonna. Les dignitaires se levèrent en même temps tout en se dirigeant vers le vestiaire. Le bedeau en poste pour l'occasion remettait à chacun bottes, manteau et chapeau.
- Mon cher curé Latulipe, la nuit est tombée. Il nous faut partir.
- Les paroissiens de La Sarre et moi-même avons été honorés de recevoir votre Excellence.
- Et bien, nous ne nous étions pas trompés en venant ici. Votre accueil a été à la hauteur de nos attentes. Que Dieu vous bénisse.

Ainsi s'exprima l'évêque sur son départ. Pour une fois, le curé de La Sarre éviterait l'ennui qui le gagnait le soir venu. La solitude était maîtresse des lieux. Mais pas ce soir. Le curé de Macamic logerait au presbytère. Alors que certains religieux profiteraient de l'hospitalité lasarroise, d'autres coucheraient en chemin. En effet, il était d'usage parmi les colons d'accueillir aussi bien l'homme d'Église que le mendiant qui frappaient à leur porte. L'esprit d'entraide s'étendait jusque chez les commerçants qui n'hésitaient pas à appuyer les projets à caractère religieux. Malgré les jurons communs au langage, le modèle de foi était bien ancré dans les esprits. Il s'agissait d'une forme de gouvernement que l'on respectait. La prière demeurait une monnaie d'échange, non seulement pour se mériter le paradis à la fin de ses jours, mais c'était aussi le guide de tout comportement ici-bas.

LE CHÈQUE

Adélard Houle acceptait de faire crédit à ses clients. Également marguiller de la zone ouest du village, l'épicier du coin avait reçu la charge de trouver quatre chambres pour la rencontre du 8 décembre. Louis Paquette possédait un établissement d'hébergement et il était membre de la Chambre de commerce, tout comme son ami l'épicier. À la dernière réunion du comité, Ti-Louis Paquette avait offusqué son collègue en lui faisant savoir qu'au Conseil Municipal une décision avait été prise concernant le développement commercial. Le débat avait favorisé la quatrième avenue au lieu de la troisième rue dont les trois quarts des terrains appartenaient à l'épicier. En dédommagement de l'apparente injustice, Adélard jugea que Ti-Louis devait fournir gratuitement lesdites chambres. L'hôtelier n'eut d'autre choix que d'accepter la situation, car Adélard avait su inclure le curé de La Sarre dans son plan.

Dans le but de se joindre à la convocation de l'évêque, Marcellin était parti de Saint-Janvier de Chazel la veille. Il avait passé la nuit chez un ancien collègue du séminaire qui était sorti des ordres. Tancrède Bisson en avait long à raconter. Il avait maintenant une famille. La vie religieuse lui manquait parfois à cause du calme qu'elle pouvait offrir et surtout de l'esprit dégagé devant le pain à gagner. Les deux anciens séminaristes avaient discuté jusqu'à très tard dans la nuit. La route avait été difficile pour Marcellin. Il lui avait fallu deviner le chemin à suivre dans la neige trop abondante en cette période de l'année. Le cheval de trait avait peiné dur, mais il était arrivé sain et sauf.

L'abbé Marcellin se trouvait parmi les religieux qui bénéficièrent de l'entente des chambres gratuites. La chambre 209 se situait au bout du corridor du premier étage. Confortable et agréablement décoré, l'immeuble ne devait pas avoir plus de cinq ans. Minuit approchait, Marcellin cherchait désespérément le sommeil. À trente-neuf ans, il avait déjà ses petites habitudes. Il lui était difficile de trouver le sommeil ailleurs que dans son lit. Son environnement familier lui manquait.

La fenêtre de la chambre d'hôtel donnait sur l'avenue déserte. Seul le vent glacial de l'ouest y circulait charroyant avec lui des flocons de neige qui en un autre temps auraient été féériques. Étendu sur le lit, Marcellin sursauta et tendit l'oreille. Il crut d'abord que l'insomnie qui le taraudait était la cause de sa méprise. Se pouvait-il que le vent miaule comme une chatte en rut? Voilà presque une heure trente qu'il était couché,

mais en vain. Lorsqu'il avait atteint un niveau de fatigue trop important, le sommeil avait la fâcheuse habitude de le fuir comme la peste. Il sortit du lit tout en marchant vers la fenêtre. Oh surprise, il découvrit un chat presque congelé sur le rebord extérieur. Il ouvrit la fenêtre pour le faire entrer.
- Pauvre p'tite bête, d'où tu viens ? Entre. Tu peux pas rester dehors par un temps pareil.

Il referma au plus vite. Le félin trouva refuge sous le calorifère. L'ouverture momentanée de la fenêtre avait refroidi la chambre. Marcellin actionna la valve pour augmenter le débit d'eau dans le calorifère qui réagit immédiatement en émettant une série de craquements de plus en plus rapides. Le matou se coula si bien à la chaleur répandue par les boudins métalliques du chauffage que le tableau apaisa l'homme. Celui-ci retrouva ses couvertures, espérant y ronronner à son tour. Marcellin avait troqué sa robe d'ecclésiastique contre un pyjama cousu par sa mère. Une flanelle beige sur laquelle s'ébattaient des oursons bruns prouvait que cette dernière ne tenait pas compte du fait que son fils avait largement dépassé l'âge des gamineries. Cette année encore elle lui avait offert une paire de bas de laine à l'effigie de têtes d'orignal. Vêtu de flanelle et de laine du pays, il avait cru pouvoir tomber rapidement dans les bras de Morphée. Hélas, l'attirail du parfait dormeur ne lui réussit pas davantage.

Dehors le vent continuait de siffler dans les corniches. À l'intérieur le système de chauffage lui répondait d'un roulement de tambour qui sourdait de la tuyauterie. N'y pouvant plus, Marcellin émergea de la chaleur qui avait pris une intensité que d'aucuns auraient trouvé confortable. Il ressentit le besoin de se dégourdir les jambes. Il se leva, espérant chasser le mauvais esprit de l'insomnie. Sous ses pas lainés, le plancher craquait. Heureusement, il n'était pas un de ces maris rentrants au petit matin dont la femme attendait farouchement armée d'un manche à balai prêt à être asséné sur le crâne du retardataire impénitent. Cette pensée loufoque le fit sourire dans la noirceur du corridor qui menait au bar de l'hôtel. Il ne s'était pas attendu à rencontrer âme qui vive. Pourtant, sans trop y réfléchir, il avait pris la lettre et le chèque que lui avait remis l'évêque et les avait sécurisés sous le pli de sa ceinture de pyjama. Il aperçut de la lumière au bout du corridor. La serveuse s'affairait encore malgré l'heure tardive.

- Mon père, comment ça se fait que vous ne dormiez pas encore ? Vos confrères sont partis dans leur chambre depuis longtemps. Moi j'ai encore d'l'ouvrage. À votre place j'serais couchée. Mais que voulez-vous, la nuit c'est le bon moment pour nettoyer les planchers parce qu'en général, personne pillasse dessus pour les salir à mesure. Mais j'dis pas ça pour vous. Allez, v'nez donc vous assoir près du foyer. Y a encore de la braise, j'vais remettre une ou deux bûches.
- Vous êtes bien gentille mademoiselle. Je ne pensais pas rencontrer quelqu'un, sinon j'aurais revêtu un vêtement plus décent.

- Voyons ! C'est pas grave. Restez à votre aise. Tiens, voulez-vous un p'tit r'montant pour vous remettre d'aplomb ? Avec ça vous allez trouver le sommeil, j'vous le garantis.
- Merci mademoiselle. Votre suggestion m'est une bénédiction.

Rouge consulta rapidement le carnet presque neuf des recettes de cocktails. En général, les clients s'en tenaient à la bière et au gros gin. La serveuse en vint à la conclusion que pour détendre un homme stressé, fût-il un ecclésiastique en tenue de nuit, deux onces de gros gin, une cuillerée à thé de miel, un zeste de citron et un soupçon d'eau chaude feraient l'affaire. En effet, la potion réussit. Le curé Marcellin atteignit peu à peu un stade de confort bienfaisant. Rouge avait fini de laver toutes les tables et la place était balayée. Le feu se mourait dans l'âtre. Marcellin s'apprêtait à retourner dans ses quartiers lorsqu'il vit apparaître ce qui lui semblait un fantôme.

Un pauvre hère, barbe longue, et vêtements en loques, avançait en traînant ses savates. Le bougre se dirigea vers le bar. La musique d'ambiance susurrait un parlez-moi d'amour. Par la voix de Lucienne Boyer, le fantôme, suivi d'un chat, ressembla tout à coup à un être humain. Le curé Marcellin reconnut le protégé de la place. Daisy, car c'était bien l'animal que Marcellin avait fait entré dans sa chambre quelques instants plus tôt, avait retrouvé les traces de son maître. Paul Audet était bel et bien l'homme qui était la cause de sa présence incongrue à l'hôtel Paquette. Et que dire de sa tenue de nuit à lui en ce moment même ? Marcellin coupa court aux balivernes sociales entourant le costume et il se dirigea vers son paroissien. Paul n'était plus que l'ombre de celui qu'il avait été un an auparavant. Marcellin s'attrista à la vue de ces joues creusées par le manque de sommeil et l'abus d'alcool. Les cheveux luisants du bonhomme en disaient long sur le peu d'hygiène qu'on leur avait prodigué dernièrement. Le col ouvert de sa chemise crasseuse laissait imaginer le rose d'un sous-vêtement de corps qui s'était muté en grisaille. Le kaki troué des pantalons découvrait des morceaux de peau rougie par la maltraitance que s'infligeait cet homme souffrant. Les bottes de feutre avaient perdu leurs lacets et les langues, semblables à celles d'une meute de chiens essoufflée par la course, abritaient des mottes de neige dégoulinant sur le plancher fraîchement lavé par Rouge Moulin. Une odeur de fond de tonneau et d'air frais à la fois, émanait du personnage qui rentrait de l'une de ses randonnées nocturnes. Paul ne voulait voir ni parler à personne. Surtout pas à quelqu'un qui aurait eu pitié de lui. Aucun être mortel ou autre, s'il en existait, ne pouvait l'aider d'une quelconque manière. Il en était certain. Il ne se souvenait plus trop pourquoi, mais il en était sûr. Paul Audet n'avait pas dessoûlé depuis l'annonce de l'hécatombe qui avait touché les siens. Où se cachait le grand gaillard d'autrefois qui affichait si fièrement des biceps d'acier lorsqu'il manœuvrait la hache du bûcheron ? Vulnérable et émotif sous son masque d'indifférence, il n'avait aucune envie de changer.

Subitement, on vit sauter une ombre sur le comptoir du bar. Daisy, le matou qui avait suivi les traces de Marcellin au sortir de sa chambre, avait enfin retrouvé son maître. Le félin s'arrondit de contentement et frôla, de sa fourrure mouchetée, la main ankylosée du buveur. Ce dernier réagit à l'ultime caresse et reconnut la bête. D'une voix pâteuse, il interpela la serveuse.
- Hey la *waitress*. Apporte-moé un double scot... scotch pour fêter le retour de mon chat.

Rouge émergea de la cuisine et ne prit ombrage ni de l'animal sur le comptoir ni du ton de l'ivrogne. Elle avait appris à ne pas s'offusquer des paroles des clients. Elle s'adressa à celui-ci avec une grande politesse, comme si elle avait le pouvoir de lui donner exemple.
- Monsieur Audet, vous avez un nouvel ami à ce que je vois. Il a l'air gentil. Écoutez. Pourquoi ne pas en profiter pour aller vous reposer un peu ? Je pense que vous ne devriez plus boire, vu votre état.
- Ostie. C'est pas toé qui va me dire quoi faire quand même. Donne-moé ce que j't'ai demandé. C'est toute.
- Monsieur, je peux plus vous servir de boisson à soir. Le bar est fermé.

Marcellin qui avait observé la scène s'était levé. Il marcha vers la serveuse qui continuait d'expliquer les raisons de son refus de servir la boisson demandée. Marcellin ferma les oreilles à ce pieux mensonge de l'employé qui prenait son rôle à cœur.

Rouge Moulin ne savait pas grand-chose de l'histoire, mais monsieur Paquette l'avait bien avisé de ne pas faire monter la facture de bar du type à l'air louche qu'il logeait pour se gagner des indulgences auprès du curé de La Sarre, et auprès de Dieu aussi tant qu'à y être. Le *boss* avait ajouté que ledit client ne possédait plus une cenne depuis le début de l'été. Le curé Mercure, en véritable ange gardien, s'était approché du misérable. Il avait pris place sur un banc à côté de lui. En posant la main sur son épaule, il s'était adressé à Paul en le regardant dans les yeux.

- Paul, tu sais que tout le monde souhaite que tu ailles mieux. Le patron de l'hôtel te laisse l'usage d'une chambre gratis pour un certain temps, parce que c'est un bon chrétien cet homme-là. Même Monseigneur l'évêque espère que tu te remettes un jour du grand malheur qui t'as frappé. Là, c'est à ton tour de te prendre en mains.

La voix posée de la seule personne qui avait encore gain de cause auprès de l'ivrogne fit un miracle. Paul, en apparence prêt à obtempérer aux conseils de Marcellin, ne s'opposa pas. Il se leva avec lenteur du tabouret, ce qui fit tomber le matou lové sur ses genoux. D'accord il essaierait de redevenir honorable. Mais d'abord, il irait dormir avec le chat dans son lit. Au moins, il ne serait plus seul. Alors que l'homme et la bête se dirigeaient vers la sortie, Marcellin l'interpela à nouveau. Il n'en avait pas fini avec son protégé. À ce moment, Paul remarqua les oursons bruns sur le pyjama. Il eut un geste

de recul.
- Bon. Me v'là encore victime d'hallucinations.

Depuis quelque temps, une espèce de brume filtrait tout ce qu'il entrevoyait. Pourtant la vision semblait réelle. Il toucha Marcellin. Oui, l'image était vraie. Un homme de l'Église vêtu d'un pyjama aux motifs enfantins de nounours. La pensée de ses enfants grillés sous une poutre en flammes le tarauda l'espace d'un instant. Le temps que l'amnésie refasse surface ; le mort vivant qu'il était devenu reprenait le contrôle sur le présent. Sa chemise entrouverte laissait voir son torse à la pilosité généreuse où étaient apparus quelques poils blancs.
- Ah ben ! Ça arrive pas souvent une vision qui parle. Pis dans le lounge à part de ça.

Marcellin aurait pu se sentir ridicule ainsi vêtu, mais devant la tenue délabrée de Paul Audet, la fierté n'était pas de mise.
- Non ce n'est pas une vision que tu as Paul. Je m'excuse pour le pyjama, mais c'est bien moi Marcellin, ton curé.
- Ah ben ! C'est pire. Un mirage en pyjama qui se prétend mon curé. Ch'u rendu fou.

Dans le fond de la salle, on entendit un gloussement de rire contenu. Rouge ne pouvait pas quitter tant et aussi longtemps qu'il y avait du monde dans la place. Marcellin ne lâchait pas. Il n'était pas question de laisser passer l'occasion de parler à son paroissien.

- Écoute Paul, viens t'assoir un peu avec moi. Je suis ton ami, ne l'oublie pas. J'ai une bonne nouvelle pour toi.
- C'est quoi ça des bonnes nouvelles ? J'aurais-t'y gagner à la loterie ? J'ai même pas une cenne pour m'acheter un billet.
- Paul, on va jaser un peu.
- Correc»... correct !

Paul vivait dans le brouillard depuis un an. C'était Marcellin qui lui avait annoncé la terrible tragédie qui s'était jouée en son absence. L'ivrogne suivit Marcellin et s'assit tant bien que mal en face de son hallucination. La tasse de gin, que Marcellin n'avait pas terminé et que la serveuse n'avait pas encore ramassé, capta l'attention de Paul. Marcellin s'en aperçut et en fin stratège, il fit signe à Rouge de lui apporter le double scotch refusé plus tôt. Témoigner d'un peu d'humanité à un être déchiré relevait d'une grande qualité dont l'homme de Dieu était bien pourvu. Il comprenait le sens profond de l'orgueil comme pierre d'achoppement de la dignité masculine. Il espérait ainsi arriver à convaincre le récalcitrant à rentrer dans les rangs de la raison.

Voyant que Marcellin avait le contrôle, Rouge laissa les deux hommes seuls dans la pièce. Marcellin jugea bon d'aborder le sujet qui l'avait conduit dans ce lieu inapproprié à ses fonctions régulières. Comme il l'avait fait précédemment pour l'adoption des enfants, il prit soin de relater les faits qui entouraient le règlement de l'assurance de la maison disparue en fumée. À la fin de l'exposé, il sortit la lettre et le chèque de sa poche. Pendant tout ce temps, Paul Audet s'était contenté de siroter son scotch. Il s'imbibait d'alcool par petites lampées, soigneusement calculées, afin d'en apprécier toute la saveur et pour que le plaisir dure le plus longtemps possible. Il n'avait pas écouté un seul mot du récit de l'abbé. Tout lui était indifférent. Ne voulant pas lâcher sa prise à l'hameçon, Marcellin joua le tout pour le tout.

- Voyons Paul, si tu ne veux pas l'avoir ton chèque, au moins signe-le et j'irai le déposer à la banque pour toi demain matin.
- OK. J'vas signer. Tout ce que j'veux, c'est d'aller dormir.

Marcellin se rendit à la cuisine où Rouge terminait ses travaux. Elle avait fermé les lumières et se fit un plaisir de prêter son stylo à la demande du curé. De retour à la table, Marcellin réveilla Paul qui s'était endormi, le chat lové à ses jambes. Marcellin fit signer la copie de la lettre de l'assureur et l'endos du chèque à son porteur. Le chat se gratta le museau et de peur de se voir chasser, partit à la course au-devant, comme s'il savait déjà où logeait son maître. Marcellin aida Paul à gravir les escaliers menant à sa chambre et lui-même retourna dans ses quartiers.

Maintenant, l'eau chaude qui coulait dans les veines du calorifère fredonnait une complainte qu'il faisait bon entendre. La sortie au lounge lui avait changé les idées. La rencontre avec Paul Audet avait littéralement épuisé ce qui lui restait d'énergie. Marcellin s'étendit de tout son long sur le lit et s'endormit d'un sommeil réparateur qui le mena beaucoup plus tard qu'à son réveil habituel.

De sa couche située face à la fenêtre, il pouvait apercevoir un mur de briques où les rayons du soleil jouaient à l'horloge. D'instinct, Marcellin était capable de dire l'heure du jour ou de la nuit à la minute près..
- Seigneur, pardonnez-moi ma paresse. Dix heures du matin. Il me faut faire vite si je veux rentrer avant la nuit.

Il rejeta au pied du lit la catalogne devenue terne probablement sous l'assaut des lavages répétés à l'eau de javel. L'état de la couverture lui rappela que la servante en avait ruiné une semblable au presbytère de Saint-Janvier. Lorsqu'il avait rapporté la catastrophe à la tisserande qui l'avait fabriqué, celle-ci s'était renfrognée à l'idée de toutes ces heures où elle avait tant peiné sur l'étoffe qui avait rendu l'âme.

Marcellin avait fermé l'œil à peine quelques heures. Il fit une toilette rapide et descendit à la réception de l'hôtel avec son bagage. Il prendrait un copieux repas. Le retour à Saint-Janvier de Chazel prendrait toute la journée. Il n'y avait personne à l'accueil. Marcellin appuya sur le bouton de la clochette d'appel. Tel le génie de la lampe d'Aladin, Rouge Moulin sortit de nulle part. Elle avait les traits tirés, tout comme Marcellin. Néanmoins, se remémorant les motifs enfantins du pyjama de

Marcellin, elle esquissa un sourire à la vue de la soutane noire qui le couvrait maintenant de pied en cap.
- Bonjour, monsieur le curé. Avez-vous passé une belle fin de nuit?
- Oui merci. Et vous? Vous semblez remarquer ma tenue. En effet, la soutane est plus appropriée à mes fonctions que ne l'était ma tenue de la nuit dernière, n'est-ce pas?
- Ah! Moi j'les trouvais charmants les petits oursons de votre pyjama.
- Merci mon enfant. Dites-moi, comment se fait-il que vous soyez encore ici ce matin? Monsieur Paquette, Ti-Louis comme on semble l'appeler ici, vous en demande beaucoup on dirait.
- Ne vous en faites pas. Ti-Louis Paquette, c't'un bon *boss*. En fait, c'est la période de l'année qui est moins occupée. Il m'a donné bien des heures de travail de suite. Madame Paquette est là aussi pour m'aider un peu. C'est pas aussi pire que ça en à l'air. Ça fait mon affaire de travailler de même, j'ai besoin d'argent. J'ai une fille que ma mère garde quand j'suis pas là. Et pis, c'est temporaire comme situation, vous savez. D'autres employés vont venir travailler à l'hôtel quand ce sera moins tranquille.
- Je vois.
- Quand les gars vont revenir des chantiers, l'ouvrage va revenir, croyez-moi. Pis Noël bientôt! C'est certain que j'serai plus la seule employée.

- Quand les gars vont revenir des chantiers, l'ouvrage va revenir, croyez-moi. Pis Noël bientôt ! C'est certain que j'serai plus la seule employée.
- Je vous crois sur parole ma bonne enfant. Dites-moi, y a-t-il un de mes confrères encore présents à l'hôtel ?
- Oh non ! Ils ont déjeuné tous les trois ensemble tôt ce matin. Ils sont déjà partis.

L'abbé se réjouit à l'idée qu'il n'aurait pas à leur raconter la soirée de la veille comme il l'avait d'abord appréhendé. Avec un peu de chance, aucun des autres religieux présents au rassemblement de la veille n'en aurait vent non plus. La rumeur d'un prêtre présent, au beau milieu de la nuit, dans le lounge d'un établissement de ce genre, aurait fort déplu à l'ensemble de la communauté. La place d'un curé n'était-elle pas dans son église ? Justement le temps pressait de prendre le chemin du retour vers son presbytère.

- C'est très bien. Mais dans un autre ordre d'idée, j'ai vu que votre menu déjeuner était servi toute la journée. J'aimerais avoir une assiette avec des œufs, du lard salé et des bines. Avec un café fort. J'ai une bonne distance à franchir et dehors on dirait que le froid n'a pas baissé.
- C'est comme si c'était déjà prêt, monsieur le curé. Allez vous choisir une table. J'vous apporte un bon café tout de suite.

Rouge retourna dans la cuisine. Durant les mois d'hiver, les employeurs réduisaient au minimum le personnel. Rouge cumulait plusieurs tâches à la fois. Le matin, elle remettait de l'ordre dans les chambres louées. À l'heure des repas, elle prenait les commandes, préparait la nourriture et servait aux tables. Le soir venu, elle passait derrière le bar. S'il y avait une accalmie, et il y en avait souvent, la clientèle se comptant sur le bout des doigts, elle nettoyait la place. Ainsi, il lui fallait laver la vaisselle empilée pêlemêle dans l'évier. Rouge se réjouissait à l'idée de la période des Fêtes dans quelques semaines. D'autres personnes viendraient lui prêter main-forte. Madame Paquette, qui cumulait une grande expérience de l'hôtellerie, s'occuperait de la réception des clients et du service au bar. Avec un peu de chance, madame Roberge occuperait la fonction de femme de chambre. Cette dernière habitait tout près de l'établissement avec son mari qui était commis voyageur. Travailler à l'hôtel de temps en temps, ça la «dégassait» comme elle le disait. Elle n'avait pas peur de l'ouvrage. Vive et enjouée, elle était bien aimée tant du patron que des clients. Cependant, elle répétait à qui voulait l'entendre qu'elle travaillait juste pour passer le temps, elle n'avait pas besoin d'argent. Ce qui n'était pas le cas de Rouge Moulin, la serveuse à tout faire des temps morts. Celle-ci servit un *refill* de café à l'abbé.

- Pardonnez ma question monsieur l'abbé, mais Paul Audet, à qui vous avez parlé hier soir, il me semble que vous le connaissez bien?

Marcellin prit une gorgée et déglutit avec parcimonie afin d'éviter toute brûlure. Il replaça la tasse dans la soucoupe avant de répondre. Il croisa les deux mains. Il ferma les yeux. Il prenait tout son temps comme si les aiguilles de l'horloge n'étaient pas en train de courir sur sa montre-bracelet. Ne devait-il pas repartir au plus tôt vers sa paroisse ? Malgré le subterfuge utilisé pour obtenir la signature de Paul, Marcellin était un bon pasteur. Il ferait tout en son pouvoir pour arracher une âme des mains de Satan. La réponse tardait trop. Rouge en conclut qu'elle devrait se contenter du silence. Elle ne voulait pas être indiscrète. Elle avait déjà tourné les talons, prête à se remettre à l'ouvrage, lorsque son interlocuteur entreprit le récit de la triste histoire du client malfamé. Rouge regrettait presque sa question. L'abbé, de sa voix feutrée de confesseur, laissait couler les mots qui éclaireraient l'aura du sombre personnage. Mais Rouge s'impatientait devant le fardeau du jour à abattre. Autant en prendre son parti, elle travaillerait plus tard en soirée. Ce ne serait pas la première fois. L'écoute de la clientèle figurait en première place à l'éthique de sa profession. Elle n'osait interrompre l'abbé. Ce dernier finit par conclure son exposé.

- Je parle, je parle. J'ai du chemin à faire pour m'en retourner. Je dois vous quitter maintenant. Le petit-déjeuner que vous m'avez servi était un délice. De quoi me donner de l'énergie en masse pour braver la route qui m'attend. Je vous remercie infiniment.

- J'suis ben contente monsieur l'abbé de vous avoir eu comme client. Un homme de votre qualité, ça n'est pas tous les jours qu'on en reçoit.
- Vous êtes trop aimable.

La fuite du regard de son interlocutrice vers l'horloge fixée au mur ne passa pas inaperçue. Marcellin profita de ce qu'il crut être un sentiment de remords de la serveuse pour lui suggérer un arrangement.

- Ma chère enfant, en bonne chrétienne que vous me semblez être, il me semble que ce serait vous aider et aider aussi ce pauvre Paul Audet si vous pouviez le convaincre de vous seconder dans vos travaux. Je suis certain qu'il peut laver la vaisselle et les planchers. Enfin, à vous de voir comment y arriver. Un homme peut arriver à exécuter ces tâches. À vous de voir comment y arriver !

Rouge fit la moue. Ce soûlard sale et puant ; son état était devenu tellement critique elle ne l'aurait pas touché avec le pôle d'un mesureur de bois. Le savoir autour d'elle pendant qu'elle faisait son ouvrage, il n'en était pas question, bien qu'il lui soit arrivé à quelques reprises de se montrer conciliante envers le pauvre homme. Elle attribuait cet altruisme aux aléas du travail d'employé d'un établissement hôtelier. Par respect pour l'abbé qui lui adressait une si désagréable requête, elle s'abstint de commentaire. Il est vrai qu'une telle aide lui faciliterait la vie.

Marcellin prit congé et laissa à Rouge le soin de remercier le propriétaire pour son hospitalité. Il emprunta d'un pas ferme la quatrième avenue, laissant derrière lui un monde de joie et de misère qui fomentait dans les murs de l'hôtel Paquette. Puis, il emprunta la rue principale nord jusqu'à la deuxième avenue. Derrière le site du concessionnaire des tracteurs Farmhall se trouvait l'étable municipale de La Sarre qui abritait les attelages de chevaux. La puissante odeur, qui émanait du poste d'essence attenant au garage Roy, ne masquait pas celle du crottin des bêtes qui attendaient le retour de leurs maîtres. Marcellin, satisfait de la façon dont il avait réglé ses affaires, reprit possession de sa monture. Le chèque endossé qui était enfoui dans une poche de sa soutane le gênait. Comment gérer ces argents ? Dix mille dollars ! Il s'agissait d'une somme colossale dont on semblait ne pas vouloir. Il avait suffisamment à faire avec les âmes. Avait-il besoin de prendre en charge l'aspect matériel en plus ? Le bénéficiaire, Paul Audet, se trouvait dans un état psychologique lamentable. Toute forme de responsabilité de ce côté-là était à éviter, du moins pour le moment. On aurait pu confier le legs aux gens de l'hôtel Paquette, puisque cet endroit était devenu en quelque sorte la résidence du principal intéressé. Marcellin n'avait pu s'y contraindre. Il valait mieux attendre.

Le cheval répondait aisément aux cordeaux tenus par Marcellin. Le soleil était encore haut et l'air d'hiver s'infiltrait agréablement dans sa poitrine sous la fourrure du manteau. Le sentiment du devoir accompli submergeait le saint homme au moment où il croisa l'intersection des rues où l'église et le presbytère se dressaient pieusement vers le ciel. Quelqu'un lui fit signe de la main. Marcellin stoppa sa monture. La personne marcha vers lui. Une allure de prospérité émanait du personnage couvert d'un manteau de castor d'où le col entrouvert s'ornait d'un jacquard de laine bleutée qui semblait déteindre sur le regard perçant de l'étranger. Les deux hommes s'étudièrent un instant. Marcellin se laissa captiver par le couvre-chef en poils qui semblait le scruter également. Les yeux azur du raton laveur formant le chapeau donnaient l'impression d'un regard superposé.

- Bonjour monsieur l'abbé. Si je ne me trompe pas, vous êtes bien l'abbé Mercure ?
- Oui, c'est bien moi. À qui ai-je l'honneur ?
- Mon nom est Camille Morneau. Je suis notaire, ici, à La Sarre. Au presbytère d'où je sors, on m'a informé d'un drame survenu dans votre paroisse l'an dernier. Je suis administrateur de biens et de successions pour des familles bien nanties. Selon leur désir, des gens aisés font des dons de charité. En leurs noms, je suis mandaté pour placer ces argents, soit pour venir en aide aux familles dans le besoin, soit pour seconder certains enfants talentueux issus de familles pauvres dans la poursuite d'études supérieures qui seraient inaccessibles sans cet apport financier.

Malgré le temps qui lui était compté pour son retour avant la nuit à Saint-Janvier de Chazel, Marcellin se disciplina à écouter le notaire. Fort heureusement, l'attente fut de courte durée puisque l'inspiration le frappa. Oui, Dieu avait eu pitié de lui. Le notaire détenait la clé du problème qui l'embarrassait.

- Justement, c'est le ciel qui vous envoie. Pouvons-nous aller discuter quelque part au chaud ?
- Certainement. Si vous voulez bien me suivre ? Mon Étude est située dans le même établissement que la Banque Nationale. Voyez ! C'est la seule bâtisse à deux étages qui se trouve de l'autre côté de la rue.
- Tant pis. Je rentrerai chez moi quand je pourrai. L'affaire qui me préoccupe en ce moment ne doit pas être remise à plus tard.

Marcellin descendit du traineau et attacha son attelage au garde-fou de la galerie du presbytère. Il suivit l'homme de loi jusqu'à son bureau.

- D'abord, sachez que tout ce qui se dira entre ces murs restera strictement confidentiel. Comme vous, les prêtres, nous, les notaires, avons un code d'éthique des plus stricts, notamment en termes de confidentialité. Personnellement, je m'occupe des avoirs de plusieurs personnes de la région. Tel que je vous l'ai mentionné plus tôt, je suis en mesure d'aider à éliminer un peu de misère chez les familles pauvres. Je sortais justement du presbytère où monsieur le curé de La Sarre m'a chaudement fait des recommandations pour votre paroisse, à Saint-Janvier de Chazel, si je ne m'abuse.

Le notaire Morneau fit une pause avant de renchérir.
- Prendriez-vous un bon thé chaud ?
- Ce n'est pas de refus.
- À la bonne heure.

Marcellin avait complètement abandonné l'idée de coucher dans son lit ce soir-là. Il n'était pas aisé d'adopter une position décontractée sur le genre de siège qui meublait la pièce, car, aux yeux du notaire Morneau, la rigueur était de mise tant dans la forme que dans les manières. La secrétaire frappa un bref coup à la porte close et entra sans attendre. Elle déposa le plateau sur le bureau.
- Merci mademoiselle. Vous pouvez disposer. Je ferai le service moi-même. Monsieur l'abbé, voulez-vous de la crème ou du sucre ?
- Un peu de crème s'il vous plaît ?
- Comme je l'ai mentionné, le curé de La Sarre souhaite que les enfants de tous les cantons aient la chance d'entrer en religion. Il existe un besoin pressant de former des prêtres, des frères religieux et des religieuses. Parmi ces jeunes, ceux qui, malheureusement, ne ressentiront pas l'appel de la foi seront dirigés vers d'autres professions. Les premiers habitants de l'Abitibi n'y sont établis que depuis 40 ans. Notre pays est jeune et les besoins sont immenses dans le domaine de la santé, de l'administration, de l'éducation, de la sécurité publique et j'en passe.

L'abbé Marcellin se sentit ému par les paroles du notaire. Lui-même issu d'une famille pauvre avait bénéficié de ce genre d'aide pour compléter sa formation d'ecclésiastique. Il aimait cette vision du notaire voulant aider les plus démunis et former ainsi une classe de personnes capables de se prendre en main et administrer leur coin de pays.

- Merci grandement, Maître Morneau pour votre offre envers mes ouailles. Elle me va droit au cœur. Vous jouez un rôle fort honorable en misant votre pouvoir juridique afin que notre belle Abitibi puisse prospérer comme elle le mérite. Laissez-moi le temps d'y penser. Évidemment, la présence de diplômés issus du milieu constituerait une richesse inestimable pour chacune des paroisses touchées. En ce qui regarde ma paroisse, je vais en référer à notre maîtresse d'école. Elle saura me soumettre des noms de candidats potentiels. Mais en attendant, j'aimerais vous entretenir du cas actuel qui me cause bien des tracasseries. Comme je vous l'ai dit tout à l'heure lorsque vous m'avez salué en face de l'église, notre rencontre fortuite est une réponse à ma prière adressée au Seigneur.

Tout en parlant, il avait extirpé de l'une des poches de sa soutane, la lettre et le chèque dûment authentifié par le bénéficiaire et les remis au notaire. Ce dernier se doutait de la requête de Marcellin qui semblait ne pas avoir terminé son plaidoyer.

- Vous rappelez-vous le drame familial de l'hiver dernier? La nouvelle a fait les manchettes dans tous les journaux du pays.
- Rafraîchissez-moi la mémoire, je vous prie.
- Et bien voilà! Le bénéficiaire du chèque que vous tenez en main actuellement, Paul Audet, a tout perdu alors qu'il se trouvait au chantier. Sa maison, son épouse et trois de leurs six enfants. Raconter ce terrible événement me bouleverse encore.

Pour signifier son dire, Marcellin replaça les plis de sa robe. Dehors, la lumière du jour devenait moins vive faisant place à la brunante.
- En effet monsieur l'abbé, j'ai effectivement eu vent de ce terrible événement.
- Heureusement, si je puis m'exprimer ainsi, sur mon insistance le couple avait pris une assurance sur leurs biens et leurs vies. Je les avais mis en contact avec un représentant recommandé par le diocèse. Il faut savoir que pour du monde comme eux, se payer un tel luxe était un vrai sacrifice.
- Ah ça! Je vois le profil. Malgré que je travaille avec les gens riches, il m'arrive d'avoir à régler des dossiers qui touchent les moins fortunés.
- Bref, le feu a littéralement dévasté la maison et tout son contenu, incluant la copie de la police d'assurance. Une perte totale. Puisque le père de famille est tombé dans une profonde dépression, qu'il n'a pas quittée à ce jour d'ailleurs, j'ai pris l'affaire en main.

- Voilà un geste qui vous honore monsieur l'abbé.
- C'était tout naturel, car mes paroissiens sont ma famille en quelque sorte. J'ai tenté, sans succès, de rejoindre l'agent d'assurance. Puis en désespoir de cause, j'ai eu recours à mon évêque. J'ai eu l'opportunité de rencontrer ce dernier hier. C'est lui qui m'a transmis les présents documents.
- Je vois.
- Donc, la Providence a voulu que je sois en présence de monsieur Audet hier soir. Il a signé le chèque libellé à son nom sans trop comprendre ce dont il s'agissait. Permettez-moi de vous expliquer le pourquoi de son indifférence. Cet homme est dans un état misérable tant physiquement que moralement à cause de la boisson qui est devenue le leitmotiv de sa vie après le feu. Ce qui revient à conclure à son inaptitude actuelle à administrer une telle somme. C'est le point où je veux en venir. Pourriez-vous le faire à sa place ? Jusqu'à ce que monsieur Audet retrouve ses sens. Advenant le contraire, ce que je ne souhaite pas, vous le comprendrez, le capital serait réparti à parts égales aux trois enfants survivants adoptés par une famille de Val-d'Or.

Le professionnel approuva la droiture et l'engagement humain de l'abbé. Le notaire n'hésita pas une seconde et s'activa à clore la transaction. Il rédigea lui-même les documents nécessaires. Il fallait prendre en charge l'administration du patrimoine familial en danger. L'esprit allégé, Marcellin prit congé de maître Morneau. Comme un roulement de tambour annonciateur de renouveau, la cloche de l'église carillonna l'Angélus du soir sous le poids du bedeau qui s'échinait de toute son énergie à en tirer la corde pour l'activer.

MADEMOISELLE MOULIN

Au saint tintamarre qui provenait du clocher de l'église située tout près de l'hôtel Paquette, Rouge Moulin leva les yeux. Elle aperçut une silhouette camouflée sous un long vêtement sombre qui se dirigeait vers le presbytère. Mécaniquement, elle disciplina la mèche qui lui barrait le visage malgré le soin qu'elle avait pris d'attacher un ruban à sa chevelure. Debout devant la fenêtre, elle s'affairait à décrasser la chasse-pinte dans laquelle avait mijoté un ragoût de pattes de cochon. Pendant ce temps, dans un chaudron en fonte, carottes, navets, oignons, patates et jambon fricotaient ensemble dans un bouillon bien gras sur la cuisinière. La soupe serait substantielle et réconfortante à l'heure du souper pour les clients susceptibles de débarquer à n'importe quel moment. Les mains de Rouge s'activaient alors que son cerveau se détrempait, à son insu, dans la rêvasserie. Il y avait tant à faire. Fort heureusement, depuis quelques mois, elle occupait un nouveau logement avec Alice, sa fille adolescente. Vivre à deux pas de son travail représentait un atout majeur pour celle qui avait droit à si peu de congé.

Enceinte d'Alice à dix-sept ans, Rouge entretenait un lien étroit avec sa mère qui habitait maintenant à l'autre bout du village. Ce qui n'était pas le cas de son père. Contaminé par des principes religieux tenaces, il avait renié sa fille pour des raisons d'inconduite morale. Pour Alphonse Moulin, son statut de haut dirigeant ne souffrait pas la maternité hors mariage. Les commères de la place en avaient alors bavassé un bon coup sur le sujet. Pouvait-on être si dépourvu de génie pour se faire attraper de la sorte ? Cette fille pouvait bien porter un nom de trainée ! Quelle idée aussi de l'affubler d'un tel nom ! Les parents de Rouge Moulin avaient eu beau visiter Paris pendant leur voyage de noces, ils auraient dû réfléchir aux conséquences de donner un prénom de cabaret de débauches à leur enfant. Et voilà que l'enfant maudit mettrait au monde un bébé conçu dans le péché. Au moins, la jeune mère aurait pu le placer à l'orphelinat pour sauver l'honneur familial. Ces dames de société — soi-disant bien pensantes — se faisaient des gorges chaudes du scandale tout en se cachant derrière une fausse morale à l'égard de l'indigne famille Moulin.

Quand était-il du jeune Émile, le futur père ? Aucun blâme ne lui était adressé. On disait d'Émile qu'il était bon garçon. Malgré ses seize ans, il voulut endosser les conséquences de son geste ; il abandonna les bancs d'école pour travailler à son tour aux chantiers. S'il se ramassait assez d'argent, Rouge et lui pourraient se marier l'année suivante. Ses nobles intentions ne tinrent pas le coup bien longtemps. Chaque jour, il fut confronté à des hommes qui ne lésinaient pas ni sur le travail ni sur la bouteille. Il lui poussa des envies de riche. Il dépensait ses payes en vin de grand cru qui provenait de France. Personne ne savait d'où lui venait ce goût de la haute puisque ses parents ne possédaient rien. Pour comble de malheur, ou de bonheur, sa jeunesse le laissait frais et dispos au lendemain d'une ivresse. Une fois, il avait touché coup sur coup le cul de deux Châteauneuf du Pape qu'il s'était miraculeusement procuré chez un *bootlegger* du coin. Il avait alors la noble intention première de les servir à la réception de son futur mariage avec la belle Rouge qui l'attendait. Aussi, monsieur Émile, comme il aimait se faire appeler, se mit au golf. Un dénommé Jefferson, un Irlandais d'origine perdu en Abitibi, lui en avait fait connaître les rudiments. L'étranger avait vendu un attirail de joueur au jeunot. Les deux hommes s'étaient entendus pour régler le paiement plus tard.

Jefferson était entré au Québec par la porte de l'immigration grande ouverte depuis un siècle déjà. Les gens des vieux pays fuyaient les dangers disséminés par le choléra et la variole. Depuis un siècle, trente milles immigrants dont le tiers en provenance d'Irlande avaient foulé le sol canadien. Pour éviter la propagation des épidémies au Canada, la station de quarantaine de Grosse-Île sise à l'embouchure du fleuve Saint-Laurent s'assurait qu'aucun arrivant ne représenterait une menace de santé. Jefferson faisait partie du dernier arrivage d'immigrants filtré par l'organisation. La vie des individus qui expérimentaient le passage obligé se trouvait mise à lourdes épreuves. Le gouvernement canadien avait mis fin à l'exercice cette même année 1937.

Jefferson l'Irlandais était un drôle de bonhomme. Il se disait l'ami du jeune Émile. En fait, il ne s'intéressait qu'aux relations d'affaires. Dans cet ordre de sollicitude, afin de se ménager sa jeune recrue comme futur *bootlegger*, il avait encouragé ce dernier à écrire à sa dulcinée.

•

Mace Pit, Ontario, le 14 février 1937

Ma belle Rouge,

C'est moi, ton Émile qui t'écrit cette lettre en ce jour de la Saint-Valentin où tu me manques sans bon sens. J'espère que tu t'intéresses encore à moi malgré ma longue absence au chantier. Sinon tu ne serais pas en train de me lire.

L'autre nuit, j'ai rêvé que tu t'ennuyais toi aussi. C'était si fort que j'ai pensé que c'était réel et non un rêve. Ce n'était pas des paroles, mais une présence que je ressentais. J'ai senti ton corps comme si tu étais vraiment couché près de moi à Mace Pit.

Dans ta dernière lettre, tu dis que tu as de la misère à m'aimer au loin. Si tu peux aimer une fleur, tu peux aimer que je travaille pour notre avenir, pour notre futur enfant, pour notre mariage au printemps quand je reviendrai. Parce que l'amour c'est toujours la même chose. C'est toujours la même chimie qui agit dans le corps sauf qu'elle agit à des degrés différents. Je n'invente pas cela. Je l'ai lu dans le livre que mon ami Jefferson m'a donné.

Je veux justement te parler de mon ami Jefferson. C'est un Irlandais qui a vécu pas mal d'affaires. Je te raconterai. Tu dois savoir qu'il m'a vendu un bel équipement pour jouer au golf. Il me montre des trucs en attendant que la neige fonde. Je te les montrerai aussi quand on ira sur un vrai terrain de golf Royal. Il paraît que c'est beau en s'il vous plaît de voir ces étendues de gazon bien entretenu.

Je suis content d'avoir un ami de même. C'est un vrai gai luron. Ensemble, le temps passe plus vite et c'est moins dur de travailler si loin. En plus, il est un fin connaisseur en vin.

Attends le retour de ton Émile ma Rouge. Tu le regretteras pas. Je te ferai goûter ce Whisky de mon ami Jefferson. Tu vas aimer. En Irlande, ça se boit comme nous autres on boit de l'eau.

Ton Émile
qui t'embrasse partout
xxxxxxxxxxxxxxxxxxxx

Les sous-entendus de lascivité dans la lettre de l'amoureux au loin avaient rendu l'intéressée songeuse. Comment le jeune couple pourrait affronter les exigences d'une famille, si l'argent gagné durement s'envolait en frivolités ? Rouge donnait raison au jeune homme de se distraire un peu, car il vivait si loin de sa famille et d'elle-même. L'aveu de ces activités ludiques créait chez la future jeune mère la réminiscence de son monde d'aisance perdue. L'insouciance du jeune homme donna le résultat contraire à l'abandon de la part de Rouge. Elle s'accrocha de plus en plus à ce dandy lui pardonnant ses folies. Elle-même issue d'une famille aisée croyait pouvoir revivre le faste d'antan, avant que son père ne la renie.

Pourtant, son père ne valait guère la moralité de ses propos. Il avait pris la poudre d'escampette avec la secrétaire de la Moulin Gold Mines Inc. dont il était l'actionnaire majoritaire. Les habitants du petit village minier de Bourlamarque n'en croyaient pas leurs oreilles des ragots qui entourèrent cette histoire répandue comme une trainée de poudre : Alphonse Moulin quittait la région de Val-d'Or avec une jeune poulette. Madame Moulin s'était vu imposer un changement de vie drastique avec leur fille qu'elle ne voulut jamais abandonner malgré ses déboires. Elles avaient eu à se battre pour survivre puisque pour le pire, ou peut-être pour le meilleur, Émile ne sut pas assumer sa paternité tel que promis.

Dans un monde divisé entre des besoins de riche et des réalités de pauvre, l'adolescente donnerait naissance à une fille.

Dorénavant, trois générations de femmes partageraient non seulement leurs existences, mais également leur nom de famille. La mère Alphonse Moulin garderait son nom de femme mariée comme c'était la norme, même étant séparée de son mari. Par contre, bébé Alice serait nommée Moulin. Ce qui constituait une anomalie puisqu'en ces temps les enfants portaient le nom de famille du père. Sur son acte de naissance figurait bien le nom d'Elga Trépanier, mais la mère Moulin ne connaissait plus cette personne. Dès l'enfance, les jeunes filles étaient éduquées dans la préparation à devenir la femme d'un homme à qui elle sacrifiait leur identité de nom et de comportement. L'homme devenait ainsi le chef incontesté de la famille tant moralement que physiquement. Il fallait voir cette dame Elga aux belles années de sa jeunesse. Son charme fou de blonde au teint laiteux se multipliait sous le halo de lumière répandue sur elle en tant que seule héritière d'une riche famille. Cependant, au cours de son enfance, Elga née Trépanier ne s'était vu refuser aucun caprice matériel. Ce qui aurait pu représenter un avantage majeur lui causa préjudice. Élevée au couvent pour y apprendre entre autres comment plier une serviette de table en forme d'oiseau, alors qu'elle ne savait même pas comment faire face à la vie, elle s'était promis de ne pas reproduire le modèle de l'enfant unique avec sa progéniture. En effet, Rouge avait un frère et une sœur. Dès leur plus jeune âge, les fillettes se virent enseigner l'art de la séduction par leur mère. Femme du monde, maman leur procurait des dessous féminins à la limite de la vulgarité. Cependant, elle omit de les renseigner sur les secrets d'alcôve autour de la vie sexuelle. Bien qu'Elga vouait une grande affection à ses filles, elle les aimait comme ses parents l'avaient fait avant elle, en les tenant hors de certaines réalités de l'existence. Sous prétexte de protéger ses filles, ou était-ce dû à la morale qui évitait les sujets pudiques, elle leur distribuait des cartes sans leur montrer comment jouer. Ainsi, bien malgré elle, Elga reproduisit le modèle de sa propre éducation puritaine. Que ses enfants se débrouillent à leur tour !

Rouge s'était amourachée d'Émile dont les baisers cajoleurs conduisirent à des attouchements audacieux sous la jupe évasée. À la longue, il en résulta de si grands frissons que bientôt apparurent des signes qui ne trompaient pas. Le bouillonnement intérieur qui électrifiait entièrement sa peau se transforma en haut-le-cœur. Comment annoncer à l'entourage cette maternité indésirable ? Cependant, Rouge s'accrocha à cette bouée. Elle s'échapperait de l'hypocrisie du milieu dont elle était issue. Fini le cassage de sucre sur le dos des autres. De ses épaules frêles de jeune débutante, elle se moqua des préjugés qui avaient cours dans le grand monde. Elle garderait l'enfant.

Dommage que les hommes ne connaissaient pas les douleurs de l'accouchement. Ainsi ce joueur d'Émile aurait su qu'il fallait que le paquet soit livré. Lors de cette délivrance, la douleur ressentie faisait appeler père et mère à la rescousse, inutilement d'ailleurs. Entre deux contractions, Rouge s'était écriée qu'elle ne voulait plus accoucher. La jeune parturiente se dit que le bébé devait ressentir la même chose qu'elle au moment de quitter le nid aqueux de son ventre.

L'EMBARDÉE MORTELLE

Il était maintenant trop tard pour prendre le chemin vers Saint-Janvier de Chazel. Voyager de nuit sur une route embourbée de neige n'avait rien d'attrayant. Tel qu'il l'avait appréhendé lorsqu'il avait accepté de suivre le notaire dans son bureau, le curé Marcellin Mercure coucherait une nuit de plus à La Sarre. Il ne rentrerait chez lui que le lendemain. Il songea au presbytère tout près et décida de s'y inviter. Bien que surpris, le curé l'accueillit avec bienveillance. Il soupa en tête à tête avec son hôte. Puis, ce dernier lui permit d'officier à sa place, à l'église Saint-André de La Sarre d'où l'on pouvait apercevoir le couvent des Sœurs de l'Assomption. Le matin suivant, bien avant l'aurore, Marcellin s'y rendit pour célébrer une messe basse, au grand bonheur des religieuses enseignantes qui habitaient les lieux. La mère supérieure sut trouver les mots pour convaincre l'abbé Mercure de partager le repas matinal. La dernière bouchée à peine avalée, il les remercia avant son départ.

- Mes sœurs, votre hospitalité est réconfortante. Merci, mais je dois retrouver mon cheval qui a passé la nuit à l'écurie du village.

Les saintes femmes souriaient devant l'homme de Dieu qui s'était levé de table. De l'œil-de-bœuf ornant la porte latérale, on pouvait encore apercevoir dame la lune. Ce faux ballon de plage jaune clair jouait les espiègles. Étourdie par la danse céleste des aurores boréales de la nuit agonisante, la coquine semblait incorrigible. Elle aurait dû se forger une densité suffisante pour suivre le doux vent qui provenait du sud et quitter la scène. L'accalmie de température réjouissait l'âme de Marcellin. Le retour à la maison en serait d'autant plus agréable.

Alors qu'il se laissait dériver à de si poétiques pensées, il posa sa main gantée sur la poignée métallique de l'étable municipale. Construite en planches équarries de dix pouces de large, le bâtiment rustique faisait au moins deux étages de haut. On avait dû s'y mettre à plusieurs pour le peindre de pied en cap. La couleur rouge sang étalée sur l'immense surface dominait les constructions avoisinantes.
- Bonjour Trancrède.
- Bonjour Marcellin, repartez-vous chez vous ?
- Eh oui ! J'ai réglé pas mal tout ce que j'avais en tête en venant à La Sarre. J'ai hâte de retrouver ma paroisse.
- Je vous comprends bien.

Tancrède Bellavance supervisait les chevaux et les attelages pendant que leurs propriétaires vaquaient à leurs affaires au village. À l'occasion, lorsqu'une dame seule ou un visiteur important se présentait avec son attelage, Tancrède arrivait à la rescousse dudit personnage pour dételer ou atteler son cheval. Il conduisait la bête dans une stalle où elle pourrait se ravitailler. La bête dormirait debout comme elle en était fort capable.

Le bon curé Marcellin Mercure appréciait l'arrangement qui lui facilitait grandement ses déplacements. Il venait de passer trois nuits loin de chez lui sans avoir à se soucier de l'animal, le sachant en bonnes mains. L'attelage appartenait à Ti-Ment, de son vrai nom Clément Bouffard, qui habitait à la limite du village de Saint-Janvier de Chazel. Dans un pays où la complicité entre l'homme et la bête se devait d'assurer la survie de l'un et de l'autre, King, le cheval à Ti-Ment bougea les oreilles tout en jouant de la tête lorsqu'il entendit craquer le gond de la porte. Grafignant le plancher de l'étable d'un pas de danse, il poussa un hennissement de plaisir à l'approche de Marcellin. Il fallait voir la connivence de ces deux êtres vêtus de robes longues ; l'un en noir ecclésiastique, l'autre en brun cendré avec de longs poils blancs jusqu'aux sabots. Tel un jeune Pégase ailé, le King et son maître du moment feraient équipe pour le retour au bercail.

Le cheval de race Percheron, récemment importé de l'Ouest canadien, déployait une vigueur quasi à la limite

de l'insubordination. Loin d'en être choqué, Marcellin se réjouissait de ce trait de caractère qui alimenterait la vivacité essentielle pour vaincre la distance et la température qui les attendaient. Marcellin avait grimpé sur le traineau et salué l'homme de garde.
- Mon cher Tancrède, je te remercie au nom du King, le cheval de Ti-Ment. Tu en as pris bien soin. Je chanterai une messe pour toi en guise de gratitude dès que j'aurai retrouvé mon église de Saint-Janvier de Chazel.
- Y'a pas de quoi mon père. Bon voyage de retour à Chazel. Soyez prudent. À la prochaine !
- À la prochaine, mon brave et encore merci !

Dans un claquement de langue appuyée au palais, il sonna le départ tout en halant solide sur les cordeaux. L'attelage s'élança à la conquête de ce pays aux vastes étendues. Née au début du vingtième siècle, l'Abitibi aux mamelles nourricières constituées par les industries forestières et minières avait connu ses premiers développements en 1910. Pendant les quatre décennies qui avaient mené à ce jour du 10 décembre 1950 où Marcellin retournait dans sa paroisse, la subdivision des terres avait été effectuée. Le gouvernement avait distribué le patrimoine aux intéressés, comme des morceaux de gâteau divisés également. Chacune des parts constituait un lot. Il s'agissait de rectangles d'un mille de profondeur par une largeur de huit cent soixante-six pieds. À chaque deux longueurs de lot, un chemin transversal en facilitait l'accès. De plus, à chaque soixante largeurs de lot, un chemin de travers, appelé chemin du trécarré s'y retrouvait. C'était l'un de ces chemins que Marcellin devait traverser pour rendre le cheval à Ti-Ment. En fait, le lot de Ti-Ment voisinait le lot abandonné de Paul Audet qui n'était jamais revenu sur ses terres après le drame.

De toute sa force d'homme du nord, Marcellin tirait les cordeaux de l'attelage qui maîtrisait le mors dans la gueule de l'animal. Le King, effarouché par la distance à effectuer dans les rues de La Sarre avant de reprendre le rang principal qui menait à la maison, démontrait une très grande nervosité à rencontrer des piétons ou pire encore des véhicules moteurs. Marcellin refaisait dans sa tête la route à parcourir. Il savait les routes secondaires enneigées suite aux récentes précipitations. Il opta pour le rang sept. Il faudrait parcourir une dizaine de milles sur la neige folle, jusqu'à la croisée de la traverse où il bifurquerait à gauche. De là, il resterait un autre mille à parcourir avant la traversée de la rivière sur le pont, puis un dernier mille avant d'apercevoir le clocher de Saint-Janvier.

Tombée deux jours auparavant, la neige encombrait encore les chemins. À voir les traces de sabots imprimées ici et là, Marcellin jaugea que deux ou trois attelages de traineaux l'avaient précédé. Il s'estima chanceux de pouvoir se référer à une piste quelconque. Cependant, la présence de congères le gênait. Les bancs de neige qui résultaient du mariage à trois formé par le vent, les plaines et le froid pouvaient atteindre jusqu'à dix pieds de hauteur. Ces montagnes maléfiques et blanches, ainsi que les amas de flocons en rafale qu'elles alimentaient, faisaient penser à une mer houleuse givrée dans le temps. Cette symbiose émotionnelle se répercutait sur l'embarcation nordique qui oscillait d'avant en arrière telle une barque perdue dans l'orage.

Fort heureusement, le soleil agrémentait le voyage de sa présence. L'astre effleurait de diamants les lisses du traineau. Marcellin y vit un bon augure. Doté par la nature d'un angle de vision impressionnant, le King n'avait cure des embûches. Contrairement à sa nervosité de traverser les rues du village où il ne savait reconnaître ni odeur ni bête connue dont il aurait frotté le nez dans un enclos, ici dans le rang sept, son instinct le rassurait. Il pouvait presque sentir l'aura de son écurie à vingt milles au loin. Il s'appliquait à s'y rendre derechef. Lorsque l'équipage passa devant le cimetière, Marcellin relâcha peu à peu la tension sur les cordeaux. Une fois l'orientation donnée à l'animal, il devenait mal venu de le solliciter davantage. Le King avançait au trot. Marcellin avait adopté le rythme intérieur de sa monture et bien emmitouflé dans son capot de chat sauvage, le bas du corps caché sous l'indispensable édredon de fourrure, il songea à lire son bréviaire. Mais la peur de se geler les doigts freina son ardeur mystique. Il se résolut à méditer sur l'intensité du moment.

Marcellin remercia son Dieu pour la vocation qu'il avait reçu d'aider les siens. Pourtant, depuis quelque temps, au tréfonds de lui-même, serpentait un doute quant à l'orientation de sa vie religieuse. Ses trente-six ans lui semblaient parfois lourds à force de suivre la voix de la doctrine. Sa mère s'était fait une telle joie d'avoir un prêtre dans la famille et la vocation religieuse de son fils représentait sa plus grande réussite terrestre, et certainement une place assurée au paradis. Marcellin secoua la tête pour chasser des pensées qui pourraient devenir oppressantes. Il se tourna vers la paix béante qui dominait les plaines ensemencées de pureté d'où les conifères, plus verts que nature, saluaient l'équipage à travers un bouillon de lumière et d'ombre. Bercé par la cadence du King, Marcellin ferma les yeux et se laissa gagner par le sommeil. Le cheval tirait sa charge d'un balancement de hanches qui battait le rythme comme un métronome. C'était sur cette image que Marcellin ouvrit les yeux un bref instant lorsque le King s'engagea sur le chemin du trécarré. Affaibli par les conditions et la distance parcourue, il cheminait sur la portion de route moins achalandée où la neige se faisait plus légère. Le traineau se mit à osciller de gauche à droite. Marcellin ne se préoccupa pas outre mesure du nouveau tangage. Il arriverait sous peu. Marcellin savourait les moments de répit que lui offrait le voyage du retour et en profita pour retourner à l'état d'hibernation qui l'habitait avant le changement de route. Une espèce de chatouille intérieure le tenait en alerte malgré ses paupières closes. Était-ce un avertissement? Il capta un vrombissement de ce qui lui sembla être une guêpe prête à charger son dard. Marcellin ouvrit les yeux. L'éblouissement de la lumière phosphorescente du soleil de midi l'aveugla net. L'attelage avait franchi la moitié de la distance du chemin de travers et le King s'apprêtait à prendre les approches du pont.

En sens inverse se catapultait un de ces engins chaussés de chenilles capables de dompter les climats les plus hostiles de l'Abitibi hivernale. La motoneige Bombardier jaune moutarde faisait tache sur la tapisserie blanche qui l'enveloppait. Pressée de retourner au village, Rosaire Richard, le livreur du marchand en gros de La Sarre, appuyait ferme sur l'accélérateur du bolide. Il avait délesté la dernière charge de marchandises au magasin général d'Edgar Létourneau. Rosaire Richard se croyait le puissant César à la tête de tout un empire lorsqu'il tenait les guides de la vrombissante machine à laquelle aucun ennemi ne résisterait. Parti le matin même, il avait d'abord livré au magasin général de Beaucanton, puis avait laissé des boîtes de marchandises au chantier de Val-Paradis. En quittant son dernier client, Edgar Létourneau, il était d'une humeur légère.

- Edgar, connais-tu la dernière ? Écoute ça. L'autre jour, j'avais une réunion avec du monde qui venait pas d'icitte. Y'avait ben des anglais. Faque tout le monde parlait anglais, tu comprends. Monsieur Gateau, le patron, est venu me voir. Y voulait que je le présente. Faque moé j'ai dit ça de même : *« And this is my boss, Mr Cake. »* Personne me croyait, tu sais ben, un nom pareil. Y'en a même qui sont venus me voir pour me demander : *« Where is Mrs Frosting Cake? »*
- Tu parles. J'en ai une bonne pour toé mon Rosaire.

- Envoye donc.
- C't'une fois un gars qui dit à son chum, j'ai découvert que ma femme me trompait. Comment ça ? dit l'autre. En rentrant chez nous l'autre soir, j'ouvre la porte de ma chambre pis j'dis à ma femme : « J'aime que tu me sois fidèle. » C'est alors qu'un rire est sorti du garde-robe.

Edgar Létourneau et Rosaire Richard s'esclaffèrent de bon cœur. Rosaire riait encore des plaisanteries échangées alors qu'il se dirigeait allègrement vers l'entrepôt de La Sarre où se terminerait sa semaine de travail à la remise des clés du véhicule. Les blagues l'avaient distrait. Rosaire avait omis de jeter un dernier regard au compartiment à bagages situé à l'arrière de l'engin. La toile qui servait de protection des marchandises durant le transport n'avait pas été correctement sécurisée. Dès que le Bombardier eut pris de la vitesse, elle se souleva et resta prisonnière de l'un des crochets d'attache. Comme un drapeau cinglant dans le vide, le rugissement qui en résultait dominait la paisible route campagnarde. Ce fut à fond de train que Rosaire Richard mena sa bête mécanique lorsqu'il s'engagea dans l'approche du pont. C'est alors que l'attelage de Marcellin sortit de nulle part. Rosaire Richard n'eut pas le temps de relâcher l'accélérateur, ce qui aurait un peu calmé les pistons du monstre, que déjà il dépassait l'attelage dans un nuage de poudre blanche. Tout comme il n'avait pas noté la faille de son équipement, Rosaire Richard demeura aveugle à l'embardée que fit le cheval. Le livreur rentrait chez lui.

Le King avait pris le mors aux dents avant même que la machine n'ait atteint sa hauteur. Le cheval s'était cabré haut et fort pour exécuter un saut de côté. Il sauta le fossé, arracha la clôture de broche et, malgré la neige qui lui barrait les jarrets, se propulsa droit devant. N'importe où. Aveuglément, comme au temps pas si lointain où à grandes foulées au maximum de sa puissante jeunesse, il galopait en compagnie de la horde sauvage dans l'immensité des plaines de l'ouest sans savoir précisément pourquoi ils couraient tous dans la même direction.

Marcellin s'était ressaisi au tintamarre du Bombardier. Le King s'emballait. En un éclair, la déflagration était partie. Comme une balle de fusil, le cheval ne répondait plus aux cordeaux tendus ni aux paroles du maître. Le saut du fossé avait déstabilisé le traineau et Marcellin s'était effondré sur le plancher. Le temps de reprendre pied, il avait empoigné les cordeaux à nouveau. Trop tard, la fugue stoppa net sur la rivière. Les bourrasques des jours précédents avaient balayé la neige des champs vers le cours d'eau. Les habitants savaient qu'il fallait se méfier des surfaces gelées du début de l'hiver, spécialement lors d'abondantes précipitations. La neige formait un isolant qui empêchait l'épaississement de la glace. La surcharge qui en résultait risquait de la faire caler.

Le chambranle du traineau s'était passablement fatigué par les secousses imposées. Le cheval redoubla de panique et d'ardeur dès qu'il se retrouva sur le plat de la rivière. La neige n'était plus un obstacle à sa fuite. Il bondissait à chaque foulée, prisonnier de plus en plus de sa démence. Enfin, la rivière ouvrit sa grande gueule de glace. En un instant, homme, cheval et traineau disparurent dans l'onde sans fin. Marcellin avait vu la lumière. Non seulement celle qui avait ébloui son regard, il y avait à peine cinq minutes, mais l'autre lumière au bout du tunnel. Celle qui l'allégeait du poids de sa vie terrestre alors que, lourdement vêtu et empêtré dans des longueurs de soutane et de manteau de chat sauvage, il n'avait pu nager pour remonter à la surface. Sa dernière pensée avait été pour son âge. Il aurait aimé atteindre l'âge vénérable de soixante-dix ans et tomber en amour. Il n'avait pas le droit d'y penser, mais au moment de sa mort, il aurait voulu qu'une femme l'excite. Il aurait profité de l'extase du moment pour lui faire un enfant. De sorte que sa mère, qui s'était infligé tous les sacrifices nécessaires pour avoir un curé dans la famille, hériterait d'un petit fils capable de la consoler. À l'heure où Marcellin laissait s'éteindre en lui toute vie, les rêves d'ici-bas se noyaient dans l'infini. Il s'était laissé givrer à l'eau vive de la mort libératrice sans être assuré de rencontrer son Dieu.

Trois heures plus tard, Ti-Ment, qui n'en pouvait plus d'attendre le retour du curé Marcellin Mercure, partit à sa recherche. Il n'aimait pas voir les traces fantaisistes qui se dessinaient sur la neige aux abords du pont. Il arrêta sa monture et tenta d'en déchiffrer la signification. Il ne semblait pas y avoir de doute quant à l'issue fatale : les pas du cheval suivi des traces du traineau qui menaient tout droit à la rivière. Ti-Ment ne savait pas encore que l'attelage qu'il venait de croiser en était la cause. Il reprit le sentier, cette fois pour se rendre sans délai à La Sarre. Il devait absolument faire un rapport de ce qu'il venait de voir.

LE JOYEUX TOURBILLON

Le joyeux tourbillon du temps des fêtes avait pris fin. En ce matin du lundi 8 janvier 1951, la routine reprenait ses droits. Rouge se trouvait à nouveau la seule employée de l'hôtel. Les journées s'annonçaient longues et ardues. D'abord pourquoi les guirlandes autour du lustre central du lounge étaient-elles si difficiles à décrocher? Qui l'aiderait à ranger les boîtes de décorations quand elle en aurait fini avec les anges, l'arbre et les boules de Noël? Et le grand ménage qui l'attendait. Ouf! Elle en avait déjà mal aux articulations en pensant aux guenilles à tordre. Elle n'était pas un singe pour grimper dans l'escabeau. Comment astiquer murs, plafonds, fenêtres et planchers sans devenir folle? *« Vraiment les boss exagèrent. Je pense que je vais donner ma démission. Une deuxième personne ne serait pas de trop. Je vais retourner vivre à Val-d'Or comme avant si ça continue de même. »* Elle chassa cette idée. Non, elle ne ferait pas un coup pareil à sa fille et à sa mère, les deux inséparables auraient eu maille à partir de La Sarre.

Ce fut d'abord le bruit traînard des savates usées du robineux qui retint l'attention de la serveuse. Fatiguée des partys de Noël bruyants qui s'étaient maintenant tus, elle n'avait pas ouvert la radio. Paul s'appuya sur le rebord du comptoir du bar où Rouge finissait de décrocher une guirlande en papier métallique. Les vestiges de la saison des réjouissances pouvaient facilement donner des nausées.

- J'prendrais... un d-double sss-cotch !
- Tu viens me déranger pour quelque chose d'impossible quant à moé. Tu peux oublier ça mon homme.

L'étiquette noire qui barrait transversalement la bouteille carrée au liquide ambré était exclusivement réservée aux hommes dignes de ce nom. Johnny Walker et Paul Audet n'avaient rien en commun. Certainement pas le titre de « vrai homme », selon Rouge Moulin. Toutefois, l'intransigeante crut entendre murmurer à son oreille. *« Ma chère enfant, en bonne chrétienne que vous me semblez être, il me semble que ce serait vous aider et aider aussi ce pauvre Paul Audet si vous pouviez le convaincre de vous seconder dans vos travaux. Je suis certain qu'il peut laver la vaisselle et les planchers. Enfin, à vous de voir comment y arriver. »*

Le curé Marcellin ne risquait pas de venir lui demander des comptes ; il s'était noyé en retournant à son presbytère deux jours après avoir fait cette suggestion à Rouge. La police de La Sarre était venue investiguer la scène de l'accident et Ti-Ment en avait eu pour sa perte. Chagriné par la mort de son ami et curé, il oublia vite la perte du cheval et du traineau qu'il avait prêté. Le drame du décès du bon curé ne s'effacerait jamais de la mémoire de ses paroissiens. Tout Saint-Janvier de Chazel avait rendu hommage au pasteur maintenant endormi sous l'eau jusqu'au dégel qui rejetterait son corps bleuâtre à la surface. Lors de l'enquête, la police avait interrogé Trancède Bellavance, le gardien de l'écurie du village de La Sarre. Selon son témoignage, tout semblait correct lorsque le curé avait quitté l'écurie. Cependant, Tancrède se souvint d'un détail qu'il n'avait pas rapporté. On avait omis d'installer les œillères à l'attelage du cheval. Se pouvait-il que ce détail ait causé la disparition du curé Marcellin?

À l'hôtel Paquette, la vie suivait son cours. Rouge observait Paul se cramponner au bar comme à une bouée. Pour la Noël, les Dames de Sainte-Anne avaient procuré des vêtements propres et sans trous à ce malheureux homme.
- Qu'est-ce tu veux? Arrête de m'achaler. C'est fini le temps des fêtes. Fini de t'imbiber.
- ...
- T'as pas honte d'être de même? Regarde de quoi t'as l'air? Secoue ta crasse. Fais quèque chose d'utile espèce de pouilleux. Allez, ouste! J'ai pas le temps de niaiser avec un gars comme toé. J'ai de l'ouvrage qui m'attend.

La perte de sa femme et de ses enfants agissait sur la communauté comme un baume de pitié pour le misérable qui persistait à se vautrer dans son malheur. Rouge était la première personne à s'adresser à lui avec une telle animosité. Les mots crus allumèrent une fugitive lueur derrière la brume du regard de Paul. Pendant une seconde, ou une éternité, son cerveau lui projeta l'image d'une épinette qui se tordait entre les bras des flammes. Ébloui par sa folie, l'homme cligna des paupières. Puis le dos un peu plus courbé, il fit demi-tour et regagna sa chambre du même pas de raton laveur qui se traîne les pattes en écrasant les feuilles mortes des sous-bois. S'il ne pouvait s'imbiber d'alcool ce matin, il pouvait par contre cuver celui absorbé la veille. Il s'étendit sur son lit et ferma les yeux.

Paul Audet se laissa couler dans le sommeil où l'image d'un homme qui naviguait sur l'océan prit son esprit en charge. La tourmente qui sévissait sur l'océan avait déchiré les voiles en lambeaux. L'eau noire mordait de ses dents d'acier le bois de l'embarcation. L'évidence d'un naufrage crevait les yeux. Alors que tout semblait perdu, une forme mi-humaine, mi-aquatique surgit de l'onde visqueuse. Une sirène au même visage sévère que la femme du bar s'était coulée contre le rêveur et lui avait donné la clé de sa vie future. *« Laisses l'aube s'éveiller ! Ne vas pas, avec tes gros pieds de tristesse, souiller la couche de la lune. Prends le temps de maquiller ton âme d'un bonheur matinal s'il le faut. Ce qui compte c'est de préserver les ailes de la nuit. La nuit déjà si alourdie par les baisers des amants. Alors le temps du jour te rendra, par cent et par mille, tous les égards que tu aurais eus à son endroit. Plus tard, il te sera doux d'avoir eu cette pudeur devant le lever du Roi Soleil.*

Qu'il te soit en mémoire ta chance!»

Paul Audet frissonna. Machinalement, il se cacha la tête sous la couverture et se recroquevilla en boule. Trop souvent, il lézardait des jours entiers sur son minable grabat. Le chat Daisy, qui vivait dans la chambre de son maître retrouvé, réussissait parfois à l'en extirper en lui mordillant les oreilles. Alors un autre réveil lourd de sevrage le rendait encore plus pitoyable. Il s'alimentait mal. La négligence infligée à son être tout entier depuis plus d'un an avait coloré son visage d'un gris inquiétant. Il en avait récolté une souffrance perpétuelle qui ne répondait plus aux panacées que lui procurait une grosse bière volée la nuit dans le *backstore* du commerce. En ce jour où Rouge l'avait semoncé si vertement, il avait reposé profondément et n'avait repris connaissance que le lendemain.

Des gargouillis provenant de son estomac l'avaient sorti de sa léthargie. D'humeur quelque peu gaillarde, il avait attrapé le matou dans ses bras le couvrant de baisers. «Mon beau Daisy. Viens icitte.» La boîte de denrées, gracieuseté des Dames de Sainte-Anne, se trouvait près de la porte. Il s'y était encore cogné les orteils la veille. Dans l'espoir d'y trouver une conserve appétissante à partager avec le chat, son seul ami, il se leva et alla y fureter. Tout au fond de la caisse de bois sur laquelle la caricature d'une orange pointait le jour de ses rayons levants, un petit paquet emballé de papier brun et de ficelle brute capta son intérêt. «Ah! Les bonnes Dames de Sainte-Anne ont dû m'apporter du jambon canné. Au moins, y'en a qui pense à nous autres! Hein, mon beau Daisy? On va se faire un bon p'tit festin.» Le chat ne semblait pas dupe. Il restait en retrait sur la montagne formée de l'unique oreiller chiffonné contre la tête de lit. On défit l'emballage abruptement. Quelle surprise ce fut que d'y trouver peigne à cheveux, rasoir à lames et barre de savon! «Franchement, j'ai vraiment pas besoin de ces niaiseries-là. Ces bonnes femmes de Sainte-Anne quasiment des nonnes séchées, qu'est-ce qu'elles peuvent comprendre aux hommes?» Il lança le rudimentaire ensemble de toilettes à travers la chambre déjà en désordre et se pencha à nouveau vers la boîte aux trésors.

Tout à coup, son estomac ne gargouilla plus autant. Il pensa à la serveuse qui hantait les lieux comme lui, mais pour d'autres raisons évidemment. Depuis un an, il profitait des largesses de Louis Paquette. Les électriques propos de Rouge avaient rallumé une flammèche. C'est alors que Paul pressentit l'impérieuse nécessité de se faire un brin de toilette. La salle d'eau commune occupait une partie du premier étage. Depuis le temps que seule la sueur de ses cauchemars ruisselait sur sa peau, l'eau de la douche lui fit l'effet d'une renaissance. Tout à coup, ce fut le paradis qui se faufila par la minuscule fenêtre de la pièce. Le trou de lumière s'ornait d'un vitrail qui reproduisait des arcs-en-ciel à volonté. L'objet d'art était un legs d'un client en guise du paiement d'une jolie facture de consommations. Paul ne voulait plus quitter les jets d'eau de la douche ni ces jeux de couleurs qui le bombardaient de bien-être. Jamais il n'aurait pensé revivre un moment aussi parfait.

La chance le reprenait-elle sous son aile? Il avait cherché partout un lieu comme celui-ci. Le miracle du réveil à la vie le gratifiait d'un élan de dignité qui n'avait d'égal que sa propreté nouvelle. Comme un personnage immensément riche, il sentit qu'il pourrait redevenir viril et puissant. Ses sens reprenaient vie. Il trouva qu'il sentait bon le savon.

Il poussa le zèle jusqu'à rapporter à sa chambre un plat à main rempli d'eau. Des gouttelettes du trop-plein d'eau tracèrent le trajet jusqu'à sa chambre. Une simple serviette autour de la taille, il entreprit de couper sa barbe. Le petit rasoir n'était pas l'instrument idéal pour venir à bout de cet amalgame de poils indisciplinés qui avait conquis le bas de son visage. Après avoir relevé le défi de revoir son propre visage à nu lui vinrent des images de son ancienne vie. Dans le reflet du miroir, des douleurs jusque-là escamotées l'inondèrent comme une mer d'eau salée. Des profondeurs de son corps, des torrents envahirent ses yeux. Sa vue se brouilla. Il n'y voyait plus rien. Il s'écroula sur le lit. Paul Audet pleurait. Les Dames de Sainte-Anne avaient eu raison de sa résistance par leur offrande d'un inoffensif cadeau emballé avec du papier brun et de la corde de magasin. Le rasoir avait vaincu l'orgueil du mâle, il avait percé l'armure du malheureux. Depuis le feu, Paul Audet n'avait pas versé une seule larme ni sur sa famille dissoute ni sur lui-même.

Pleurer signifiait accepter la réalité. Regarder la mort en face de Délima et des trois petits, Joseph, Noémie et Elizabeth. En libérant l'emprise de la douleur, l'homme reconnaissait qu'il avait tout perdu et que sa vie ne serait jamais plus la même. Il demeurerait ici-bas pour souffrir le reste de sa vie. Paul Audet ne voulait pas de cette réalité. L'eau contenue dans l'alcool ingurgité s'était-elle réfugiée dans les replis de son corps pour qu'un mécanisme événementiel en libère des torrents intarissables?

L'après-midi était bien entamée lorsque Rouge décida d'aller voir l'état des chambres après le départ des derniers clients. En passant devant la salle d'eau commune, sa curiosité fut piquée par la présence de petits cercles de propreté qui brillaient sur le motif floral du prélart. *«Ouais! Il va falloir venir nettoyer cette gadoue laissée par les bottes d'hiver de tout un chacun.»* Tel le Petit Poucet, Rouge suivit la trace des petits cercles aqueux qui la guidèrent jusqu'au pied de l'escalier menant aux combles. «Paul Audet? Qu'a-t-il encore fait celui-là? Bof! J'ai trop à faire pour perdre mon temps avec ce soulon.» Mais la curiosité l'emporta sur la raison. Elle gravit les marches. Elle s'immobilisa derrière la porte où se calfeutrait le misérable. Mon Dieu! L'animal sanglotait. Ce vaurien d'ivrogne avait-il donc un cœur?

TOUT N'EST PEUT-ÊTRE PAS PERDU

Rouge s'était endurcie avec les années, de cœur et de corps. Levée aux aurores, elle s'était affairée à l'ordinaire du ménage en plus du branle-bas d'après les fêtes alors que la saison hôtelière tombait dans la stagnation. Avec le départ des hommes aux chantiers, on se préparait de longue main pour le printemps. Rouge Moulin en avait plein les bras. Ainsi l'émotivité de la jeunesse avait vite fait place à la maturité devant la maternité qui avait transfiguré cette gosse de riche déshéritée. L'arrêt d'une grossesse ne se pratiquait souvent qu'au risque de la santé de la mère ; Rouge, tributaire du courage des femmes en phase de procréation, avait porté le fardeau de son ventre comme on arbore un lourd bijou qui pare autant qu'il blesse. L'abandon du père de l'enfant et le rejet de son père l'avaient basculé dans la nécessité de gagner son pain. Rouge n'avait pas voulu placer son enfant à la crèche pour son prétendu bien comme cela se faisait. Sa mère Elga demeurait sa meilleure alliée. Les deux femmes avaient grand besoin l'une de l'autre. Il aurait été presque trop facile de prétexter un long voyage afin de mettre bas et ensuite de se défaire du paquet à l'un des orphelinats de la province. Puisque toute vérité de concubinage hors mariage ne devait jamais voir le jour, la bonne société chapeautait tout autre mensonge pieux. Il semblerait que ce genre de tromperie ne serait pas puni de Dieu à l'heure du jugement dernier.

Pour l'heure, les sanglots de l'homme fraîchement rasé perçaient la carapace de Rouge. Postée depuis un moment derrière la porte de la chambre située sous les combles, elle n'hésita plus. Elle entra dans ce désordre. Recroquevillé sur son lit, le visage tuméfié par les larmes, Paul lui parut beau sans l'affreuse barbe hirsute qui le rendait si repoussant.
- Que se passe-t-il, je ne t'ai jamais vu pleurer avant?
- ...

Paul leva les yeux vers elle. Il n'avait pas entendu la porte s'ouvrir. Pour la première fois, Rouge remarqua la profondeur du regard posé sur elle. D'un éclat bleu de nuit, des yeux aux longs cils noirs l'éblouirent telle une pluie de diamants répandue sur la chaussée après un orage d'été. Attendrie, elle attribua ce détail à l'abondance de larmes qui inondaient le visage de l'homme. Puis, il se détourna. Rouge lui signifia que lorsqu'il aurait fini de se lamenter sur son sort, il pouvait venir la rejoindre au rez-de-chaussée. Elle avait besoin de son aide.

En refermant la porte, elle remarqua à nouveau les cercles d'eau sur le plancher du passage. Tant de larmes la choquèrent. Tout de même, un gars qui démontrait une douleur si profonde ça ne courait pas les rues. Un homme, ça ne pleure pas. Pourquoi faire étalage de ses sentiments ? Les parents éduquaient leur fils à s'y abstenir. Rouge demeurait perplexe. Pourtant, elle reprit ses chiffons de nettoyage et se remit à l'œuvre. De la journée, personne ne vint se joindre à elle. Elle ne s'en étonna pas.

Rouge songeait au chagrin de Paul. *« Ça ne peut être qu'une peine d'amour. »* Cela lui rappela qu'elle avait écrit au père de sa fille lorsqu'il avait disparu de sa vie. Les départs pouvaient avoir une si grande incidence sur ceux qui restaient. Émile n'avait pas assumé sa paternité. Il était trop jeune. Trop besoin de voir le monde. Ignorant l'adresse du fugitif, elle conservait la lettre dans une petite boîte de métal ornée de roses écarlates écloses à jamais. Rouge s'était juré qu'elle lirait le poème à sa fille un de ces jours afin qu'elle sache qu'elle avait été conçue dans l'amour.

Émile
Offre-moi des fleurs
Pour que je te laisse
Lorsqu'elles se seront fanées
Quitte-moi mon cœur
Je me fabrique un chagrin
À l'immensité de mon amour
Dans tes bagages
Nos baisers emportés

Malgré moi
Je ne peux te détester
Pour ce crime

•

Dans la mansarde, Paul Audet demeurait captif de son destin. Il n'avait pas su trouver l'énergie pour s'insurger contre l'oppression qui le désarçonnait. Pourtant au matin, il réussit tant bien que mal à mettre un pied au dehors du lit. Tyrannisées par le manque d'alcool et de nourriture, ses jambes refusèrent d'abord de collaborer. Faible et chancelant, il eut le cran de se couper la barbe à nouveau. Sans défaillir comme la veille, il scruta les traits de son visage nu devant le miroir. Il toucha ses joues adoucies par le passage du rasoir. Il ne reconnaissait pas l'homme vieilli qui affichait une peau grisâtre. Calibrant la carrure de son visage qui était la même malgré sa maigreur, il se tonifia quelque peu à l'apparence de force qui en résultait. « Tout n'est peut-être pas perdu ? »

Il s'étendit sur sa couche. Petit à petit, ses batteries se rechargeaient moralement. Il fureta de nouveau dans la boîte de provisions. Rien ne l'intéressait. Pas question de s'emplir les tripes de sardines à l'huile ce matin. De dépit, il s'allongea sur le sol. Les haut-le-cœur s'espaçaient lorsqu'il fixait son regard sur le plafond de la pièce recouvert de planchettes blanchies. Il repensa à la journée précédente ainsi qu'à toutes les autres journées d'avant qui ne formaient plus maintenant qu'un magma flou. La cause de la grisaille de son existence se rattachait au big bang qui avait suivi l'écroulement de son univers passé. Sans en être conscient, il calculait le nombre de petites planches qui habillaient le plafond. Machinalement, il effectuait ce calcul. *« Cinquante-six. Cinquante-sept. Cinquante-huit. Donc, cinquante-huit planches de trois pouces de large qui en réalité en font deux pouces et demi donnent douze pieds. La chambre à une largeur de douze pieds. »* Il avait fait ce calcul de manière inconsciente des dizaines de fois depuis la dernière année. Du moins, les fois où il n'était pas saoul. Il réalisa tout à coup qu'il calculait de façon récurrente comme un maniaque. Il réagit. « Ça va faire là Audet, réveille toé ! Tu t'en viens abruti ! »

Alors qu'il s'était exprimé tout haut, il entendit frapper à la porte. Ce n'était pas la première fois que l'homme se récusait dans son antre une journée entière. Mais cette fois, Rouge, qui avait assisté aux épanchements de la veille, s'était sentie obligée de venir voir pourquoi l'homme restait clos. Le pire était à craindre.
- Paul Audet, es-tu là ?
- ...
- C'est moi, Rouge.
- La porte est pas barrée !

Rouge entra. Sous son tablier blanc, une joyeuse robe jaune à pois violets faisait la fête. On aurait dit le soleil. Tel un bouquet odorant, la fille tenait un plateau qu'elle déposa sur la table de chevet. Des volutes de mets fraîchement cuisinés s'échappaient délicieusement parmi le fouillis de la tanière de Paul.

- Tiens. Mange ça et viens me voir après.

Sans dire un mot de plus, elle s'éclipsa. Sous le couvercle du plat de service, un petit-déjeuner à l'américaine capable de sustenter le plus affamé des hommes : œufs brouillés, bacon, jambon, saucisses, fèves au lard, ainsi qu'une généreuse tranche de pain maison. Les couleurs vives du vêtement de la serveuse réapparurent dans l'esprit de Paul.

L'image des copieux petits-déjeuners de travailleur du chantier de Mace Pitt s'imposa à lui. Qu'était donc devenu son ami Gamache? Sous le coup d'une réminiscence agréable du passé, sa main droite saisit la fourchette. L'appétit grandissait à mesure qu'il portait à sa bouche la nourriture. En un rien de temps l'assiette fut nettoyée. Par contre, le café perdura plus longtemps. Il le sirota et les dernières gorgées se tempéraient comme une bière tablette. «Maudite boisson! Pas à matin. Allez, un peu de ménage pour faire passer ça.» Monsieur Paquette lui en avait fait la remarque à plusieurs reprises.

- Tu vis dans une vraie soue à cochons. Fais ton ménage toi-même Paul, c'est trop sale pour qu'on vienne le faire à ta place.

Paul n'avait pas tenu compte de l'avis. Il se savait sous la protection de l'Église. Il avait continué à boire et à vivre dans sa crasse. Louis Paquette était exaspéré. Il aurait bien aimé que cet homme de malheur aille crécher ailleurs, sa présence étant devenue source de moquerie. Il avait même entendu placoter deux de ses plus fidèles clients au bar.
- Ti-Louis Paquette, tu parles d'une ostie de moumoune ! Pas capable d'être *boss* chez eux. J'te dis que son crotté de client, ça ferait longtemps qui coucherait pu sous mon toit si c'était à moé l'hôtel.
- Ça tu d'l'allure ! J'pense qu'on devrait se trouver un autre bar. Si le *boss* endure un gars tout crotté comme Audet, j'aime mieux pas penser comment c'est tenu. Peut-être qu'y lave même pas les verres dans lesquels on boit notre biére.
- En tout cas, moé ça m'dérange pas, j'la prends directe à bouteille.
- On sait ben toé…
- T'as qu'à faire pareil. J'aime ça icitte. Pis c'est où qu'on irait à place ? Au moins, la barmaid est pas laide pantoute.
- T'as ben raison su c'point-là !

Les piliers de bar jasaient d'aplomb, ancrés dans leurs vieilles habitudes. En réalité, Louis Paquette ne pouvait pas expulser le client indésirable. Bien que les qu'en-dira-t-on faisaient la pluie et le beau temps dans le village, il aurait eu bien des comptes à rendre s'il avait jeté Paul Audet à la rue.

C'était le puissant personnage qu'était le curé de La Sarre, Victor Latulipe, qui avait demandé à Louis Paquette d'héberger Paul Audet dans son établissement. Le curé Latulipe était le dernier enfant d'une famille nombreuse. Selon les préceptes religieux établis, aucune femme mariée n'avait le droit de faire obstacle à la famille, quelles que fussent les circonstances. Après avoir accompli son dix-huitième devoir de procréation, la mère du prélat s'était éteinte d'épuisement. Le jeune Victor avait été placé au collège dès sa première année scolaire. Durant les premiers mois de son déracinement familial, des cauchemars l'assaillirent toutes les nuits. Des démons ailés fracassaient les carreaux du pensionnat pour l'arracher des mains de ses bienfaiteurs. Or, la malléabilité affective de l'enfance n'avait su résister longtemps à la bonté des religieux du collège qui finirent par devenir sa véritable famille. Tous admiraient l'intelligence et l'humour du petit prodige qui, en grandissant, en retira une allure altière. Il n'aurait pu être plus choyé dans sa famille d'origine où n'existait pas autant d'aisance intellectuelle et matérielle. Malgré les attentions reçues, le jeune collégien avait souffert d'avoir été tenu à l'écart de sa véritable famille. En revanche, depuis qu'il détenait les pouvoirs qui se rattachaient à son titre d'homme de l'Église, il s'était pris de compassion pour les laissés-pour-compte. Les démunis étaient bien souvent des êtres nantis d'un trop-plein d'émotions à déballer.

Pour Paul Audet, le désordre se traduisait autant dans sa dépendance à l'alcool que dans son espace vital. Ragaillardi quelque peu par la générosité de la serveuse, qui avait pris sur son temps et ses gages pour lui offrir un digne repas, il entreprit de nettoyer son espace de vie. En fait, ce n'était pas une chambre comme les autres qu'il occupait. Juste avant qu'il y emménage, la pièce à débarras avait été vidée. Les objets déménagés au sous-sol, on y avait installé un petit lit, une commode, une table de nuit ainsi qu'une armoire servant de penderie. On aurait pu y déposer un matelas à même le sol comme unique accommodement que l'ivrogne qu'il était n'aurait pas trouvé à redire.

Des *flashbacks* de ses souleries l'étourdissaient tandis qu'il s'affaira au nettoyage pour le reste de la journée. L'absence de décoration rappelait la fonction première de l'endroit. Une toile opaque à rouleau ornait la fenêtre pour des fins utilitaires sans plus. Alors que dans chacune des chambres de l'hôtel Paquette des gravures de pique-nique sur l'herbe verte ou des automnes orangés surplombaient la tête de lit des dormeurs. Dans l'antre de Paul Audet, hormis le store et un vieux miroir oublié, un seul objet avait été ajouté. Il s'agissait d'un crucifix de bois massif. Le bon curé Latulipe en avait fait don à Louis Paquette. Afin d'éviter que l'objet de piété donne mauvaise conscience aux buveurs de l'hôtel, le patron l'avait accroché dans l'entrepôt qui servait maintenant de logis pour un homme en peine.

Celui-ci pourtant avait réussi à dompter ses démons au cours de sa séance de ménage. De la fenêtre, dont la noirceur s'était approprié l'espace, des étoiles commençaient à piqueter le soir qui s'étendait tranquillement sur le village. Paul Audet se décida enfin à sortir de son trou. Il avait passé la journée vêtu d'une combinaison de laine grise. Il eut envie de se présenter plus décemment. Il avait rangé au fond de sa penderie, un carton de vêtements usagés, un autre don de ces Dames de Sainte-Anne. Certes, les vêtements avaient été portés. Cependant, de par la qualité des tissus, ils avaient certainement appartenu à un personnage bien nanti. Paul arrêta son choix sur un sous-vêtement boxer noir, un T-shirt encore blanc, des bas fins, une chemise de flanelle au motif quadrillée et très colorée, un pantalon noir dont le pli du revers touchait des souliers tout-aller de cuir rougeâtre. Le souvenir furtif des souliers rouges de Délima fit irruption dans son cerveau tout à coup. Il prit sur lui en secouant la tête de gauche à droite comme pour chasser le mal. Il ne voulait pas recommencer ses jérémiades inutiles. Il se sentait un autre homme pratiquement élégant dans cet attirail de seconde main. Sa vie décousue l'avait amincie. Les vêtements, bien qu'usagés, tombaient élégamment sur sa personne. Du moins le supposait-il en cet instant, car le miroir ne rendait pas l'image plein pied. Il tira la tête vers le haut pour redresser son dos qui tendait à se courber devant les épreuves comme un taureau dans l'arène. Il jeta un ultime regard de coquetterie au miroir avant d'aller rejoindre Rouge à la cuisine qui l'y avait convié un peu plus tôt. La raie qui départageait sa coiffure à droite se dessinait correctement. Il aima se sentir un vrai «monsieur» pour la première fois depuis belle lurette. Il marcha d'un pas plus assuré. Il se sentait guidé par une lumière mystérieuse ; celle qu'il avait cru apercevoir dans les yeux de Rouge.

Celle-ci eut peine à reconnaître l'homme qui se présenta devant elle. Ravie à l'idée de se délester un peu du fardeau qu'elle ne pouvait plus vraiment porter seule, elle simula le détachement.
- Hey ! T'as fait une belle *job* sur toi mon Paul Audet ! Tiens, installe-toi à la p'tite table au fond. J't'offre le lunch. Après, t'embarques sur le lavage de vaisselle, OK ?

L'apprenti ne dit mot. Il acquiesça du menton et se dirigea vers l'endroit désigné où se trouvait la présumée table. Il s'agissait en fait d'une planche de douze pouces par trente-six qui tenait au mur par deux équerres de métal. Des bancs y étaient rangés en dessous. L'étanchéité de la porte, située tout près de l'installation qu'on appelait « le coin des employés », laissait à désirer. Pourtant, une bouffée d'air très agréable y circulait quand les fours fonctionnaient à fond de train et qu'il faisait bon fumer une cigarette ou manger une soupe sur le bras du patron si généreux. Générosité contagieuse en ces lieux. Pour la deuxième fois, Rouge prenait sur son salaire le repas de celui qu'elle appréciait de plus en plus. Après tout, son patron avait raison : on ne laissait pas crever un chien dans la misère.

- Bon bien, on va commencer. Tu vois, le *boss* vient juste de nous acheter cette patente-là. C'est un lave-vaisselle. C'est pas compliqué : tu mets la vaisselle dedans. Ensuite tu pèses sur le piton. Vas-y comme tu penses parce que j'ai jamais été trop à l'aise avec c'te grosse bibitte embarrassante.

Paul eut son premier sourire intérieur depuis très longtemps. En étudiant le fonctionnement de l'objet supposément rébarbatif, il se remémora les fois où il devait réparer sa scie à chaîne. Les souvenirs qui refluaient en provenance de la période du camp des bûcherons possédaient une brillance qui le réconfortait. Il regretta de ne pas avoir cultivé l'amitié avec ses chums du temps. En vérité, la famille de Paul avait siphonné toute autre aspiration affectueuse. Mieux valait s'attarder à des idées plus réjouissantes. Mais encore, Roméo Gamache, qu'était-il devenu ? La dernière fois qu'il l'avait vu, c'était justement à cet hôtel quand les deux hommes étaient sortis du chantier pour venir aux nouvelles concernant le maudit feu. Toujours la malédiction qui voulait refaire surface. Il se força à se concentrer sur l'ouvrage en se jurant de retrouver son ami un de ces jours. Il nettoyait machinalement la vaisselle en essuyant ses pensées intérieures. Paul s'acquitta si bien de sa tâche que Rouge poursuivit le coaching du ménage en lui mettant une serpillière entre les mains.

- J'suis contente, tu travailles bien. J'aurais pas pensé ça quand le curé Marcellin Mercure m'avait parlé de ton aide. J'trouvais l'idée pas mal drôle. Mais y'avait pas tort. Que Dieu ait son âme! Y'a du bon dans ta personne. Le saint homme l'avait vu. C'est manuel laver un plancher. Ça demande d'avoir de bonnes mains pour tordre la grosse moppe. Quand t'auras passé partout autour du poêle et sous la table des employés, tu mettras de la cire. Après tu pourras prendre ces vieux bas de laine pour faire *shinner* le parquet. J't'laisse la place. Y faut que je file pour préparer la salle à manger.

Paul ne répondait pas. Il avait peur qu'en parlant, le rêve ne cesse. Il se sentait bien comme il ne l'avait pas été depuis des siècles à ce qu'il lui semblait. L'eau chaude savonneuse où il devait tremper le chiffon avait quelque chose de relaxant, de tangible. Au lieu de ces idées macabres qui cognaient sur son crâne pour reprendre leurs places, les gestes de travail agissaient comme un véritable baume. Dehors le froid de l'hiver régnait. Ici tout près du poêle qui grondait de chaleur, il faisait bon. Il savait que tout n'était pas gagné. Ressentir une euphorie pouvait faire planer très haut, après il fallait se méfier de la dégringolade. Paul le savait fort bien.

Une fois, avec Roméo Gamache, ils avaient eu une discussion sur l'amour.

- Écoute Roméo, moé qui suis ton ami, j'ai pas besoin de m'poser des questions sur ce sujet. J'ai tout ce qu'y m'faut à la maison. J'ai ma Délima bien-aimée.
- Chanceux. Je voudrais me marier. Mais j'arrive pas à m'trouver une fiancée. Avoir des enfants comme les autres. La solitude d'un vieux garçon, c'est pas ce qui a de plus drôle tsé. Au fond, y'a rien de beau dans vie quand t'es tout seul.
- Ça viendra un jour, Gamache. Décourage-toé pas. Y'en a des plus gênés qui réussissent à se caser.
- En té cas, toé Paul, tu m'encourages. C'est pas comme les autres gars du chantier qui arrêtent pas de me niaiser.

Le souvenir de cette conversation sur l'amour lui titilla les sens. La cuisine maintenant astiquée, il rejoignit Rouge. Celle-ci avait donné d'autres instructions de travail sans se douter que les yeux mi-baissés de Paul fixaient sa poitrine. Sous la cotonnade de la robe boutonnée jusqu'au cou, les mamelons dressés de Rouge allumaient un autre incendie. Il réalisa qu'elle ne porta pas de soutien-gorge. Comment Dieu gèrerait-il l'infidélité qui s'emparait de lui à cette heure de tentation? Le veuf se sentit traître envers sa femme décédée. Il se torturait de bien et de mal. Lui et Rouge, ne pouvait-il pas être juste des amis? Non, sa verdeur d'homme ne permettait pas d'ignorer la présence du désir qui gonflait son pantalon. Lequel témoignage n'échappa pas à Rouge. Réceptive et émue, celle-ci devint coquette. Dénouant son tablier de travail, elle alla derrière le bar. Elle y prit une clé. Monsieur et madame

Paquette ne devaient revenir que le lendemain. Sans réfléchir aux conséquences du scénario qu'elle mettait en scène, elle enclencha le verrou de la porte d'entrée. Paul marchait dans le sillage de la serveuse. Dans le couloir des chambres, ils s'arrêtèrent devant une des portes. Chambre nuptiale. Rouge enfonça la clé dans la serrure.

Celle qui s'était lassée de chercher toute compagnie masculine depuis un moment se tenait maintenant debout face à un homme en état de désir. Une candeur de petite fille remplaça l'autorité que Paul lui connaissait. Quelques pas maladroits sur les orchidées framboise de la moquette les menèrent au lit à baldaquin. Madame Paquette avait apporté un soin vraiment particulier à l'ambiance suggestive de cette pièce. Des voilages couleur de chair encadraient la structure du lit métallisée où des chérubins brodés dormaient sur la literie. L'ambiance romantique des lieux guidait les gestes de l'homme et de la femme. Rouge fit le premier pas. De son index droit, elle toucha les lèvres de Paul. Elle en dessina le pourtour charnu avec lenteur et susurra d'une voix à peine audible. «T'as une belle bouche.»

Il sourit en guise de réplique. Complètement transformé par la sève du désir qui montait en lui, il devint hardi à son tour. Il défit un à un la douzaine de boutons de nacre de la robe à pois de Rouge. Sous l'enveloppe, il fit la découverte du coquillage d'un jupon blanc qui cuirassait une perle d'eau douce qui s'offrait à la concupiscence. À son tour, Paul enleva sa chemise. Petit à petit, sous les draps empesés, les corps se dénudèrent de toute pudeur dans une danse voluptueuse. Ils s'aimèrent tendrement, dégustant un à un les bonbons d'un repas charnel après la disette. Paul aimait les baisers tendres de Rouge, la manière dont elle l'avait accueilli en elle et sa façon de se donner entièrement à la jouissance.

Tout était dit. Sur le tapis gisaient les restes de leur intimité. Ils se regardèrent et, sans mots dire, ils surent. Leurs vêtements épars ici et là dans cette chambre témoignaient d'un passage franchi à tout jamais. Pragmatique, la femme parla la première.
- Bon qu'est-ce qu'on fait maintenant ?
- Faut faire comme avant.
- J'pense que ça sera pas possible.
- On fait comme avant devant les autres. Nous deux, on se verra en cachette !

Plus tard, Rouge avait refait l'amour avec Paul des dizaines de fois dans sa tête. Envahi par le doux sentiment qu'elle avait connu dans les bras de Paul Audet, il s'en était suivi mille heures d'extase. Une sueur de miel l'avait soulevé du sol rêche de son quotidien. De tendres baisers échangés avaient gommé le passé et le futur. L'apogée d'un moment décisif s'était fixé sur la pellicule d'un film où le souvenir des caresses échangées frissonnait comme une main posée sur une jambe nue. Des bouches gourmandes ne voulaient pas sortir de leurs rêves. Pour un moment, Dieu et Satan avaient ignoré les nouveaux amants de l'hôtel Paquette. Même les angelots de la couverture, devenue inutile, semblaient jouer une mélodie où nuit et jour se confondaient sur le nuage de leurs boucles blondes. Dehors, comme dans le plus beau des rêves, l'été avait fait fondre l'hiver. Rouge Moulin ne se lassait pas de revivre ce qui ressemblait à un songe. En émergeant du lit, elle avait observé le visage de Paul encore endormi. Surprise de le voir aussi paisible. Puis, elle l'avait réveillé d'un baiser. Les amoureux avaient décidé de garder secrètes leurs épousailles célébrées sous les voûtes d'une galaxie de passion et de tendresse.

LE MIRACULÉ

Le trimestre coincé entre le jour des Rois et Pâques dépérissait financièrement. Louis Paquette devait opérer de véritables miracles pour joindre les deux bouts. La clientèle des hommes de chantier était repartie bûcher. Quant aux villageois, les temps étaient durs, pas question de gaspiller leur argent dans les buvettes. Par les années passées, la femme du patron avait assumé elle-même les tâches ménagères rattachées à l'exploitation de l'hôtel. Lorsque son mari avait embauché Rouge Moulin, Jeanne d'Arc Paquette avait insisté pour que la nouvelle recrue la remplace. Rouge avait alors vu sa charge de barmaid s'alourdir des repas à préparer et à servir, sans compter l'entretien des lieux.

L'idée ne manquait pas de témérité, mais monsieur Paquette ne pouvait se permettre de déplaire à sa femme, car il caressait un projet qu'il espérait lui faire accepter. À contrecœur, il s'était rallié à la requête de sa femme. Il avait embauché Rouge Moulin à la condition qu'elle accepte une tâche qui normalement occuperait deux personnes. Rouge avait dit oui. Elle n'avait simplement pas d'autre choix. Elle arrivait de Val-d'Or avec pour tout bagage un dollar et vingt-cinq sous en poche et une petite mallette.

Jeanne d'Arc avait pu prendre des aises de patronne. Rouge avait retroussé ses manches. Les efforts répétés et les interminables heures passées à l'hôtel lui avaient permis de répondre aux attentes de ses patrons. La plupart du temps, Rouge réussissait à boucler son lourd horaire quotidien. Cependant, il lui arrivait de ne pouvoir y parvenir. Non par maladresse ou mauvaise volonté, les exigences relevaient de l'inhumain.

Voyant les retards s'accumuler, madame Paquette s'était résolue à seconder son employée pour un certain temps. Or, elle trouvait de plus en plus difficile de quitter le confort de sa maison. Quant à Louis Paquette, il était enchanté de la performance de travail de Rouge tout en sachant qu'il pressait le citron. Il cherchait un moyen de réduire les heures et les tâches de cette perle qu'était son unique employée tout en continuant à tenir les cordons de la bourse. Lui-même débordé, il s'était absenté d'une réunion du regroupement des commerçants de La Sarre. Lors de la rencontre qui eut lieu à la mi-janvier, il avait été question du cas de Rouge Moulin. L'épicier, Adélard Houle, l'avait mis en garde.

- Tu devrais te méfier mon ami, ça jase pas mal. Tout le monde au Conseil pense que tu exploites ton employée pas à peu près. D'après certains, Rouge Moulin...
- Rouge Moulin quoi ? Hey, dis-leur que c'est pas de leurs affaires Adélard. Je gère ma business comme je veux. C'est-tu clair ?

Lorsque Rouge annonça à son patron que Paul avait troqué la bouteille contre un balai, il en fut soulagé. Sans se questionner sur le pourquoi de cette métamorphose, monsieur Paquette se réjouit de la tournure des événements. L'hôtelier récupérait à la fois la paix de l'esprit et l'estime de la population. Les responsabilités de mademoiselle Moulin s'amoindriraient. Paul retrouverait son honorabilité. Les propriétaires n'étaient pas dupes. Ils se doutaient bien qu'il se tramait quelque chose entre l'ivrogne devenu sobre et la serveuse débordée qui semblait maintenant marcher sur un nuage. Monsieur Paquette avait également ses petites cachettes et si le destin persistait à donner une aussi belle tournure à sa business, le monde entier verrait de quoi il était capable. Il était encore trop tôt pour dévoiler son jeu. Tout était loin d'être gagné.

Malgré sa bonne volonté, Paul se ramassait souvent en panne d'énergie. Les muscles d'acier du bûcheron d'autrefois avaient fondu sous l'effet combiné de l'inaction et de l'alcool. Son corps affaibli demandait grâce à tout moment. Il s'alarmait aux pulsations de son cœur qui battait la chamade au simple effort. La sueur l'accablait. Les étourdissements du sevrage et leur ritournelle d'étoiles qui dansaient alors autour de sa tête douloureuse le titillaient de folie. Il craignait de manquer de courage et de tout abandonner. L'apprentissage de la sobriété exigeait son entière concentration. Les premiers jours, l'épuisement ne le quittait pas d'une semelle. Puis, au fur et à mesure qu'une routine s'installa par les soins de Rouge qui veillait aux repas équilibrés et aux périodes de repos, les minutes de pause devinrent inutiles. Rouge se félicitait de son intervention : de jour en jour l'homme prenait des forces, de l'assurance. Une meilleure performance dans le travail s'en suivit. Elle avait eu des doutes au début, car la supervision de l'apprenti mal en point se révélait n'être qu'une source de retard. Mais Rouge avait gardé espoir et les efforts fournis rapportaient leurs fruits. Paul repérait maintenant le travail à faire. Il n'avait plus à déranger sa collègue pour un oui ou un non. Il ne s'autorisait à retrouver sa chambre que lorsque la cuisine était astiquée au complet.

Six semaines s'étaient écoulées depuis que Paul Audet avait rejoint les rangs de l'abstinence. Il n'avait pas bu une seule goutte d'alcool depuis que Rouge Moulin avait fait irruption dans sa solitude. Cette femme l'avait poussé à se reprendre en main. L'ex-alcoolique avait mis un terme à ses errances nocturnes. La nuit, ils étaient deux pour affronter les rares cauchemars de l'homme miraculé. Ses yeux brillaient d'une lueur propre à l'âme d'un être qui avait beaucoup souffert. Si le moral avait pris du mieux, l'aspect physique s'avérait une transformation radicale. La tenue vestimentaire de monsieur avait changé du tout au tout. Les vêtements griffés reçus en offrandes pour la Noël lui avaient plu et il les portait avec élégance. Le dos droit et la tête au firmament, on aurait dit un noble. Sur le trottoir, les gens le regardaient effectuer de longs pas et ses bras allongés marquaient la cadence du mouvement vif de ses jambes.

Hormis l'année de maltraitance qu'il venait de s'infliger, Paul, de par son gagne-pain d'ex-cultivateur, avait vécu en véritable athlète. Sous le maniement de la fourche qui ramassait les foins ou de la hache qui abattait un arbre, ses muscles s'étaient développés au maximum. Ainsi, monter dans un escabeau pour changer un globe brûlé, laver les murs de haut en bas, déneiger le toit de l'hôtel, toutes ces corvées lui donnaient l'occasion de retrouver sa forme d'antan. Déjà à l'adolescence, bien avant ces jours où il avait été bûcheron, il s'adonnait à la course. Pendant une heure, il devenait maître de son esprit. Le long du sentier au bord de la rivière, la parure d'automne des arbres et l'air vif du matin donnaient du mordant à sa journée. Puis au retour, il plongeait dans la rivière, peu importait la température.

C'était ce souvenir qui lui revenait alors qu'il se dirigeait vers la baignoire de la petite salle de bain de l'hôtel qui était encore à sa disposition depuis qu'il était monté en grade par son travail. Il avait enlevé ses vêtements et plongé dans le bien-être de l'eau fumante et parfumée. Rouge avait pris l'habitude de lui faire couler un bain qu'elle agrémentait d'huile à l'odeur de musc. Autant Rouge savait se montrer gentille envers lui, autant son

autorité le bernait. La dame n'était pas facile à cerner. Il aurait voulu qu'elle accepte de dévoiler leur secret. En même temps, il ne détestait pas le petit jeu clandestin qui s'ensuivait de leur silence face à la société. Il chassa le dilemme de cette pensée. Il y reviendrait plus tard. Il avait mariné une bonne demi-heure dans la baignoire et l'eau avait tiédi. Il était temps d'en sortir. Par une espèce de nouvelle manie de l'ordre suite aux semaines de travail, il replaça soigneusement la serviette sur le support à sécher. Alors que totalement nu, il tentait de repérer son pantalon au milieu du brouillard des lieux, on frappa à la porte.
- Paul... Paul, c'est moi !

Il reconnut la voix qui se voulait discrète. Sachant que les gonds grinçaient, il ouvrit méticuleusement la porte en se disant que demain il huilerait les pentures de la porte. En cet instant, Rouge se sentit défaillir à la vue de cet homme redevenu sûr de lui. Elle avait toujours été attirée par les hommes de six pieds et plus. L'homme dans sa bestialité était beau, surtout depuis qu'il lui avait raconté son passé. L'admiration avait pris la place du mépris qu'elle avait eu pour lui. Cette nature hyperactive que Paul Audet avait su mettre à profit en participant à la colonisation de l'Abitibi. L'exploitation de la ferme n'avait pu fournir le pain sur la table familiale. Pendant l'hiver, il avait dû se rallier au rang des bûcherons. Le désespoir de la perte de sa famille l'avait canalisé vers la surconsommation d'alcool en continu. Tant qu'il avait été sous l'effet de ce poison, il n'avait plus existé. De telle sorte que son cerveau, abandonné par des synapses boudeuses, semblait avoir été déboulonné de son corps et placé dans un bocal de formol. Les chemins de Paul et de Rouge s'étaient croisés et l'espoir refaisait surface. Exempt d'alcool, l'esprit de Paul reprenait contrôle.

Tandis qu'il était tiraillé entre la reconnaissance envers la femme qui l'avait sauvé de lui-même, il n'était pas indifférent à la flatterie des autres qui lui tournaient maintenant autour. La clientèle féminine de l'hôtel Paquette s'était considérablement majorée et du coup les hommes firent de même. Alors que les débuts de semaine se révélaient habituellement d'un ennui mortel, il fallait maintenant ouvrir la grande salle à manger pour accueillir tout le monde puisque le lounge débordait. Ce détail n'échappa pas à Louis Paquette qui se réjouissait de l'augmentation de l'achalandage et des revenus par le fait même.

Paul avait délaissé le tablier blanc d'employé de cuisine pour la pochette de cuir attachée à la taille. Ramasser les pourboires et distribuer la monnaie d'échange à un client; travailler au service le rendit fier de lui-même. Il avait gravi un premier échelon. À présent, il lui incombait de prendre les commandes aux tables. Il avait été promu barman se retrouvant ainsi de l'autre côté de la barrière. Il s'agissait d'un véritable miracle. Car hier encore, il n'aurait pu regarder une bouteille de gros gin sans entrer en transe.

LE RENOUVEAU

Le patron croyait dur comme fer que la manne inespérée qui déferlait sur son établissement était due à l'unique présence de Rouge. Louis Paquette jugea qu'il devait miser sur le phénomène. Contrairement aux autres commerçants du village qui détenaient le plein pouvoir de leur entreprise, monsieur Paquette n'était pas seul maître à bord. Reconnaissant envers Jeanne d'Arc, son épouse, d'avoir contribué à la majorité des capitaux lors de la construction de l'hôtel, il se faisait un devoir de la consulter. Lorsqu'il lui annonça qu'ils avaient une décision d'affaires à prendre, celle-ci avait pris le temps de s'assoir.

- Ma femme, que dirais-tu si Rouge était promue gérante des opérations de l'hôtel ?
- Mais quelle bonne idée mon mari ! Je fais confiance à cette fille. Elle est honnête. Et les clients l'adorent. Toujours polie même avec les entreprenants qui ont un p'tit verre dans le nez. Pas farouche pour cinq cents. Elle se laisse pas berner facilement.

- T'as raison, elle est sérieuse. Et toi, t'auras plus de temps pour toi.
- J'aimerais bien ça. Faut que je m'y mette et prenne soin de moi.
- Alors c'est parfait ! J'ai vu travailler le nouveau et il se débrouille pas mal bien lui aussi avec la clientèle. Dire qu'il était si mal parti !
- Je ne t'ai pas encore dit, mon cher mari, mais tu te souviens de madame Roberge qui faisait du ménage de temps en temps ? Elle est venue me voir hier et m'a proposé ses services à temps plein comme femme de ménage.
- Ah ben ma femme, tout ça m'apparaît très bien !

Avec la nomination de Rouge comme gérante, l'impossible devenait envisageable. Les propriétaires de l'hôtel Paquette prendraient la direction du Sud pour des vacances bien méritées. Monsieur Paquette s'était mis en tête des idées de grandeur ayant tout planifié lui-même. Il avait fait part de ce projet à son épouse au retour d'une excursion au lac Duparquet.

Sans parler des eaux poissonneuses qui attiraient les sportifs d'eau douce ; le territoire comportait plus d'une centaine d'îles sur lesquelles la présence de héronnières et de thuyas séculaires apportait un exotisme à faire rêver. C'était l'évêque d'Amos, Antonio de son prénom, qui avait su joindre l'utile à l'agréable en mandatant son adjoint d'organiser un événement afin de recevoir Nelson Mongrain. N'y avait-il pas mieux que de taquiner le doré ? Ainsi, quelques marguillers de la paroisse avaient été conviés à se joindre à l'expédition de pêche. Louis Paquette, maintenant allégé dans ses obligations de propriétaire, avait accepté joyeusement l'invitation. Monsieur Mongrain arrivait tout droit de la région de Montréal où fomentaient les finances de la province. Louis s'était laissé dire que le personnage, dont le grand-père avait acquis pour pas cher un lopin de terre près du fleuve Saint-Laurent, avait hérité des silos d'entreposage qui se profilaient non loin de ville LaSalle. L'évêque et l'homme d'affaires se connaissaient depuis le collège. Malgré leurs chemins de vie divergents ils avaient gardé contact.

- Mon cher Nelson, tu as bien reçu ma dernière lettre ?
- Certainement mon cher Antonio. Tu permets que je t'appelle ainsi devant tes ouailles ?
- Bien sûr ! N'ai-je pas moi-même utilisé ton prénom en premier ?

L'équipe se sentait privilégiée de partager l'intimité de hauts dignitaires. Depuis la matinée, chacun avait su mettre à profit ce moment de détente en si bonne compagnie. Même Dieu s'était mis de la partie. Les poissons mordaient allègrement. Quelqu'un suggéra d'arrêter à la Pourvoirie du Grand Air afin de se faire préparer un repas avec les fruits de la pêche. On délaissa les canots le temps d'une pause. Des petits groupes se formèrent. Louis s'intéressa particulièrement au récit d'un précédent voyage effectué par Nelson Mongrain. Cette idée de quitter le froid en plein hiver pour se retrouver une semaine ou deux dans un pays tropical l'avait séduit. Depuis, il en rêvait. Braver la température hostile du Nord canadien l'épuisait à la longue. L'exploitation de son commerce sur la quatrième avenue ne lui avait permis jusqu'alors que de subsister tout au plus. Il ne disposait pas de ressources financières suffisantes pour s'offrir l'extravagance de voyager. Il se contentait de rêvasser.

Au milieu de mars, le résultat des ventes le convainquit du contraire. Il prétexta un voyage à Rouyn afin de réapprovisionner le bar en alcool de spécialité. Une fois sur la *Main*, il se rendit à l'agence Les Ailes du Ciel. Des soleils éclataient de partout sur les images grandeur nature où des voiliers rêvassaient sur des mers turquoise alors que des palmiers se courbaient sur d'interminables plages blondes. Louis Paquette avait réservé un séjour de deux semaines pour deux personnes en Floride. L'avion décollerait de l'aéroport de Dorval le lundi 26 mars 1951. Son épouse Jeanne d'Arc serait contente, il en était certain. Celle-ci, mise devant le fait accompli, réagit plutôt mal. Les surprises la déroutaient.

- Voyons donc mon mari, qu'est-ce qui t'a pris ? Y'a personne de notre connaissance qui a jamais fait un tel voyage !
- ...

Louis Paquette était demeuré perplexe un moment. Il la savait nerveuse devant l'inconnu, il aurait peut-être dû lui en parler avant. Il devait lui laisser du temps. Jeanne d'Arc réfléchissait de son bord. Dans le fond, puisque les billets étaient achetés, autant en profiter. Et puis l'expérience lui donnerait un certain avantage. Raconter la Floride à ses amies à son retour en fera baver plus d'une. Le mari fut ravi de la rapidité avec laquelle son épouse avait finalement accepté l'idée du voyage. Il ne restait plus qu'à mettre la nouvelle gérante au courant.

- Ma femme et moi, nous partons pour deux semaines de vacances dans les pays chauds. Penses-tu pouvoir te débrouiller avec l'hôtel?
- C'est certain, monsieur Paquette. Avec Paul, on vous laissera pas tomber. Profitez de ces vacances avec votre dame! Pis, envoyez-nous une belle carte postale, hein? Vous êtes ben chanceux! J'aimerais ça être à votre place.

Rouge n'aurait pas joué de témérité comme son patron qui avait réglé l'achat de son périple à même les fonds pour payer les fournisseurs. Rouge était d'une droiture à toute épreuve à propos de l'argent. Ti-Louis réglerait le détail de l'emprunt à son retour. De toute façon, les affaires marchaient si rondement ces temps-ci que l'argent ne serait certainement pas un problème à la fin du mois.

Alors que les patrons filaient vers la détente, Paul s'était remis à la tracasserie. Tout allait trop vite. Il se sentait dépassé par les événements. Depuis le premier soir où il avait obtempéré aux ordres de Rouge afin de l'assister aux tâches d'entretien, deux mois, pas plus, s'étaient écoulés. Les directives en rafales le minaient. Le rythme des ordres qui fusaient l'étourdissait. Lorsqu'elle voyait son subordonné ralentir, elle lui intimait de se bouger. La salle à manger bondée, Rouge réquisitionnait pour la clientèle assoiffée des Dry Martini, Manhattan, Margarita, Sour, Singapore Sling. Elle montait d'un cran ses exigences en augmentant la cadence des commandes. Paul sentait la pression le gagner. Mais le passé avait moins de chance de rejaillir dans un esprit fort occupé. Valait mieux jongler avec les bouteilles pour préparer les mixtures aux clients que d'ingurgiter ce cocktail d'alcool comme il l'aurait fait jadis. Ainsi, il passait outre les tracas qui venaient l'assaillir.

- Bon, qu'est-ce qui vient ensuite *boss*?
- ...

Rouge souriait intérieurement à cette boutade qui sous-entendait une certaine révolte. Imperturbable, le visage fermé, elle s'en tenait à son plan de pousser Paul Audet à ses limites. Elle avait vu cet homme au plus bas de sa condition, faible et désarçonné. Un être à qui la vie avait tout enlevé. Maintenant, Paul se relevait de sa déchéance et ce à force de bras et de détermination. Rouge admirait sa volonté. Autant elle tenait les rênes au travail, autant lui prenait les devants au lit. L'équilibre de leur double relation tenait la barre.

Un soir, après l'amour, Rouge avait encouragé Paul à se confier.

- Dis-moi la vérité Paul. Qu'est-ce qui est arrivé ? Je sais que ça doit être douloureux de revenir sur ton passé. Mais j'aimerais connaître ta version. Pas juste me fier à ce que les autres racontent. Tu sais, je t'aime. Et j'ai besoin de savoir.
- Je t'aime aussi Rouge. C'est encore... toujours... difficile pour moi de parler de ma vie d'avant. Mais t'as raison, faut que ça sorte. Qui d'autres que toi pourrait mieux me comprendre ? Je te dois tant.

Rouge respectait le chagrin de celui qui plongeait avec courage dans des souvenirs déchirants. Il poursuivit.
- J'avais jamais imaginé ma vie d'avant sans ma Délima. Le plus loin que j'prévoyais ça se résumait au rendement des récoltes ou au nombre d'arbres à abattre quand je travaillais au chantier l'hiver. Avant que le malheur me tombe dessus pis que je perde tout ce que j'avais, mon avenir ressemblait à une ligne ben drette. Ma vie, c'était pas compliqué. Être un colon qui défrichait son lopin de terre, à travailler de ses mains pis à la sueur de son front. Faire des enfants à ma femme Délima autant qu'elle en voudrait. Être un bon père et nourrir ma famille. Plus tard, j'aurais été un vieil homme à savourer sa vieillesse entourée de mes petits-enfants, jusqu'au jour où Dieu m'rappellerait auprès de lui.
- ...

L'évocation de la vie familiale rappela à Rouge sa condition de mère. Parfois, elle vivait de la culpabilité à toujours confier sa fille aux bons soins de sa mère. Car même si la grand-mère et l'adolescente faisaient bon ménage, Rouge se sentait coupable de ne pas être celle présente au retour de l'école. Rouge chassait ses scrupules en se disant qu'elle devait travailler pour gagner leurs vies. Car bien que madame la mère de Rouge fût née d'une famille aisée, Rouge avait son orgueil : elle saurait assurer l'existence de sa propre fille jusqu'à sa maturité. Les heures supplémentaires n'étaient pas toutes consacrées à son rôle de gérante. Une femme avait droit au bonheur, non ? Elle en était là dans ses réflexions lorsque Daisy, qui s'était approché à pas de velours, déposa sa frimousse questionneuse sur le rebord du lit. D'un bond, la bête sauta sur les couvertures. La chambre sous les combles ne ressemblait plus à un entrepôt depuis que Rouge y avait ajouté des rideaux d'organdi orange. On aurait dit un petit nid d'amour où le chat de Paul Audet allait et venait à sa guise par la fenêtre entrouverte en permanence. Parce qu'elle passait le plus clair de son temps sur son lieu de travail, Rouge avait caché à ses patrons la présence du félin, tout comme elle l'avait fait de sa vie privée avec Paul.

Ce dernier, absorbé par le besoin de se vider le cœur, s'était fait prendre au piège de la nuit profonde propice aux confidences. Paul ne se retenait plus. Le feu avait brûlé la trace de sa ligne de vie en éliminant toute possibilité de continuité rationnelle avec le passé. De la même façon qu'il avait dompté les arbres de sa terre à coups de hache pour y construire bâtiments et famille, il lui restait maintenant un autre univers à se construire. Il ne voulait pas envisager les difficultés à surmonter pour y parvenir. Deux mois de sevrage était-ce suffisant pour enrayer la déchéance dont il émergeait ? Peut-être à cause des souffrances vécues, le destin avait-il eu pitié de lui et avait fait en sorte qu'il fasse désormais les bons choix ? Peu importait le comment, il pouvait s'épancher sur une épaule bienveillante : voilà où se trouvait le salut pour lui. Tout avait été dit. Paul s'était tu et flattait le chat. Au bout d'un moment, comme s'il revenait d'un long voyage, il regarda Rouge.

- On possède pas un chat, c'est lui qui nous possède. J'te l'ai déjà dit celle-là. Daisy a parcouru quasiment 20 milles pour me rejoindre. C'te chat-là était sur place lors de l'accident. Y'a tout vu ! Dès fois je me dis que ça aurait été mieux qui m'retrouve pas. C'est comme avec toi, Rouge. Je me demande souvent qu'est-ce qui t'as intéressé en moi. J'étais rendu un vrai robineux !

- C'est vrai ! Faut croire que j'ai un don pour voir la vraie personnalité du monde. Tu sais, moi aussi j'me cherchais avant. La *job*, c'est bien beau, mais il y a autre chose dans vie.

Le jour se levait. La nuit avait été longue. Sans sommeil, ni l'un, ni l'autre, Rouge et Paul devaient affronter leurs nouvelles implications. Paul ne voulait plus s'apitoyer davantage sur ce qu'avait été sa vie avec Délima.

- Rouge, as-tu eu le temps de repasser mon pantalon noir ? Sinon, j'vais le faire. Dis-moi juste comment fonctionne le fer.
- Va voir madame Roberge qui s'occupe des ménages. Elle va te montrer comment ça marche. J'ai pas le temps de te gâter en préparant ton linge. Mais j'pense que tu préfères mes autres gâteries ?

Elle lui concéda un baiser furtif sur la bouche en guise de preuve et descendit la première à l'étage principal. L'absence des propriétaires lui occasionnait de plus lourdes responsabilités. Ce qui l'obligeait à se délester de certaines tâches. Paul l'avait remplacé dans la délicate opération de préparer les consommations et de servir la clientèle du lounge. Depuis qu'il avait abandonné la bouteille, il appréciait son travail et le contact avec la clientèle. Il apprenait rapidement et Rouge le voyait s'améliorer de jour en jour avec bonheur.

Derrière le bar, Paul Audet maîtrisa rapidement son art. D'une manière spectaculaire, il élaborait de savoureux mélanges. De la main droite élevée, il transvidait des filets de jus de fruits colorés qui allaient s'amarrer aux alcools qui, au préalable, avaient été versés dans des verres fins qu'il tenait dans la main gauche. Des strates de couleurs se formaient alors du mariage des deux liquides qui feraient tourner les têtes et mettraient les cœurs en fête. La nouvelle attraction offerte à l'hôtel Paquette fit le tour du comté. L'achalandage grandissait de plus en plus. Désormais, on fréquentait la place afin d'avoir la chance de se faire servir une savante consommation par un expert. Celui qui connaissait maintenant les deux visages de la consommation attirait la clientèle comme des mouches sur du miel.

Les femmes venaient se régaler l'œil devant l'ex-ivrogne transformé en beau génie de la bouteille. Tandis que les hommes alléchés par la faune féminine suivaient. Personne n'avait jamais vu un tel spectacle derrière un bar. C'était tout à fait inusité. L'arôme du succès continuait de flotter dans l'établissement. L'euphorie gagnait la place. On n'en était plus à l'époque où il fallait se creuser la tête pour subsister. Fini l'attente du prochain jour de fête pour remplir la caisse. Terminé les craintes de manquer de liquidités à la fin du mois. Chaque jour, la clientèle était au rendez-vous; les recettes de la journée excédaient les frais d'exploitation. On commença à parler de surplus monétaires.

Paul Audet était devenu une sorte de vedette derrière son bar. Les bouteilles tourbillonnaient autour de lui lorsqu'il préparait les *drinks*. Les verres préparés pour les clients glissaient prestement sur le comptoir pour s'arrêter exactement devant le client. Même la bière pression coulait à flots. La quantité de mousse sur le dessus des bocks était parfaite. La routine et le nouveau Paul Audet ne couchaient pas ensemble. Une fois atteint le stade d'excellence, il ressentit à nouveau le vide. Le vertige le reprit. Il avait besoin de se donner de nouveaux défis pour continuer son escalade. L'occasion se présenta au retour des propriétaires. Ravis de constater que le chiffre d'affaires continuait de grimper, ceux-ci confièrent la direction de l'établissement à Rouge Moulin. Les Paquette implanteraient une autre succursale hôtelière dans la ville de Rouyn, là où la population plus nombreuse ainsi que le développement minier garantiraient le succès.

Rouge ne tarda pas à effectuer des changements au niveau du personnel. Elle embaucha une serveuse aux tables, un chef cuisinier et un aide en cuisine. La nuit, un homme de maintenance s'occupait de faire reluire la place. Ce qui totalisait sept employés en comptant la femme de ménage, Paul, devenu assistant à la direction, et elle-même. Paul n'avait plus à faire ni la vaisselle ni le ménage. Il continuait de se passionner pour son rôle de barman. Dès son quart de travail terminé, il regagnait son appartement. Il avait des relations amicales avec beaucoup de monde, mais pas d'amis. Il évitait l'amitié afin de ne pas souffrir davantage. Petit à petit, il s'éloignait de Rouge. Après avoir retrouvé le bon sens, la douleur des souvenirs ne lui laissait pas d'autre choix. Il devait éviter tout autre déchirement du cœur. Paul ne faisait pas d'excès, pas de folies. Le travail demeurait son seul credo. Il passait des heures à étudier les bonnes manières de la clientèle fortunée dans le but de s'approprier un peu de son raffinement. Ainsi Paul avait l'air d'un aristocrate lorsqu'il extirpait le boîtier de la montre or enchaînée à l'une des trois boutonnières toujours bien en place dans la poche droite de sa veste de directeur adjoint de l'hôtel. Il se préoccupait de son apparence, la soignait et était en constante évolution. L'homme d'aujourd'hui reflétait l'image d'un noble respectable. Lorsqu'il franchissait la porte de son appartement, aucun détail n'avait échappé à sa vigilance : coiffure bien gommée, visage rasé de près, ongles récurés et bien taillés.

Pourtant, le gentleman n'était pas heureux. Solitaire, il avait cette manie de se parler comme s'il s'adressait à quelqu'un d'autre. Ce qu'il n'aurait pas accepté qu'on lui dise, il se le disait en pleine face. *« Qu'est-ce que tu fais mon Paul ? Ça fait plusieurs mois que tu travailles à l'hôtel. Ça t'amuse plus d'avoir du succès auprès de la clientèle ? Ton "show" au bar mon vieux, c'est juste de la frime. L'accueil des clients et les discussions avec certains habitués, tout va disparaître dès que tu seras plus capable de faire le clown. T'as peur que la dépression te retrouve ? T'as décidé d'ignorer Rouge ? Peut-être que tu devrais revenir sur ta décision ? Ta femme est morte. Réveille ! En attendant, tu devrais te trouver autre chose pour alimenter ce maudit dragon fou qui te consume les tripes dès que ton cerveau arrête de s'exalter. »*

La frénésie des jours de combat s'éteignait. Oui, Paul avait fait la conquête de sa propre personne à travers l'apprentissage d'un nouveau métier. Mais la magie avait cessé d'opérer. Il devait trouver un autre champ de bataille sinon s'en était fait de lui. Cette fois, Rouge ne pouvait lui venir en aide. Elle prenait son rôle de directrice à cœur. Elle dut faire la part des choses, car malgré les bonnes intentions, il fut bientôt impossible de ne pas tomber dans le piège de mêler l'amour et le travail. C'était avec un visage d'acier qu'elle lui avait énoncé sa théorie. De l'habitude naissaient la routine et ensuite l'ennui. Elle était convaincue que Paul, malgré et surtout à cause de son titre d'assistant directeur, devait demeurer en poste derrière le bar si l'on voulait s'assurer de maintenir le rythme de croissance de l'hôtel. Un *boss* derrière le bar, ça faisait sérieux. Le monde aimait ça !

Paul avait capté le message de celle qui avait su faire fléchir ses barricades pour le sortir de sa misère morale et physique. Pas question pour lui toutefois d'ouvrir son cœur à nouveau et encore moins de partager sa vie d'aucune façon. Paul avait pris les devants et choisit d'emménager dans l'appartement voisin de l'hôtel Paquette. Il avait payé en cruelles souffrances la perte d'êtres aimés. Il se demandait parfois où étaient ses enfants toujours vivants. Vite, il rejetait l'idée de les revoir. Ils devaient être plus heureux loin de leur père qui n'avait pas su protéger sa famille. Ce sentiment d'imputabilité le rongeait. Il n'avait pu rien faire en regard du feu puisqu'il n'était pas présent sur les lieux. S'il avait été un bon cultivateur, il n'aurait pas eu à s'exiler pour gagner l'argent nourricier de sa famille. Non, il aurait réussi avec ce bien si précieux qu'était sa ferme, sa propriété, son domaine. Au fond, peut-être n'était-il qu'un pur égoïste qui avait abandonné Délima avec toute la grosse *job* de bras alors que lui pouvait s'offrir le luxe de se détendre avec les autres gars qui avaient bûché toute la journée durant ? De temps à autre, les squelettes hideux de ses chérubins calcinés venaient danser pour lui dans son sommeil. Pour se préserver de ces séquences cauchemardesques, il fatiguait son corps et son esprit derrière le bar avec ses mélanges et ses sourires pour la clientèle qui s'attardait jusqu'aux petites heures du matin.

C'était un de ces matins où la nuit n'avait tenu que le temps de s'assoupir que Paul répondit au coq. Sans se soucier des voisins qui pourraient interpréter le geste comme une forme de démence. Il gueula à son tour par la fenêtre ouverte.
- Maudit coq! Tu vas te taire, oui ou non? Y' en a qui dorment! Tu vas te retrouver dans la marmite si tu t'la fermes pas.

Alors que Paul se défoulait, Daisy dégringola de son épaule pour atterrir sur la pelouse devant le coq dressé sur ses ergots. Une querelle s'amorçait. Paul en profita pour retourner sous les draps ne voulant pas entendre le félin et le roi de la basse-cour s'entredéchirer. Exaspéré, il se cacha la tête sous l'oreiller. Peine perdue, le sommeil venait de lui déclarer la guerre à son tour. Par expérience, Paul savait qu'insister ne ferait qu'alimenter l'ennemi qui lui aurait restitué ses tourments en pleine face. Il déclara forfait. L'appel de la douce température extérieure qui l'avait caressé au moment où il avait sorti la tête dehors fut plus fort. « D'accord, une petite marche ne me ferait pas de tort du tout. Autant profiter des heures du jour au lieu de m'lamenter encore sur mon sort. »

Fidèle à son habitude, une fois sa toilette faite, il lui fallut un long moment pour le choix des vêtements. Le soleil était haut

dans le ciel lorsqu'il mit les pieds à l'extérieur. Sans but précis, il bifurqua à gauche en direction de la rue principale. Deux pâtés de maisons plus loin, il passait devant le *stand* de taxi où Normand, un habitué du bar, était de garde.
- Hey, mais c'est-tu pas notre barman, Paul! Qu'est-ce que tu fais dehors à c't'heure-là? T'es-tu tombé en bas de ton lit?
- Salut Normand! C'est la faute du coq en arrière de l'hôtel. Y'é ben matinal. Quand y commence, y arrête pu. Ça m'a réveillé.
- J'comprends donc.
- J'ai décidé de prendre une marche pour me calmer les nerfs. Non, mais y fait-tu assez beau?

Normand acquiesça. Il eut alors envie d'être agréable au barman qu'il admirait grandement. Il lui fit une proposition.
- Tsé dès fois quand j'ai besoin de faire une sieste après mon tour de garde de taxi, j'm'en va au lac Mance. Pour y aller, faut que tu prennes la route de Dupuis. Tu prends le chemin à gauche, passé le pont de la rivière Whitefish. Pis là, t'arrives au lac. Tu te parques direct au bord. T'es tranquille autant que tu veux dans nature. La sainte paix, j'te dis.
- Wow! Ça l'air un beau *spot* Normand. Mais j'ai pas de char pour aller aussi loin.
- Prends mon pick-up, Paul. Ça me fait vraiment plaisir de te l'passer. C'est le rouge qui est parqué en arrière. Y'est pas barré. Les clés sont d'dans.

En temps normal, Paul aurait refusé. Par ce matin d'été au réveil brutal, l'envie de faire quelque chose de différent lui fit accepter l'offre. Le vieux camion était déglingué. Le moteur soufflait. L'embrayage patinait. La direction se maniait difficilement. Fort heureusement, la route qui reliait La Sarre et Dupuis, le village voisin, sillonnait un terrain où les élévations se faisaient timides. Le camion de Normand se serait senti totalement démuni face à une pente d'importance.

Grâce aux directives du chauffeur de taxi, le barman repéra aisément le chemin du lac Mance. Il se rangea sur le sable durci de la plage. Encerclé par de courtes épinettes, le plan d'eau servait de base aérienne pour les propriétaires des environs. À proximité de la plage, trois hydravions de brousse étaient amarrés au quai. L'un d'eux s'affichait à vendre. Paul sortit de la vieille caisse de métal et s'alluma une cigarette. Il fit quelques pas. Seuls le clapotis de l'onde et la ritournelle des moineaux chatouillaient ses tympans de charmante manière. Bercé par la quiétude des lieux, Paul retourna dans le camion où il s'étendit sur la banquette et s'abandonna dans les bras d'un profond sommeil.

Un vacarme à tout casser le tira des limbes où il flottait depuis un moment. Il ouvrit les yeux ne reconnaissant pas tout de suite l'endroit. Il manœuvra pour s'assoir et son genou droit heurta le volant. Ce qui le ramena à la réalité. Paul s'étira le cou pour observer ce qui se passait à travers le pare-brise. Assister à l'amerrissage du bruyant oiseau de métal lui plut.

Sur la carlingue rouge et jaune, qui ne passait pas inaperçue, le mot Beaver était inscrit en lettres noires. L'après-midi avait filé et déjà l'heure du retour avait sonné.

Le tacot se montra coopératif : à la cinquième sollicitation du démarreur, son moteur se mit en marche. Après avoir effectué des milles sur la route typiquement rectiligne de ce coin de pays où l'horizon s'étalait à perte de vue, la civilisation se profila au loin. Paul remarqua le courant de la rivière du Sud qui irait se jeter, non sans avoir cambré largement, dans les eaux de la rivière Whitefish à La Sarre. Rendu sur la rue Principale, Paul aurait à traverser le pont et la voie ferrée qui jumelait l'axe du cours d'eau. Des commerçants y tenaient porte ouverte de tout côté. À l'ouest de la rue Principale, sur le terrain en demi-lune qui résultait des caprices du lit de la rivière, une gare y trônait. En apercevant la fière bâtisse de brique rouge, Paul espérait ardemment arriver au stand de taxi avant que le véhicule ne s'étouffe puisque le camion soufflait et peinait plus fort au retour qu'à l'aller. Paul verbalisait ses désirs. *« Envoye! Tiens bon. On arrive. »* Il n'avait pas remarqué que lors des tentatives de démarrage à répétition, l'étrangleur était tiré et avait négligé de le repousser après que le moteur se soit mis en route. Il en avait résulté, en plus des cognements et des *backfires,* une épaisse fumée noire qui semblait pousser la bagnole sur le point de rendre l'âme.

Au moment où il atteignit La Sarre, Paul croisa le train qui chargeait en sens inverse. La locomotive soufflait à pleine cheminée. Les fumées des deux véhicules se fusionnèrent. Ce fut à cet instant précis que se concrétisa l'appréhension de Paul. Le vieux tacot exhala un dernier râle. Avant que la frustration ne le gagne, le conducteur s'obligea à évaluer la situation. Il inspecta un à un chacun des cadrans du tableau de bord. Puis, ce fut le tour de chaque bouton de commande d'être passé en revue. C'est alors qu'il constata son erreur. Cette fois, il poussa sur le bouton de l'étrangleur tout en actionnant le démarreur. *« Vas-y! Démarre vieille picouille! »* Quel soulagement, le moteur se réanima! Fébrile devant sa victoire sur l'engin, Paul enfonça énergiquement la pédale de l'accélérateur. Le joint du système d'échappement mal en point libéra la boucane de ses entrailles. Le hurlement du moteur dont le silencieux était devenu inopérant attira l'attention plus que nécessaire. Les quelques personnes encore présentes sur le quai de la gare se retournèrent au passage du camion. Paul crut reconnaître le chef de gare et son assistant, auprès d'une famille de «par en bas». C'était de cette façon qu'on nommait les gens de Montréal facilement repérables par leur tenue guindée.

Parmi la cohorte des voyageurs, la présence d'un militaire en uniforme attisa momentanément l'attention de Paul. Il ne fit ni un ni deux, embraya le bras de vitesse du camion redevenu docile et s'enligna en direction du poste de taxi où il rendit le véhicule à son propriétaire.

- Pis Paul, la balade t'as plu ?
- Mets-en, merci Normand. J'te revaudrai ça. Viens m'voir au bar, ce sera ma tournée.
- Hey, toi t'es un gars correct Paul. J'te dis ça de même, mais si tu veux l'acheter mon pick-up, j'te le ferais pour pas cher.
- J'vas y penser ! Mais là, faut que j'rentre travailler.

LE RETOUR DU JUMEAU

Après la promenade au lac Mance, Paul Audet fit un saut chez lui. Il fit un brin de toilette dans l'espoir de chasser le malaise qui grandissait au fond de ses entrailles. La vision du soldat qu'il avait aperçu zébrait les fondations d'une précaire confiance en soi. Il s'empressa de reprendre son poste à l'hôtel Paquette. Ici, il évoluait en toute sécurité contre les douloureux souvenirs qui s'imposaient à lui. Derrière son bar, personne ne pouvait lui faire de mal. Là était son refuge. La scène de la gare avait fait ressurgir un spleen viscéral avec lequel il ne voulait plus être en contact. Mais il savait à présent que la rencontre avec le militaire serait inévitable. La pensée de quitter le village l'avait effleuré. Mais à quoi bon ? Il n'avait aucun autre endroit sur terre où se réfugier. Hors du périmètre de son bar, le sentiment d'être nu moralement le rendait si vulnérable.

Dans un semblant de sang-froid, Paul vécut les deux semaines suivantes à mettre en veilleuse ses émotions. Jusqu'au jour où il dut se rendre au magasin général d'Edgar Létourneau. Ses achats bien ficelés dans un paquet de papier brun, Paul avait sursauté lorsqu'un individu l'avait abordé sur le chemin du retour.

- Hey, Paul Audet ? Attends-moi ! Je veux t'parler.

Paul s'était immobilisé au son de cette voix qui lui était familière. Il ne se retourna pas tout de suite. Lorsque l'homme arriva à sa hauteur, il persista à ne pas lui porter attention, évitant de croiser son regard.

- Écoutes Paul. J'suis revenu d'Europe il y a une quinzaine de jours pis je suis venu jusqu'ici pour te voir. J'ai appris la terrible nouvelle du feu. Fallait que je te dise en personne que je suis vraiment désolé pour ce qui est arrivé.

Paul maintenait son regard fixé sur la chaussée. Les sons ne voulaient pas sortir de sa gorge encombrée de sanglots étouffés.

- Tu l'sais Paul comme j'adorais ma sœur. Pas juste parce qu'on était jumeaux. Pis les enfants. J'étais mort d'inquiétude de pu avoir de ses nouvelles quand j'étais là-bas dans les vieux pays.

N'y tenant plus, Paul se jeta dans les bras de son beau-frère. Tant de regrets passaient à travers leur effusion de retrouvailles. Paul se distança et osa regarder Donat. Puis, d'une main tremblante, il essuya ses yeux rougis.

- C'est bon de t'revoir mon vieux ! J't'ai vu l'autre jour devant la gare. Des gars en uniforme d'armée ça court pas les rues à La Sarre. Excuses-moé, j'étais pas capable d'venir te parler.
- Y'a pas de problème.
- J'savais qu'on se rencontrerait un jour ou l'autre. C'est pas une grosse ville icitte. Tsé ben que de te voir, ça me rappelle le malheur qui est arrivé. J'ai d'la misère à y repenser.
- Ça s'comprend. Si c'est possible, j'veux dire si tu veux en parler de ce qui est arrivé à ma sœur, j'aimerais vraiment qu'on en jase ensemble. Dis-moé c'que t'en penses ? Dans l'temps, nous deux, on s'entendait pas mal !

Paul voulut répondre qu'il n'avait aucune intention d'en parler. Il prit une bouffée d'air et se ravisa. L'homme qui le torturait ainsi était le frère jumeau de Délima. Il rentrait au pays après une absence de plus de huit ans. Enrôlé dans l'armée en 1942, gonflé d'idéal et d'exotisme, il avait connu l'Europe, sa deuxième guerre mondiale et ses horreurs. Du vivant de Délima, Paul avait suivi les périples du courageux beau-frère qui tenait correspondance avec sa sœur. Les lettres que le facteur apportait en provenance d'outre-mer tenaient lieu de distractions dans la chaumière de Saint-Janvier de Chazel.

Donat Audet, le frère jumeau de Délima, avait joué le rôle de correspondant de guerre sans le savoir. Aujourd'hui, il se

présentait en chair et en os devant le mari de sa sœur disparue. Heureux et triste à la fois, Paul était ému de cette rencontre. Telle l'épée de l'ennemi, le souvenir de la mort de sa femme transperça son esprit. Reconnaissant sa défaite, il se rendrait au bon vouloir de Donat.
- J'habite pas loin, juste après l'hôtel Paquette. J'devais travailler à soir, mais j'vais m'faire remplacer. Viens-t-en. On va jaser.

Comme des étrangers, ils marchèrent en silence vers l'appartement de Paul. De l'hôtel Paquette s'échappaient des accords de guitare country.
- Attends Donat ! Faut que j'aille aviser que je rentre pas.
- J'ai tout mon temps Paul !

Le passé refaisait surface avec le retour de Donat qui, contrairement à la rumeur, n'était pas mort à la guerre. À ses côtés, les vies de Paul se confondaient. Ainsi, il avait espéré que son amour pour Rouge Moulin effacerait pour toujours le chagrin qui l'habitait. La brûlure de la passion le propulserait aux abords des étoiles chaque fois qu'il la verrait et que leurs lèvres se toucheraient. Comme dans un rêve éveillé, Rouge devenait Délima avec laquelle un bonheur naissant s'installait. Il n'en fallait pas davantage pour que son cerveau l'accable de reproches. Il aurait dû bannir de son vocabulaire le mot « amour » après la mort de sa première femme. Un amour qu'il avait cru indestructible. Inconsciemment, il en voulait à Rouge de ne pas être Délima. Sans quoi, il n'aurait jamais trouvé le cran de la mettre de côté comme il le faisait présentement. Tout à ses réflexions, Paul se retrouva assis face à face à son beau-frère. De vagues mots polis prononcés du bout des lèvres furent alors échangés. Donat sut tenir compte du trouble que vivait Paul. Il prit le parti de ne pas brusquer les choses. Le soldat s'y connaissait en matière de tactique. N'avait-il pas survécu au combat? Le ton mondain de leur conversation ne permettait pas d'établir le pont entre eux. Chacun demeurait dans son camp respectif. Le temps passait et on en était à plaisanter sur des folles complicités de jeunesse. Paul enviait le côté pince-sans-rire de Donat. Avoir le sens de l'humour, c'était peut-être ce qui avait permis au soldat Audet de sortir indemne du champ de bataille

- Te souviens-tu Paul de la fois où tu avais mis du poivre dans la bière de gros Robidoud ?
- Mets-en que j'm'en rappelle! Y'était parti en courant chez eux voir sa Charlotte qui l'attendait avec une brique et un fanal parce qu'y'avait oublié leur premier anniversaire de mariage. Ça fait drôle de m'rappeler de nos niaiseries. J' m'demande ce qu'y sont devenus ces deux-là? Parce que ça brassait dans cabane, m'as t'dire !
- La bonne humeur te revient mon Paul. C'est bon de t'voir rire à nouveau.
- J'pourrais dire la même chose de toé mon Donat.
- T'as raison ! La vie nous a pas ménagés.

Malgré la fluidité de leurs échanges, Paul évitait soigneusement

de parler du drame. Donat prit les devants.
- Paul, j'ai rien qui m'attend. Y'me faut une *job*. Que dirais-tu si on se partait une business ensemble ?
- Tu sais Donat, j'ai une bonne *job* à l'hôtel. J'ai pas le goût de changer.
- Oui, mais barman c'est pas un peu trop sédentaire pour un gars comme Paul Audet ? T'aimais ça la nature, les grands espaces, le travail manuel, la mécanique même. Viens pas me dire que t'as tout laissé tomber ?
- J'avoue. J'ai fini par trouver un mode de vie qui fait mon affaire. J'me sens mieux qu'avant si j'peux dire. Pis y'a du monde qui m'apprécie.

Ce que Paul omettait de mentionner, c'était la présence d'une nouvelle femme dans sa vie. Pour l'heure, parler des émotions tant du passé que du présent exigeait trop. Il se gardait de lui confier qu'il avait en effet commencé à ressentir une certaine lassitude dans son travail soi-disant satisfaisant. Le nouveau Paul était de ceux qui, une fois maîtrisait une discipline, avait le goût de changer par éréthisme. Le besoin d'action, plus que la curiosité, le poussa à en savoir davantage sur les intentions de son beau-frère.

- Mais toi Donat, pourquoi t'es parti au juste ?
- Y' avait des publicités pour s'engager dans l'armée. J'avais d'autres chums qui étaient partis à guerre. Un jour j'ai décidé de signer. Je voulais faire ma part. moi aussi. Le pére a mal pris ça. Y'voulait pas pantoute ! Ça faite une grosse chicane.

- Je m'en rappelle.
- J'ai voulu devenir pilote d'avion. En plus, le bruit courait à l'époque que la moyenne de vie d'un pilote au combat n'était que de deux semaines. J'en ai vu du monde partir dans mon escadron. Mes pauvres parents, si y'avaient su. On est resté en froid après. Mais le problème est pu là. Les deux sont morts ! Même Dél...

Il stoppa net pour ne pas prononcer le nom de Délima devant Paul qui évitait depuis le début le sujet tabou. Donat s'était absenté du pays si longtemps qu'il s'était habitué à l'absence de sa jumelle. Comme si elle-même était partie en voyage. Il esquiva le sujet tandis qu'il revint à la charge avec son projet.

- Tantôt, j'étais sérieux ! Quand je suis parti, j'étais encore un ti-cul. Au front, j'ai survécu. J'suis devenu un as de l'aviation. Après la guerre, je m'suis vu offrir un poste d'agent de surveillance aérienne.

Alors qu'il évoquait l'Allemagne, Donat baissa le ton comme si sa vie était en danger. Paul tendit l'oreille.

- J'ai vu toutes sortes d'atrocités là-bas. J'ai été dans des conditions pas possibles. Maintenant, faut que j'oublie c'te maudite période. J'veux passer à d'autre chose. Le passé c'est le passé, hein Paul ? J'sais pas quoi faire au juste ni dans quel domaine m'en aller. Mon rêve serait qu'on devienne des partenaires. Un nouveau défi. On formerait une maudite belle équipe ensemble.

Paul avait toujours éprouvé un attachement particulier pour le jumeau de sa femme. Donat et Délima se ressemblaient autant sur le plan physique que moral. Ils avaient les mêmes valeurs et la même façon d'aborder l'existence. Ce duplicata de personnalité avait troublé Paul lorsqu'il avait aperçu son beau-frère sur le quai de la gare. Revoir le frère, c'était retrouver la sœur. L'ambigüité de la situation posait un dilemme pour Paul. Dans un sens, la proposition du beau-frère se présentait fort salutaire. D'un autre côté, ne serait-ce pas un piège ? Ne risquait-il pas plutôt de démolir le peu d'équilibre qu'il avait réussi à atteindre ? Le passé ressurgissait immanquablement en compagnie du double masculin de sa défunte épouse. Malgré la controverse situationnelle dans laquelle son esprit pourrait se retrouver, Paul ne pouvait qu'être happé par le tourbillon du rêve de Donat. Pour le moment, il tentait de se convaincre que son travail le comblait. Il songea aux heures d'insomnies qui le contaminaient de plus en plus. Puis lui vint la scène du coq qui l'avait tiré de son sommeil deux semaines auparavant. L'enchaînement d'images le propulsa sur les rives du lac Mance au moment précis où les flotteurs d'un hydravion couleur soleil touchaient la surface d'un miroir bleuté perdu en forêt.

- C'est quoi ton idée ? J'ai jamais été en business.
- Comme je viens de te l'dire, je sais pas trop encore. Mais y'a une chose que je sais. Gagner ma vie en pilotant, j'aimerais vraiment ça !
- Écoutes. T'as-tu un char ? Je te propose d'aller faire un tour à une place que j'ai été y'a pas longtemps. Faut que je te montre de quoi.

Donat retrouvait le Paul d'antan qu'il connaissait, un gars d'action.

- Oui j'ai un char, en fait je vais en avoir un! Justement quand je t'ai vu tantôt, j'sortais de chez Beaudry Auto. J'attendais que mon char soit prêt. On dirait que ce Ford coupé deux portes flambant neuf m'attendait. C't'avec ma rente de l'armée que j'ai pu m'acheter ce beau bijou. Y va être prêt demain matin finalement. Tu viendras avec moi le chercher. On ira à la place que tu veux me montrer après.

Paul rejoignit Donat chez le concessionnaire d'automobiles. On n'en finissait plus d'admirer le pare-choc avant de la Ford qui affichait ses trois rangs de chrome comme un collier autour du cou d'une belle femme. Les sièges de cuir lançaient des invitations à se balader des heures durant. Donat, qui s'était glissé derrière le volant avec euphorie, huma de plaisir l'odeur du neuf qui caressait ses narines de propriétaire. Il avait payé son auto *cash*. À cet instant, il se crut le roi du monde. Donat mit la clé dans le contact et démarra la rutilante. En sortant de la cour du concessionnaire, ils empruntèrent la route menant au lac Mance où Paul avait noté l'avion à vendre. Confortable à souhait, la nouvelle conquête de Donat ronronnait comme un chaton sous la caresse.

DES BEAUX JOURS PROMETTEURS

Alors que Paul se consacrait à ses retrouvailles, Rouge en avait plein les bras avec la direction de l'hôtel. Paul démontrait son besoin d'indépendance. Rouge espérait que le positif dans l'existence de Paul ne serait pas gommé par le retour de ses anciennes habitudes. Elle ne voulut pas s'inquiéter outre mesure. Ne disait-on pas, qui a bu boira? *« Pour que ça marche avec lui, je ferais mieux de le laisser tranquille un moment comme il veut. »* Bien malgré elle, des idées de mariage lui trottaient dans la tête de temps à autre.

Ses fonctions de directrice d'hôtel l'accaparaient au point où Rouge négligeait sa fille, du moins elle en avait cette impression. Comment faire autrement avec l'horaire chargé qui était le sien? Malgré tous les gens qu'elle côtoyait jour après jour, l'isolement qui en résultait lui causait préjudice. Au fond, Rouge aurait aimé développer des liens avec des femmes de son âge. La réalité était tout autre; soit qu'elles l'aient enviée en raison de son poste de patronne, soit qu'elles l'aient dédaignée par crainte qu'elle séduise leurs maris. Rouge était hors des rangs de la norme sociale. Elle dérangeait autant les femmes qui la jalousaient et les hommes qui la désiraient sans vouloir aller plus loin. Rouge avait tenu tête à son père qui l'avait rayée de sa vie en apprenant sa maternité. Avec cette même force de caractère, elle dirigeait l'hôtel Paquette. Certains la soupçonnaient de coucher avec un employé, sinon avec tous les hommes qui y passaient. La ligne à franchir pour l'accuser de débauchée professionnelle avec la clientèle avait déjà été transgressée par plusieurs commères du coin. Était-ce possible qu'une jolie fille pas encore mariée comme Rouge, côtoyant des hommes à journée longue, ne se retrouve pas à un moment donné dans des situations compromettantes ?

Pourtant la belle était loin de ces histoires scabreuses que les pies du village lui prêtaient. Elle avait retrouvé sa solitude depuis que Paul avait ressenti le besoin de prendre ses distances. Fort heureusement, l'été abitibien ne faisait dormir son soleil que vers les vingt-deux heures. Rouge rentrait chez elle alors que sa fille Alice l'attendait sur le balcon. Les deux appréciaient se retrouver pour le moment de grâce, juste avant que se dévoile le firmament picoté d'étoiles. L'adolescente avait souvent été la confidente de sa mère malgré l'écart de générations.

- Alice, ma chérie, je pense à me marier.
- C'est vrai maman ? Avec qui ? Pas le gars avec qui tu travailles, j'espère ?
- Il s'appelle Paul.

- Tu sais ma p'tite maman, je sais pas comment tu fais pour que tout le monde soit bien autour de toi. Grand-mère m'a raconté comment grand-père t'as mise de côté quand t'étais enceinte de moi. Je pourrais le détester à cause de cela. Pis mon père qui est parti. Mais non. J'en veux à personne. Je trouve que de détester les gens, c'est comme se mettre en prison soi-même. J'ai eu l'air bête avec ma remarque. Mais dans le fond, je suis trop contente que tu trouves le bonheur enfin.
- T'es tellement fine ma petite Alice d'amour.
- Quand devez-vous faire la noce?
- Je sais pas trop encore. Il faut que je lui en parle avant.
- Tu veux dire que c'est toi qui va proposer le mariage?
- Oui. Dans la vie, des fois les choses n'arrivent pas comme elles le devraient. Faut les aider, ma Alice.

Paul ne se doutait point qu'on voulait lui faire la grande demande. Au contraire, il était en quête de sa liberté. Avec son beau-frère retrouvé, il rêvait de convoler en justes noces avec une entreprise d'affaires bien à lui. Les deux hommes avaient stationné la Ford à l'endroit même où Paul s'était arrêté avec le pick-up déglingué. Au premier coup d'œil, Paul ne put apercevoir l'hydravion à vendre. Donat lança un regard interrogateur vers son compagnon bien installé à l'autre bout de la banquette. Celui-ci, d'un signe de tête, se contenta de l'inviter à le suivre. Paul et Donat firent quelques pas dans le sentier autour du lac. Paul, qui marchait devant, s'arrêta net. Donat vit l'appareil sur flotte et repéra l'affiche à vendre. En connaisseur, il scruta l'engin. Il s'agissait d'un Beaver DHC-2, un avion de brousse sur flotte parfaitement adapté aux conditions des régions boréales.

Le temps passé dans l'armée lui avait permis d'acquérir de nombreuses heures de vol sur différents appareils. Son expertise s'était plutôt développée sur des trains d'atterrissage sur roue. Le défi de maîtriser un autre type d'atterrissage le fascina d'emblée. Voler à nouveau était ce qu'il désirait le plus. Se retrouver aux commandes, atteindre les nuages, être au-dessus de tout, l'esprit libre. Au bas de la pancarte, qui ornait l'hydravion convoité, s'affichaient les coordonnées du vendeur. Donat mémorisa l'information.
- Viens, Paul! On va aller voir si on peut téléphoner à la cabane là bas. Ça doit être un poste de contrôle. Si on est chanceux, y'aura quelqu'un sur place.

Le gardien qui sy trouvait accueillit les deux visiteurs. La solitude occasionnée par son poste le rendait très volubile. Il fit donc beaucoup plus que de répondre aux questions qu'on lui posait. Paul et Donat apprirent l'histoire de l'avion à vendre et de son propriétaire sans même l'avoir demandé. Roch Fortin de La Sarre était fils de mécanicien. Il s'était engagé dans l'armée et avait passé son brevet de pilote. Il n'avait pas participé aux combats outre-Atlantique, la guerre ayant pris fin. Revenu chez lui, il avait alors fait l'acquisition d'un appareil Piper Club. Il avait développé un service de livraison aérien dans le nord de la région. Les compagnies d'exploitations forestières, les explorateurs miniers, les chasseurs et les pêcheurs ainsi que le transport du courrier, constituaient sa clientèle. Au fil du temps, les services de Roch Fortin furent largement sollicités et son Piper Club ne pouvait répondre adéquatement à la demande. Bien que la plupart du temps, il devait manœuvrer sur des pistes d'atterrissage improvisées, il ne pouvait se poser sur les cours d'eau, ce qui limitait ses actions dans cet environnement de quelque 20 000 lacs. Il avait réussi à convaincre sa banque de lui accorder un prêt pour l'achat d'un nouvel appareil. Il avait acquis le Beaver fraîchement sorti de l'usine. Son entreprise avait pris de l'expansion. Mais le destin avait frappé. En revenant d'une partie de pêche sur le lac Abitibi, des vents violents s'étaient soudainement levés et il avait perdu la maîtrise de son aéronef. Roch Fortin ne savait pas nager. Après la noyade du propriétaire, l'entreprise avait fait banqueroute. C'est ainsi que la banque avait repris l'hydravion. Le numéro qui apparaissait sur l'affichette était celui du directeur de l'institution financière. Jusqu'à maintenant, le prix demandé avait fait fuir les acheteurs s'étant manifestés.

Le soleil déclinait dans le ciel lorsque le gardien acheva son récit. Les deux hommes le remercièrent et retournèrent à La Sarre. L'appétit les tenaillait. Ils s'arrêtèrent au casse-croûte du cinéma où la réputation des clubs-sandwichs valait son pesant d'or.

- C'est-tu assez le meilleur sandwich que t'as jamais mangé ça mon Paul ? Regarde, y'a d'la mayonnaise pis du poulet en masse. La cuisinière qui a préparé ce sandwich doit être une fille bien en chair. Les grassettes ont de la sensualité jusque dans l'assiette. J'te l'dis !
- T'as peut-être raison l'beau-frère. Mais j'ai pas le temps de niaiser avec des histoires de filles. De toute façon, faut que j'aille travailler.
- Tu sais pas ce que tu manques !

Alors que Donat arrivait du front avec l'envie de faire la belle vie, Paul était à cent lieues des considérations sensuelles. Il avait besoin de retrouver la sécurité qu'il éprouvait entre les murs de son appartement. Les deux comparses n'évoquèrent plus l'hydravion et tout ce qu'il restait à faire pour que leur projet prenne forme.

Donat se sentait fiévreux. L'irrésistible attrait d'acquérir le Beaver. Un enthousiasme fébrile encore plus fort que celui procuré par l'achat de la Ford, il y avait tout juste quelques heures. Était-ce un signe de chance si tout allait vite ? Il valait mieux prendre le temps de réfléchir. Paul rentra à pied chez lui, à peine dix minutes de marche du casse-croûte. Pour le moment, il ne parlerait à personne de sa rencontre avec son beau-frère revenu de l'armée. Il avait peur de défier le destin s'il évoquait à nouveau son triste passé. Resté seul à siroter son Coca-Cola, Donat se leva d'un coup. Il se dirigea vers la cuisine où une jolie brunette, grassette, s'affairait à monter des clubs-sandwichs.

Une semaine passa sans que les beaux-frères ne se revoient. Alors que les phares d'un véhicule matraquaient d'une vive lueur les chiffres comptables sur lesquels Rouge s'affairait, la sonnerie du téléphone retentit. Rouge, doublement ramené à la réalité du soir qui était tombé, colla l'acoustique à son oreille gauche.
- Hôtel Paquette, bonsoir! Rouge Moulin à l'appareil. Comment puis-je vous aider?
- Maman, c'est Alice! J'ai fait un pain de viande et j'voulais savoir si tu viendras souper? Je veux pas manger toute seule. Grand-mère est déjà couchée, tu la connais?
- Oui, ma puce. Je finis mon travail et j'arrive.

Rouge referma ses livres. Par la fenêtre qui donnait sur la cour de l'appartement de Paul, elle vit qu'il avait de la compagnie. La démarche du type lui rappela celle d'Émile, le père d'Alice. Impossible que ce dernier fut dans les parages : il avait fui l'Abitibi pour ne jamais y revenir en apprenant la nouvelle de sa future paternité. Alice était tout le contraire de ce père qu'elle n'avait jamais connu. Elle démontrait une maturité d'adolescente qui ne connaissait pas la révolte si caractéristique de cette étape de croissance. Elle écoutait patiemment les doléances de Rouge sa mère. On aurait dit qu'ensemble les rôles s'inversaient. La mère devenait l'adolescente et la fille, la mère.

Rouge avait senti la moutarde lui monter au nez en voyant Paul avec une attitude si débonnaire alors qu'il la fuyait depuis quelque temps. Le sentiment d'amertume lui rappela ce souvenir d'amitié perdue. Alors qu'elle se trouvait à la maison de son enfance, une supposée amie s'était pointée. Heureuse de la recevoir, elle était venue lui ouvrir la porte. Mais l'autre avait demandé à voir sa cousine de retour du pensionnat pour les grandes vacances. Cette parente, orpheline, n'avait personne pour s'occuper d'elle. Les parents de Rouge, qui ne manquaient pas de moyens financiers, l'avaient prise sous leurs ailes. Cette trahison d'amitié, Rouge ne l'avait pas oubliée. Elle s'était sentie cruellement rejetée.

Cumulé au fait que son père l'avait renié lorsqu'elle avait donné naissance à son enfant illégitime, ce rejet bénin en apparence refaisait surface à tout moment dans les liens que Rouge tissait avec son entourage. Consciente de ce défaut, Rouge se faisait violence côté émotivité. D'accord, monsieur n'avait pas le temps de la voir ou encore il était trop fatigué pour passer la nuit avec elle, préférant manigancer dans son dos avec un inconnu. À l'idée qu'Alice l'attendait, Rouge oublia les deux hommes. Elle quitta l'hôtel. Un bon repas préparé par cette dernière et un lit douillet la calmeraient. Elle réfléchirait mieux après une nuit de repos.

Pendant que Rouge jouait de sagesse en rentrant chez elle, le « mystérieux » compagnon de Paul avait accepté l'invitation de son beau-frère. Les deux hommes voulaient parler affaires.

Avant même que le vif du sujet soit amorcé, Paul reçut un téléphone.
- Donat, faut que je rentre au bar. Mais reste à coucher. On aura plus de temps pour parler de nos affaires.
- OK, c't'une bonne idée. Faut régler ça.

Le divan du salon ferait l'affaire pour une nuit. Il y avait tant à faire pour réaliser le projet qu'il caressait. Donat alluma un cigare rapporté d'Europe. Comment faire pour acheter l'avion tout en retirant des bénéfices de son opération? Durant sa carrière de pilote, la question ne s'était pas posée, car l'armée fournissait tout le nécessaire pour répondre aux besoins de ses pilotes de guerre. Hangar, avion, mécanicien, pièces et planification des vols, tout ce qui restait à faire c'était de voler et de faire un rapport. Les yeux mi-fermés, Donat se laissait porter par le nuage de fumée qui s'évanouissait vers le plafond du salon de Paul qui tardait à rentrer. *« Je ferais mieux de me coucher. On verra ça demain. »*

Il n'y avait pas qu'à Rouge Moulin que la nuit porterait conseil. Donat se réjouissait de l'opportunité offerte. Il aurait aimé que son projet soit réaliste et sans embûches. Tant pis, ce qui le consolait c'était de savoir qu'il finirait par trouver. Reprendre le temps à se dévouer pour les autres. Son intelligence lui avait permis de survivre à la guerre, à moins que ce ne fût la chance? Il s'endormit sur ces tergiversations. Aux premières lueurs de l'aube, la fatidique basse-cour du voisinage sonna le réveil : COCORIIIICOOOO!!!

Le cri strident le fit tomber du divan. Il savait cette journée décisive pour son avenir. Il ne pouvait se permettre d'en échapper une miette. Ne voulant point perturber le sommeil de son beau-frère, il sortit du logement à pas de loup. Au moment où il referma la porte, le coq chanta à nouveau. Il attendit quelques secondes sans broncher. Aucun signe ne laissa présager que Paul fût réveillé. Il retrouva la Ford et s'arrêta à l'hôtel Paquette. La lumière perçait une fenêtre du rez-de-chaussée de l'établissement. C'était celle du restaurant. Rouge l'accueillit d'un bonjour joyeusement matinal.

- Il me semble vous avoir aperçu avec Paul hier soir. Puis-je savoir à qui ai-je l'honneur ?
- Effectivement, je suis le frère de son ex-femme. Donat.
- Enchantée Donat. Moi, c'est Rouge. Si vous avez faim, tout est déjà en place pour le déjeuner.
- Un café bien fort me suffira ! Dites-moi, à quelle heure ouvre le garage Ford au bout de la rue ?
- Le propriétaire aime bien traînasser dans son garage avant l'ouverture. Il doit être déjà là à cette heure-ci.

Ce n'était pas le patron, mais bien le vendeur qui avait effectué la transaction de la veille, que Donat croisa en premier. En le voyant arriver, il crut à une réclamation. Quoi ? Ce séducteur ne s'amusait plus avec son joujou après seulement une semaine d'usage ? Le vendeur refusa puisqu'il ne voulait pas perdre sa commission. Voyant qu'il n'avait pas la cote avec l'employé, Donat, bien décidé, mit le cap sur le bureau des ventes. Là encore, on lui reprocha son manque de sérieux. Donat avait sa

façon bien à lui d'affronter les obstacles. Il sortait du troupeau des suiveurs. Stimulé par le deuxième refus, il se propulsa au bureau de monsieur Beaudry. Il entra sans frapper.
- Monsieur Beaudry, je suis désolé de vous déranger, mais je dois vous parler de mon rêve.
- Voyons jeune homme ça ne peut pas attendre? Vous auriez dû cogner avant d'entrer!
- Je m'excuse. Mais il faut à tout prix que j'vous parle tout de suite. Voilà, j'ai acheté un char ici. Y'a pas à dire, c'est une merveille. Sauf que j'ai ce besoin de faire quèque chose de positif de ma vie. J'arrive de la guerre où j'ai combattu dans l'armée de l'air. J'ai un projet important à réaliser et j'ai besoin de mon argent.

Le propriétaire des lieux demeura attentif au discours du jeune vétéran militaire qui se débattait pour ses convictions. Le remboursement qu'il réclamait lui servirait à se partir en affaires. Il promettait d'acheter une voiture semblable et même plusieurs autres dès que l'argent aurait commencé à entrer.
- Vous savez, j'ai moi-même perdu un fils à la guerre.
- Vous m'en voyez désolé, monsieur Beaudry.
- Ta fureur de vivre me touche. On va arranger ça. T'es tombé sur une bonne journée mon gars.

En échange de la reprise de la Ford, un montant forfaitaire fut retenu pour dépenses encourues par le concessionnaire. Les deux hommes se serrèrent la main au moment de conclure la transaction. Puisqu'il était encore tôt dans la matinée, il continuait ses démarches. En contactant le directeur de la banque, Donat apprit que feu Roch Fortin avait acquis le Beaver pour la somme de 17 800 $. Un prêt lui avait été consenti et une fois soustrait la mise de fonds et les mensualités déjà payées, un solde de 14 000 $ demeurait impayé. Le montant que la banque exigeait pour la vente.

Donat rencontrera le directeur à la banque avant que midi ne sonnât. Il disposait de 8 000 $ en argent, le remboursement de la Ford compris. À ce montant s'ajoutait une rente annuelle de 2 200 $. Le directeur s'estima chanceux d'avoir enfin un acheteur sérieux assis en face de lui. Il lui consentit un prêt pour financer la balance. Les formalités pour ouvrir un compte d'affaires furent exécutées. Donat quitta la banque avec en poche un document confirmant son offre d'achat. Il avait également obtenu les coordonnées d'une certaine Jacqueline, la veuve Fortin, afin d'en savoir plus sur l'exploitation de l'ex-entreprise d'aviation.

Donat retourna chez Paul avant la fin de la journée. Une odeur de poulet rôti au four flottait dans l'air.
- Ça sent bon ici d'dans ! Déjà dans la popote mon Paul ? En quel honneur ?
- Ah l'beau-frère, j'compte sur ton silence.
- Hum ! J'pense que je comprends.

Un certain coq du voisinage ne dérangerait plus personne dorénavant. Donat aborda le sujet qui lui tenait à cœur.

- J'ai pas chômé depuis à matin. J'espère que t'es toujours intéressé. Attache ta tuque, dans pas grand temps, à nous le ciel!
- Vas-y, raconte!

Pourquoi étaient-ils si différents? Les contraires ne s'attiraient-ils pas? Paul était réservé. Donat, aventurier. Une connivence naturelle les liait l'un à l'autre. Paul hésitait à faire le saut dans le projet de Donat. Il écouta toutefois son récit avec attention. Ce qui le touchait le plus était l'agréable présence de Donat. Lorsque ce dernier causait d'aviation, son être s'illuminait. Il en émanait une force tangible. Il s'agissait de l'énergie d'un homme dans la fleur de l'âge qui avait survécu à la guerre 39-45. Au discours de son beau-frère, Paul comprit qu'un changement s'imposait pour lui. Il demeurait dans cette garçonnière et l'hôtel Paquette était son gagne-pain. Mais qu'en était-il de son avenir? Et s'il échangeait son petit espace derrière le bar pour s'approprier le ciel? La relative sécurité du pilote aux commandes d'un avion, les espaces à parcourir, la conquête du monde des affaires; tout à coup, c'était clair. Il allait apprendre à piloter. Un défi de taille qui absorberait ses jours et ses nuits. Paul, qui n'avait pas encore pris de décision aussi importante depuis la mort de Délima, s'exprima.

- OK, j'embarque. Cette place est pour moi. On s'est toujours entendu nous autres. C'est décidé, j'vais apprendre à piloter. Pis, j'ai presque 2 000 piastres en banque que j'peux fournir pour monter la business.

- J'le savais que tu serais mon homme!

Du coin du ciel, Délima devait sourire de ce revirement. L'enthousiasme de Donat avait gagné le cœur de Paul. Quel partenariat fougueux serait le leur! En dépit du fait que Paul ait vécu cette dernière année sous l'influence de l'alcool et de la dépression, Donat le savait de forte trempe. Un être capable de se relever de la déchéance avec un tel courage possédait en lui les qualités d'un bon pilote.

- Écoute mon Paul. J'vais te montrer comment ça marche les avions. Tu vas voir j'en connais un bout sur la patente. Quand penses-tu pouvoir commencer?
- Aussitôt qu'on aura trouvé un remplaçant à l'hôtel, je pourrai m'y mettre. D'ici la fin du mois, c'est certain.
- J'te dis que dans un an d'ici, on va être sur la mappe. Pis dans les airs pas à peu près.

L'INÉVITABLE DÉPART

Paul fit l'annonce de son départ à Rouge. C'était un de ces matins où le ciel bleuté attisait les rayons du soleil. En plein cœur de l'été, Rouge frissonna. Elle perdait son bras droit dans la gestion de l'hôtel et, pire encore, son amoureux. Elle savait bien que l'ardeur des premiers jours s'était refroidie. Elle se remémorait avec douleur les regards électrisants de son amant du temps qu'ils vivaient leur idylle. Et ce rire, celui qu'elle avait su faire renaître, qui mettait littéralement le feu à toutes ses angoisses. Rouge conservait les bouts de papier sur lesquels Paul, au plus fort de sa passion pour elle, lui écrivait des étincelles comme une âme d'adolescent. Il fallait croire que Paul avait raison. Il la délaissait. Il n'était pas pour elle. Oh! Elle s'en remettrait. N'avait-elle point survécu à d'autres abandons? Après tout, les chagrins d'amour n'étaient pas mortels. Bien que certaines grandes amoureuses de l'histoire y avaient effectivement laissé leur peau. Mais ces héroïnes de l'ivresse amoureuse n'avaient pas la responsabilité d'un hôtel sur les bras!

Chaque matin, elle devait reprendre contact avec sa nouvelle réalité de femme sans amoureux. Rouge Moulin n'avait pas le droit de se laisser abattre. Elle se retrouvait seule en haut de l'échelle décisionnelle. Elle avait pu compter sur Paul pendant quelque temps. Or le support qu'elle en avait reçu avait disparu. Heureusement, Rouge avait du caractère. Elle saurait composer avec le départ de Paul, non sans avoir mouillé quelques mouchoirs dans la noirceur de ses nuits redevenues amères. Elle voulait chasser les caresses échangées qui lui revenaient en tête contre son gré. Ses pensées s'allongeaient invariablement vers celui qu'elle avait appelé mon amour. Maudit amour qui fuyait dès qu'on le trouvait! Paul lui avait expliqué qu'il ne pouvait pas l'aimer comme elle le méritait. Il était piégé dans le deuil de sa première femme. Il avait encore besoin de temps. «Je veux me refaire!», avait-il dit.

Rouge se sentait incapable d'éteindre le sentiment que Paul avait allumé en elle. La poésie de leurs corps qui s'étaient croisés sous le soleil ardent de l'amour les avait conduits dans un pré aussi vert que la feuille naissante du printemps. Paul et Rouge s'étaient connus pendant l'hiver, mais leurs lèvres avaient goûté l'herbe fraîche de la fleur de peau dénudée de l'été. Elle se tournerait vers la vie comme la rose se tourne vers le soleil. Elle s'aimerait à travers sa fille et sa mère. Sa famille, quoi! À coup d'audace et de volonté, elle était devenue une femme de tête dans un univers où il était plus difficile pour une personne de son sexe de prendre sa place et avoir gain de cause.

Rouge était bien obligée de se retrousser les manches. Ce n'était pas méchant de la part de Paul d'avoir apposé un scellé sur leur complicité des derniers mois. Elle comprenait ce besoin de liberté. Elle faisait confiance au futur qui lui ramènerait celui qui avait fait exploser en mille miettes son existence morne d'autrefois. Maintenant que la situation était claire, il faudrait passer à autre chose. Il y avait encore bien du pain sur la planche avant le prochain congé de la fête du Travail. Rouge en profiterait pour mettre de l'ordre dans sa vie personnelle. Elle se devait d'être heureuse pour Paul ; il avait tellement manqué d'ambition au cours des derniers mois. Depuis qu'il lui avait expliqué son projet d'association avec Donat son beau-frère, Rouge savait que la vie prendrait le bon bord pour lui. Pour faire diversion, elle se mit en tête de revoir la décoration intérieure de son appartement. Au magasin général d'Edgar Létourneau, elle se procura des petits pots de plantes afin de créer un mini jardin qu'elle installa sur des tablettes superposées devant la fenêtre de la cuisine qui donnait sur la rue. Elle peignit les murs du salon vert lime et y suspendit un cadre sur lequel un bouquet de marguerites blanches éclataient de leurs boutons d'or. Il fallait de la gaieté pour contrer la morosité. Au fond, qui aurait voulu se laisser mourir pour une si banale histoire d'amour ?

Alors que Rouge se réorganisait tant bien que mal, Paul et Donat mettaient leur plan à exécution. Ils avaient discuté encore quelque temps à savoir quelle orientation ils donneraient à l'entreprise. Naturellement, ils étaient enclins à poursuivre les opérations telles qu'elles existaient avant la noyade de Roch Fortin, le fondateur. Cependant, ils devaient aussi établir une base d'opérations adéquate. Celle du lac Mance était dans un état délabré.

Avant de modifier quoi que ce soit, Paul et Donat arbitrèrent de la nécessiter de rencontrer Jacqueline Fortin. Ils comptaient recueillir des informations utiles concernant les activités antérieures de la compagnie. La veuve accepta de les rencontrer. Ils se donnèrent rendez-vous pour dix heures le lundi matin au sous-sol de l'église. La paroisse de La Sarre disposait d'une petite salle mise à la disposition des fidèles, particulièrement pour ceux qui étaient actifs dans la communauté.

La veuve Jacqueline Fortin, née Dubé, attirait indéniablement l'attention. Prénommée affectueusement Jackie par ses connaissances, elle était grande et mince. Sous la chevelure rousse, un teint de pêche, agrémenté ici et là de charmantes taches de rousseur, contrastait agréablement avec le regard profond de ses yeux de jade. À part quelques prétendants éconduits ainsi que trois ou quatre commères jalouses, Jackie était appréciée de tous, tant pour sa beauté que pour sa gentillesse.

Depuis le décès de son mari, la morosité assombrissait ses jours. Ce qui lui était resté de l'entreprise après le passage de la banque se résumait à une modeste assurance vie prise sur la personne de son défunt. Jackie était curieuse de rencontrer les deux hommes qui avaient acquis l'hydravion de son mari. Vêtue de noir de la tête au pied, l'endeuillée avait frappé à la porte du presbytère. Monsieur le curé s'était montré fort aimable.

- Bonjour madame Fortin. Comment allez-vous ?
- Très bien, étant donné les circonstances.
- Je comprends. Suivez-moi ! Je vous amène à votre rencontre, c'est au sous-sol.
- Je sais toujours pas si j'ai bien fait d'accepter de rencontrer les acheteurs de l'avion de mon mari.
- Ne vous en faites pas. Vous saurez très bien vous débrouiller. En tout cas, les Dames de Sainte-Anne attendent votre retour avec ardeur dans leur rang.
- Oui, je sais. Merci monsieur le curé de vos encouragements. Vous savez, j'apportais mon aide dans les affaires de mon mari. Mais après tout il s'agissait de son rêve à lui !
- Vous avez bien raison, madame. Que Dieu ait son âme ! Attention à la marche, madame Fortin. Si vous me le permettez, je vous conseille fortement de seconder ces messieurs au mieux de votre connaissance malgré votre deuil douloureux. Comme on dit, il faut prendre le train au moment où il passe. Après, il est trop tard !

Le curé, suivi de madame Fortin, posait le pied sur la dernière marche qui menait au sous-sol de l'église. Madame Fortin se questionna sur le sens de la dernière remarque du curé qui, tout en lui indiquant une porte, la quitta pour retourner à ses occupations à l'étage. Elle haussa les épaules et pénétra dans la salle où les deux messieurs Audet l'attendaient. Le curé de La Sarre avait eu vent du retour d'Europe du pilote de guerre. Le prélat connaissait l'histoire des beaux-frères. Bien qu'ils soient natifs de Saint-Janvier de Chazel, il n'avait pas hésité à prendre sur lui la bonne conduite du dossier. Ce qui lui rappela qu'il serait souhaitable de rendre visite à son nouveau confrère, le successeur du curé Marcellin Mercure.

Jackie se présenta aux deux étrangers. Dès leur premier regard, Donat perdit tous ses moyens. Il se demanda si Paul entendait le bruit de la foudre qui venait d'atteindre son cœur. Aux premières heures dans les rangs de l'armée, Donat avait connu les joies faciles des femmes qui se pâmaient à la seule vue de son uniforme. Comme bien d'autres, il s'était laissé séduire plus d'une fois. Tant et si bien qu'il avait perdu l'espoir de trouver la perle rare. L'apparition de la sculpturale Jacqueline Dubé Fortin lui redonna l'envie de se réengager, cette fois dans un contrat à vie, pour le meilleur et pour le pire, en cet instant même.

Pour Jackie, l'idée de flirter n'avait pas sa place. De plus, ses préoccupations étaient d'un autre ordre vu sa situation financière qui se compliquait de la charge de deux jeunes enfants. Suite aux recommandations reçues au préalable de la part de l'ecclésiastique, elle avait décidé de collaborer. Les deux beaux-frères Audet désiraient corroborer les informations reçues par la banque avec les siennes au sujet de la clientèle entre autres. Dans le temps, c'était Roch qui menait les affaires. À cause des enfants, Jackie avait œuvré à partir de la maison. Elle répondait au téléphone, prenait les réservations, coordonnait les horaires de vol. Jackie se sentit vite à l'aise en compagnie des Audet. Elle se surprit elle-même lorsqu'elle les informa qu'elle n'en dévoilerait pas davantage s'ils ne l'intégraient pas dans la nouvelle entreprise. Les heures passées à seconder l'exploitation d'Air Fortin avaient fait d'elle une femme avisée. Elle venait de se rendre compte que tout ce qui touchait à la gestion de l'entreprise était passé entre ses mains.

Donat, qui ne voulait plus passer une journée sans cette déesse à ses côtés, accepta d'emblée la proposition de partenariat. Quant à Paul, il se disait que de toute façon il faudrait une personne dans la compagnie pour veiller aux tâches administratives. Pourquoi pas ce beau brin de fille ? Chacun détiendrait un tiers de la compagnie. L'entente entrait en vigueur dès lors. Puis, on s'entendit sur la nécessité de se rencontrer chaque semaine pour faire part de l'avancement des travaux de chacun. Il fut ensuite question de louer un espace pour un bureau d'affaires. Idéalement situé près de la gare et de l'achalandage de la rue Principale. Quant à la base d'opérations, elle serait maintenue aux abords du lac Mance. Vint ensuite le moment de choisir un nom pour la compagnie. Jackie proposa de conserver le nom actuel, qui avait l'avantage d'être connu des clients pour sa réputation de fiabilité. Donat était d'avis contraire. Pour lui, il s'agissait d'un nouveau départ et la logique exigeait une identité représentative du trio. À la fin, tous s'étaient mis d'accord. L'anagramme commerciale était composée des premières lettres de chacune des parties : A pour les beaux-frères Audet, D pour Jacqueline Dubé Fortin, R pour Roch Fortin le fondateur. Ainsi naquit ADR Aviation.

LES HISTOIRES D'AMOUR

Donat avait reçu une véritable décharge électrique à la vue de la flamboyante veuve Fortin. La carapace du jeune vétéran avait cédé. À l'inclination physique s'était greffée l'admiration pour cette femme de vingt-six ans. Car, sous des allures dociles, la dame prouva qu'elle avait de la suite dans les idées. À se rencontrer fréquemment pour ADR Aviation, le mois de septembre n'était pas achevé que Donat était follement amoureux de sa partenaire d'affaires. Il en rêvait, sans oser lui avouer ses sentiments de peur d'essuyer un refus. Madame Jacqueline Dubé Fortin, qui n'avait su quitter les vêtements sombres du deuil, trouvait également difficile de se départir du nom Fortin. Associé au sien depuis son union avec son mari disparu, il était aussi celui de leurs deux enfants. Chaque fois qu'on s'adressait à madame Jacqueline Dubé, elle regardait autour d'elle afin d'apercevoir l'autre dame qui se trouvait dans son entourage, pour enfin réaliser qu'il s'agissait bien d'elle. C'est pourquoi la familiarité d'un patronyme la rejoignait davantage. Jackie était consciente de l'attirance qu'elle provoquait. Le trop-plein d'attention reçu la faisait se réfugier derrière une barricade qui s'érigeait à son insu. Gentille, serviable avec tout le monde, elle avait appris à garder ses distances. Donat ne lui était toutefois pas indifférent. Le doux sentiment qui voulait éclore la troublait. Avait-elle le droit de céder à l'attrait sensuel d'un homme autre que son mari ? Ce dernier fut-il décédé ? L'idée ne cadrait pas avec les conventions sociales inhérentes au veuvage. Néanmoins, tout comme les jeunes pousses sous la caresse du printemps, la nature suivait son cours. Le grand vide de sa vie, causé par la mort de Roch Fortin, aspirait à être comblé. Ainsi les ferventes résolutions de la pieuse veuve s'effritaient petit à petit devant les sourires du gentil pilote. Afin d'afficher le sérieux de leur entreprise, il arrivait aux associés d'ADR Aviation de se vouvoyer entre eux, particulièrement lors d'échanges plus personnels.

- Madame Jacqueline Dubé Fortin, que faites-vous pendant le congé de l'Action de grâce ?
- Pourquoi cette question monsieur Donat Audet ?
- Eh bien, si vous n'avez rien de prévu, j'aimerais vous inviter ainsi que vos enfants, si vous le voulez bien, à passer une journée avec moi à mon camp de chasse.
- C'est gentil ! Laissez-moi y réfléchir.

Donat avait acheté l'abri forestier où le père de Paul s'était réfugié si souvent après la mort de sa femme. Bien que son idée fût arrêtée, Jackie avait demandé un temps de réflexion. Elle ne dirait oui que le lendemain. Les enfants seraient heureux d'une sortie à la campagne. Depuis ses nouveaux engagements avec la compagnie, elle s'absentait de plus en plus de la maison. En conséquence, les petits se faisaient garder régulièrement. Donat fut heureux de la tournure des événements. Il aimait les enfants et il ne doutait pas que ceux de Jackie lui plairaient.

Sous les pluies qui avaient commencé à diluer le sentier de glaise, l'or d'octobre chapeautait avec éclat les quelques arbres feuillus. Donat dénicha une camionnette afin de voyager plus à l'aise jusqu'au nord du canton de Chazel où se situait son patrimoine terrien. Donat retrouvait son optimisme lorsque l'idée du chalet dissimulé dans l'écrin de la forêt lui revenait à l'esprit. Le stratège avait fonctionné pareillement au temps des sombres heures vécues au front. Dorénavant, il aspirait à vivre chaque jour comme si la mort n'existait pas. Voilà qu'il avait fait la rencontre de cette incroyable femme qui avait accepté de l'accompagner en forêt. Donat voulait tout lui montrer, même les épinettes noircies par le passage d'un incendie de forêt. Car par un miracle hors de toute logique, la vie renaissait des cendres d'arbres disparus.

- Vois-tu Jackie, là-bas, il y a une clairière ? L'été, le sol est tacheté de bleu partout. On peut ramasser des bleuets à pocheter tellement les plants sont pleins.
- Que c'est beau la nature !
- C'est pas moi qui vais dire le contraire.
- Les enfants adorent les bleuets. Mais ils aiment encore plus courir partout.

Preuve que leur mère disait vrai, Robert et Alphonse, aussitôt sortis de la boîte arrière de la camionnette, se mirent à jouer à la cachette derrière les maigres épinettes qui, selon certains, participaient à la prolifération des moustiques et mouches noires. Dans ce pays du bout du monde qu'il aimait tant, Donat, qui avait connu la folie des grandes villes d'Europe, devint euphorique. Un sentiment nouveau l'envahissait. Celui d'avoir trouvé une famille à lui !

Dès l'arrivée au chalet, Donat prit soin de s'assurer que le verrou de l'armoire à fusil fût enclenché. On disait que le père Audet s'était suicidé avec une des carabines. Paul n'avait rien voulu savoir du camp de chasse, il lui avait cédé pour une bouchée de pain. Or, en ce dimanche d'automne, Donat ressentait une grande fierté à recevoir chez lui celle qui avait su conquérir son cœur. Ce n'était pas une journée pour penser à cette histoire.

Puis, sans trop savoir comment les choses en étaient arrivées là, Donat et Jackie se retrouvèrent dans les bras l'un de l'autre. Alors que les petits, exténués d'avoir tant couru dans l'immense jardin boréal, se reposaient sous la catalogne près du feu. La journée avait été ensoleillée d'un bout à l'autre. Curieusement, comme pour calfeutrer l'intimité du moment de grâce qui se vivait, la pluie se mit à scander de petits coups d'archet sur les vitres.

- Jackie, tu vas m'trouver pressé. Mais... J'aimerais ça qu'on se marie.
- Tu trouves pas ça une grosse charge de prendre une femme qui a deux enfants sur les bras ?
- Au contraire, après avoir passé la journée avec eux, je les aime déjà. J'ai assez perdu de temps dans ma vie. J'veux me rattraper.
- Donat, même si je suis encore en deuil, l'idée me plaît. Pourquoi pas ? J'ai pas l'habitude de me fier aux commérages qui vont se faire, c'est certain.
- Si notre union fonctionne pas, ce qu'on peut pas savoir avant d'essayer et être marié, on se laissera. Pis c'est toute. On gardera juste notre lien commercial. Qu'est-ce que t'en dis ?
- Alors c'est... oui ! Oui !

La jeune veuve avait réalisé que la présence de l'homme qu'elle embrassait avec ferveur en cet instant estomperait peu à peu le souvenir de l'autre. Les épousailles ne tardèrent pas. Le voisinage jacassait : les mariages rapides cachaient une grossesse précoce. Mais Jackie et Donat n'y prêtèrent pas attention. Après l'obtention de leur contrat de mariage, Jackie Audet avait accompagné son mari pour l'inspection de l'hydravion. Donat avait pu constater que le Beaver était en parfait ordre. Il jugea pertinent d'effectuer un vol de qualification avant de piloter lui-même l'avion sur flotte.

Trois ou quatre propriétaires d'hydravions se trouvaient sur le site du lac Mance. Jackie indiqua l'un d'eux comme un connaisseur. Celui-ci ne lésina pas sur les conseils. Il répondit aux questions qui préoccupaient Donat. L'ex-pilote de guerre avait eu l'occasion de confronter la théorie à la pratique. Dès qu'il se retrouva devant les cadrans de bord, il n'eut aucun mal à prendre les commandes. Un avion sur roues ou sur flottes était essentiellement la même chose en termes de pilotage. Les techniques de manœuvre sur l'eau exigeaient plus d'attention et d'habileté. La prévoyance devenait une qualité lors des décollages et des atterrissages qui pouvaient être courts, accompagnés de virage à grande inclinaison. Quand ce n'était pas la confrontation de l'appareil à des conditions de vent de travers ou d'obstacles tels que la cime des arbres et les montagnes environnantes. De plus, aux compétences en vol, des notions comme la lecture des courants marins s'avéraient essentielles. Sans être marin, Donat en avait également reçu les rudiments dans l'armée. Une fois aux commandes, il saurait gérer le taux de montée et la vitesse de croisière, lesquels se trouvaient réduits par l'augmentation de la trainée des flotteurs et de leurs dispositifs de fixation.

De son côté, Paul avait pris au sérieux le démarrage de leur entreprise. Il alliait les tâches de gestionnaire en aviation et d'étudiant en pilotage. La cadence de deux jours semaine semblait suffisante à sa formation, jusqu'à ce que Donat intervienne.

- Paul, j'pense que tu devrais te mettre à fond dans ta formation. Avec l'hiver qui se pointe, faut que tu y mettes tout ton temps. On sera pas trop de deux pilotes quand tu vas avoir ton brevet.
- T'as raison Donat. Notre compagnie doit partir du bon pied.
- En passant, qui t'as remplacé comme barman à l'hôtel ?
- Je le connais pas. Mais Rouge m'en veut de l'avoir abandonné. C'est un de ses amis qui vivait à Montréal. J'pense qu'il est descendu en Abitibi parce qu'il a un œil sur elle.
- Désolé mon vieux. J'ai bien vu que la Rouge te faisait de l'effet !
- Que veux-tu ? J'ai fait mon choix. J'peux pas lui en vouloir. J'étais pas prêt à m'engager dans une relation.

Paul ressentit un pincement au cœur. Son beau-frère avait réussi à se construire un noyau familial en si peu de temps, alors que lui ne savait que s'éloigner de ceux qui l'aimaient. Cette conversation avec Donat avait été l'occasion d'une prise de conscience pour Paul. Valait mieux se consacrer pleinement à son nouveau défi. L'apprentissage des notions telles que les principes d'aérodynamie, de la météorologie, de la connaissance des instruments de vol et des aides radio n'était que quelques-uns des aspects à maîtriser. L'étude des composantes mécaniques le fascina. L'une des théories de vol à propos du vent relatif et de l'angle d'attaque lui rappelait spécifiquement sa propre existence. Paul avait su s'adapter jusqu'à un certain point aux aléas de la vie. À un moment, il s'était retrouvé dans une position qui l'avait tiré vers le bas. Un sérieux décrochage en avait été la résultante. Heureusement, il avait repris le contrôle avant l'issu fatal. Plus jeune, Paul avait terminé sa quatrième année de primaire à la petite école. L'automne venu, ses parents avaient eu besoin de lui sur la terre. Les récoltes d'automne n'attendaient pas. Il se rappelait qu'il n'avait pas été un élève particulièrement doué. Or, dans cet univers de mathématique et de mécanique appliquée qu'était le pilotage, il se retrouvait. Il fut surpris de constater sa capacité à mémoriser les notions. Quant à mettre en pratique les techniques apprises lors d'un premier essai en vol, ce fut un jeu d'enfant. Tel un dieu, il lui était loisible de surplomber le monde, rien de moins. C'était cette impression de puissance qu'il avait ressentie lors de son premier vol en solo. Vol après vol, son esprit se libérait de son lourd passé. Pour la première fois depuis le tragique incendie qui avait fait basculer sa vie, il repensa à sa famille massacrée. Brûlés vifs, dans les bras de sa Délima, trois de ses enfants étaient devenus des anges au ciel, il en était certain. Qu'était-il advenu des trois autres survivants mis en adoption ? Il retourna à ses leçons de vol afin d'assimiler les atterrissages d'urgence et de précaution. Le jour où il obtiendrait son brevet de pilote, il irait frapper à la porte de Rouge Moulin pour savoir si elle était encore libre. C'était décidé.

UN VENT DE FORTUNE DANS L'AIR

En épousant Jackie, Donat s'était retrouvé père de deux jeunes enfants. Il se réjouissait à l'idée qu'il ne vivrait plus esseulé comme il l'avait craint. Ses blessures de l'âme, laissées par la guerre, ne s'effaceraient jamais. Au moins, elles seraient enterrées par les rires et les caresses que lui prodiguait sa nouvelle famille.

Quant à Paul, il s'imaginait riche et puissant. Qui sait? Peut-être que le jour où il se retrouverait sous les draps avec une certaine Rouge Moulin n'était pas si loin? Pour l'heure, il ne voulait aucunement se montrer une fois de plus sous les oripeaux d'un mendiant. Rouge l'avait connu en pleine déchéance. À son avis, elle en avait eu pitié. Paul savait aussi qu'elle l'avait aimé. Il demeurait reconnaissant à Rouge de l'avoir aidé à sortir de son état miséreux. Maintenant qu'il avait retrouvé l'envie de réaliser des projets, il désirait être perçu comme un homme fort et viril. Peut-être qu'elle lui pardonnerait de l'avoir quitté?

ADR Aviation avait exigé une grande implication des trois membres fondateurs. Tous les trois avaient resserré leurs finances pour l'achat de l'aéronef et assuré un fonds de roulement à l'entreprise. Du temps de Roch Fortin, les affaires avaient fonctionné rondement avec une clientèle restreinte qui avait le mérite d'être fidèle. ADR Aviation voyait plus grand. L'état du bâtiment du lac Mance témoignait de l'abandon qui avait suivi le décès de Roch. Paul et Donat s'attaquèrent à désencombrer l'extérieur du bâtiment. Puis, on avait peint en noir ADR Aviation. Les grosses lettres visibles du haut des airs contrastaient avec la façade blanchie récemment. Quant à Jackie, elle avait eu l'idée d'aménager un casse-croûte pour accommoder la clientèle. Bien que le bâtiment fût situé en retrait, l'électricité et l'eau courante avaient déjà été installées. Elle avait fait réparer le réfrigérateur sur place pour la boisson gazeuse et la bière. Elle se procura une bouilloire et une cafetière pour les breuvages chauds. Elle fit poser des tablettes pour y étaler des grignotines : sacs de chips, barres de chocolat et petits gâteaux. Histoire de créer une activité mondaine pour l'ouverture officielle, elle avait invité des anciens clients d'Air Fortin, ainsi que quelques notables de La Sarre et des villages environnants. Bien qu'elle fût au courant des liens qui les unissaient, Jackie trouvait amusant que ses deux associés portent le même nom. Elle aimait les taquiner en les appelant les « frères » Audet.

Donat avait un an de plus que Paul. De constitution plus délicate que Paul, il l'avait toujours défendu. Quand le grand

Lauzon, qui s'était forgé une réputation de voyou avec sa manie de tabasser les plus jeunes que lui, s'en prenait à Paul, Donat usait d'astuces pour qu'il le libère. Aujourd'hui encore, il avait une attitude protectrice envers lui. Il n'avait pas osé reparler de sa sœur jumelle disparue. Les choses avaient bien changé depuis cette soirée, où Paul, âgé de seize ans, rendit visite à Donat. Celui-ci avait mis un 78 tours sur le tourne-disque. Affriolée par la musique, Délima était sortie de sa chambre pour rejoindre les gars au salon. Elle avait dansé sans aucune gêne, sous l'emprise du rythme qui dénouait à la fois son corps et son esprit. Paul et Donat avaient emboîté le pas maladroitement. Quand la musique s'était arrêtée, les apprentis danseurs s'étaient effondrés sur le divan en s'esclaffant. Les plaisirs de la musique ne furent pas sans conséquence. Dévoilée par les déhanchements occasionnés par la danse, la courbe des seins pointait sous la blouse de la fille. Les jours suivants, Paul s'était mis à rêver à la sœur de Donat. Pour la première fois, celle qu'il côtoyait depuis sa tendre enfance lui faisait de l'effet. Ces nouvelles sensations le tiraillaient. Il s'était trouvé stupide d'éprouver un sentiment de désir pour celle qui était la jumelle de son meilleur ami. De plus elle avait dix-sept ans, et lui, un an de moins.

Paul demeurait hermétique sur le sentiment nouveau dont il était la proie. Il aurait voulu revenir en arrière et ne jamais avoir participé à ce jeu de danse. Alors qu'il aspirait à garder son secret, il était constamment confronté au malaise de l'ambigüité de la situation. Son amitié pour Donat ne pouvait endurer une journée d'éloignement. Le projet de distancer ses visites à son ami était à oublier. Délima appréciait la présence de Paul et au lieu de détourner les yeux à son arrivée comme lui le faisait, elle se montrait plus joviale qu'à l'ordinaire. Paul se demandait si d'autres gars se permettaient de courtiser la belle. Mais il ne bronchait pas. Il n'essayait pas de la séduire. Il se croyait capable de guérir de son mal en l'ignorant. « Faut pu que j'pense à elle. Après tout, c'est juste une fille comme une autre ! », se répétait-il lorsqu'il quittait le domicile familial de Donat et Délima.

Pauvre Paul, il ne savait pas encore que le cœur s'avérait être le pire des traites, le plus grand des voleurs. Ce cœur s'emballait telle une étoile filante, puis il vous laissait seul avec le manque de l'autre. Le souvenir de Délima lui était douloureux. Elle avait été une si merveilleuse compagne et mère. Ce bonheur perdu lui déchirait les entrailles. Il bénissait le destin de lui fournir maintenant l'occasion d'alléger son chagrin alors que bien installé dans un cockpit, tel un aigle, les ailes déployées, il planait au-dessus des nuages.

D'un geste à un autre, la timidité des débuts de la compagnie se muta en une suite de bons coups. En moins d'une année, l'argent se mit à rouler. Les profits de la compagnie de taxi aérien furent réinvestis. Il fut alors question d'acquérir un pied à terre dans le village même de La Sarre, près de la place d'affaires en location. Sur la quatrième avenue, du côté sud de la voie ferrée face à la gare, un grand terrain vague s'affichait disponible. Les associés s'étaient mis d'accord afin que Jackie, qui connaissait le propriétaire, s'occupe de la transaction. Une fois le marché conclu, des plans furent réalisés afin d'y ériger une bâtisse, laquelle comprendrait des espaces pour l'administration et un entrepôt. Quant à la base d'opérations sur le bord du lac Mance, un nouveau bâtiment serait construit. Le remplacement de la primitive cabane de bois plongea Jackie dans un relent de nostalgie. Mais l'idée d'une salle d'accueil et d'un hangar neuf lui plaisait.

- Donat, Paul, attendez un peu avant de mettre la hache dans la vieille cabane de Roch. Je vais aller chercher mon Kodak pour prendre quelques photos.
- Les femmes! Elles sont toutes pareilles avec leur nostalgie, hein Paul?
- J'peux pas trop parler. Ces temps-ci, les regrets, ça m'connaît.
- Vous avez beau vous moquer, messieurs! Moi j'veux pas que le temps vole notre passé. Plus tard, on pourra comparer hier et aujourd'hui.

Jackie projetait de réaliser un mur de photos sur les différentes étapes de réalisation. Un espace réservé aux clients qui voudraient bien se faire photographier avec l'avion serait également prévu. Jackie n'avait pas encore décidé où cette exposition permanente serait installée : dans le nouveau bâtiment du lac Mance ou celui du village?

Une grande fébrilité régnait au sein de la compagnie. Une relation de confiance en avait fusionné ses membres. Chacun à sa manière avait connu des déboires, ce qui les avait incités à sauter pieds joints dans l'aventure. Quoiqu'audacieux, le projet reposait pourtant sur certaines garanties. Donat, l'instigateur de l'idée de fonder une entreprise de transport aérien, disposait d'une mise de fonds et d'une solide expertise de pilote. Cette science de pilotage, il l'avait apprise à travers le bruit des obus, dans un ciel de bataille. Malgré son engouement pour le présent projet, l'ampleur du chaos qui résultait du passage des canons, maintenant silencieux, le hantait encore. Parfois, l'écho des pleurs d'un enfant abandonné dans les ruines d'un village bombardé l'assaillait.

Paul avait fourni une part d'argent plus modeste. Cependant, ce besoin intrinsèque de s'agripper à un défi de taille avait généré son adhésion. Infatigable travailleur, et surtout véritable touche-à-tout, les clients adoraient son sens de la répartie quand ce n'était pas sa faculté à trouver des solutions à tout imprévu. Paul carburait littéralement au travail afin de gommer les souvenirs de l'hiver 1949. Il en prit conscience lors de certaines nuits d'insomnie où les pensées qui l'habitaient ne concordaient en rien au passé. Alors qu'il n'avait jamais mis les pieds en dehors de son Abitibi natale, il se voyait étendu sous un palmier, les orteils perlés de sable fin. Une fois, il avait entrevu dans un songe une cathédrale si élevée qu'il était impossible d'en apercevoir le faîte. Ces visions étaient-elles attribuables aux épreuves qu'il avait connues ? Il se gardait bien de ne pas dévoiler à quiconque les fruits de son imagination. Il avait compris que le mérite de son implication dans la compagnie d'aviation reposait sur la simple équation du travail et du repos.

Si la nouvelle compagnie avait pris son essor dans un court laps de temps, c'était grâce à la dot que Jackie apportait dans ses bagages. Lorsqu'un malencontreux accident avait fauché la vie de son premier mari, Jackie n'avait pu se résigner à exploiter seule une entreprise. Depuis la situation avait bien changé. Elle connaissait les rouages d'une compagnie d'aviation et sa rencontre avec les Audet lui fit changer de cap. Dès leurs premières rencontres, Jackie avait su démontrer à ses associés que son expérience dans le domaine ne pouvait qu'assurer le succès de l'entreprise. Jackie se retrouvait dans le rang des femmes de décision. Elle faisait le compte de ses avoirs actuels. De son premier mariage, elle était comblée par deux maternités. Bien que remariée à un homme qu'elle trouvait extraordinaire, elle n'oublierait jamais Roch Fortin.

La mise en chantier des projets d'ADR Aviation étendit ses tentacules jusque dans la raison sociale de la jeune organisation. Dans un brouhaha de production, Paul suggéra d'illustrer leur association par un logo. On y verrait une hélice en bois à trois pales dont le centre représenterait un cœur d'acier. La proposition fut acceptée par les actionnaires. Puis l'idée de Paul emprunta une trajectoire imprévue. Il fut suggéré de modifier le nom de la compagnie.

- J'aime le concept d'avoir une partie de chacun de nos noms mis en évidence. Mais, trouvez-vous pas que c'est ordinaire comme nom ? J'propose de changer l'appellation d'ADR Aviation. Lui donner un nom plus représentatif et qui veut dire quelque chose quand on le dit.

Pour une rare fois, Donat fut en total désaccord avec Paul. Jackie, stimulée par tout renouveau, s'en mêla.

- Vous savez que je chante et joue du piano. En musique, jouer la même note un registre plus haut, on appelle cela une octave. Ce qu'on fait aujourd'hui, c'est comme si on avait exécuté une œuvre musicale à la perfection, sans fausses notes. Monter d'une octave, c'est s'élever. Sortir de sa zone de confort, prendre des risques, aller au-delà. S'envoler.
- C'est ça Jackie, t'as tout compris. Hey Donat, ça te rappelle pas un certain Octave Létourneau, le gars assis dans dernière rangée à l'école de rang ?
- Tu parles de celui-là qui était toujours dans lune ? La maîtresse le chicanait tout le temps. Rappelle-toi Paul. C'est pas un bon nom je vous dis.
- Les gars, je suis sérieuse. Il faut oublier vos histoires de p'tite jeunesse.

Les deux « frères », comme Jackie les surnommaient, échangèrent un regard. Un réel fou rire résonna dans le local administratif qu'ils s'apprêtaient à quitter pour le nouveau. Ce fut à ce moment que Paul s'étonna de ressentir une légèreté

bienfaisante de l'esprit qu'il croyait ne jamais retrouver un jour.
- Tant mieux si je vous ai fait rire. Maintenant faut se décider.
- Pas de problème madame la « Général » !

En vérité, chacun s'engageait à relever le défi de réussir ce mariage à trois. Ils avaient appris à se faire confiance dans un univers où les risques étaient énormes tant sur le plan financier que sur l'équilibre de leur amitié. Ils se mirent d'accord sur le logo de la compagnie qui refléterait la nouvelle entité. Les deux mots disposés en demi-cercle l'un sur l'autre entouraient l'esquisse de l'hélice. Le tout avait fière allure sur papier. Octave Aviation. Cela ferait un malheur, ils en étaient convaincus.

Les constructions allaient se réaliser plus rapidement, car la main-d'œuvre ne manquait pas. Les affaires tournaient au ralenti dans le village. Les colons avaient engrangé leurs récoltes. Il ne faisait pas encore assez froid pour amorcer l'exode vers les chantiers. Les hommes étaient disponibles et plus qu'heureux de travailler au village. Ils gagneraient quelques dollars et coucheraient avec leur femme tous les soirs. La communauté bénéficierait de la réalisation du projet.

Depuis le début des travaux entamés plus tôt dans l'année, la répartition des tâches s'était établie naturellement. Paul s'était joint à l'équipe affiliée à la construction des bâtisses. Il se rendit compte qu'il était préférable de consacrer ses heures au pilotage s'il voulait compléter sa formation. Ce fut Jackie qui, de son propre chef, prit en charge la supervision générale sur le terrain. Elle ne maniait pas le marteau, cependant elle savait se faire respecter. La plupart des hommes se rebutaient à la présence d'une femme sur le chantier. Peu effarouchée par les sifflements des travailleurs, elle allait droit au but. Elle avait l'habitude d'évoluer dans un monde d'hommes. La concordance avec les plans établis n'échappait pas à sa vigilance. Au début, Donat avait insisté pour l'accompagner à son arrivée sur les chantiers. Puis ce ne fut plus nécessaire. Les échéanciers seraient respectés, voire même devancés.

Après la Toussaint, les locaux quasiment complétés, Octave Aviation entreprit officiellement ses opérations commerciales. De la première réunion au sous-sol de l'église, où Jackie s'était chargée de contacter la clientèle de son ex-mari, le bouche-à-oreille avait fait son chemin. À transporter des clients et livrer des marchandises en des endroits isolés, Donat se trouvait plus souvent dans les airs que sur terre. La flotte d'Octave Aviation se résumait à un hydravion, ce qui limitait la clientèle en fonction des cours d'eau. Très vite, il devint évident que l'avantage de se poser sur un lac ou une rivière comportait aussi une frontière de taille. Une entreprise en expansion comme la leur pouvait-elle se permettre de refuser la clientèle faute de pouvoir atterrir et décoller d'une piste terrestre ?
Donat se mit à la recherche d'une solution. L'arrivée de l'hiver et la prise des glaces vinrent résoudre temporairement le

problème. Les flotteurs de l'avion furent enlevés et remplacés par le système de roues d'origine auquel on ajouta des skis. La modification permettait de couvrir un plus vaste rayon d'action. L'appareil pouvait se poser sur à peu près n'importe quelle surface enneigée pourvu qu'elle soit exempte d'obstacles. La plupart du temps, Paul accompagnait Donat. L'apprenti pilote prenait plaisir à tenir les commandes afin d'acquérir le plus d'heures de vol et devenir enfin autonome. Contrairement au temps de sa dépendance à l'alcool, ses souleries actuelles prenaient des allures de liberté. Dans la cabine du Beaver, il éprouvait une symbiose avec des forces supérieures qui l'élevaient jusqu'à estomper sa mélancolie.

LE RÉVEILLON DE NOËL

Depuis son enfance, Paul avait habitude de se parler tout haut. De sa période d'errance à l'hôtel Paquette, la dépression avait laissé des lésions plus profondes. « Ils me manquent en maudit ! Mais je dois m'faire une raison. » Sa famille disloquée lui faisait cruellement défaut. Avec ses deux autres associés, il avait misé ses chances au bonheur dans ce qu'était devenu Octave Aviation. Paul, Donat et Jackie s'étaient liés pour le meilleur et pour le pire. Il semblait alors impensable de casser le rythme de travail effréné qu'ils s'étaient imposé. Cependant, ils prirent la décision de s'offrir un répit pour Noël. Les clients attendraient.

Jackie et Donat invitèrent Paul à leur réveillon familial. Tenté par les réjouissances, Paul accepta de quitter sa solitude le temps d'une soirée. À quelques jours des festivités, il se ravisa prétextant une révision en vue d'un test en vol. Le couple déçu du revirement de leur ami ne fut pas dupe. À l'approche des fêtes de fin d'année, Donat et Jackie s'étaient rendu compte

que leur ami combattait les monstres tenaces de son passé. Les yeux ternes de Paul ne trompaient pas. L'instinct maternel de Jackie lui dicta alors la voie à suivre afin de le faire changer d'idée.
- Donat, sais-tu qui j'ai rencontré la semaine dernière ?
- ...
- Un dénommé Roméo Gamache. Il dit qu'il connaît bien notre Paul.
- Vraiment ?
- Oui, les deux ont bûché ensemble à Mace Pitt. Quand Paul a appris la terrible nouvelle sur sa famille, il était avec.
- Ah ouin ! Pis qu'est-ce qui t'a raconté de plus ce Roméo ?
- Il est marié avec une fille qu'il a rencontrée au bar de l'hôtel Paquette justement. Il a entendu dire que Paul était rendu dans l'aviation. Il m'a demandé son adresse. J'ai pas osé y donner. Tu sais comment Paul a encore de la misère avec son passé.

Jackie avait aussi appris de Roméo Gamache qu'un dénommé Edgar Filion et sa femme étaient les parents adoptifs des trois enfants vivants de Paul. Ils s'en occupaient au même titre que s'ils avaient été les leurs. Au début, l'adaptation avait été difficile. Pendant le jour, les jeunes réclamaient mère et père, alors que les nuits se peuplaient de cauchemars que la bonne madame Filion n'avait de cesse de calmer. Puis, comme il sied à l'enfance, les enfants avaient peu à peu retrouvé une vie normale. L'aîné, Raoul, qui avait 12 ans lors des événements, se souvenait très bien que son père n'était pas mort dans l'incendie. Maintenant en âge de faire son cours classique, il se questionnait à propos du silence de Paul. Quant à Joachim, il avait oublié ce qui était arrivé. L'amnésie des événements l'avait gagné du fait que son intelligence ne se développait pas au même rythme que les enfants de son âge. Évidemment, Lucienne de deux ans plus jeune se montrait nettement plus dégourdie que ce dernier. Roméo Gamache avait alors ajouté un détail qui avait particulièrement touché l'attention de Jackie.

- C'est une fillette dotée d'une très grande sensibilité. Et madame Filion lui a fait prendre des leçons de piano. Il paraît que la petite est très douée.

Elle-même pianiste à ses heures, Jackie eut envie de rencontrer cette fillette. Elle avait mis au monde deux garçons et son bonheur aurait été complet si Dieu lui avait donné une fille.

- Donat, j'ai eu le numéro de téléphone de la famille qui a adopté les enfants. J'ai besoin de ton avis sur un sujet délicat.
- Vas-y ma chérie, je t'écoute.
- J'ai pensé que nous pourrions inviter les trois enfants de Paul au réveillon. Comme ça, il pourrait les revoir enfin. Je suis sûre qu'il serait tellement heureux.
- Quoi ? C'est bien beau ton idée. Mais as-tu pensé si les choses tournent mal ? Paul pourrait trouver la farce de mauvais goût.

- C'est pas une farce, tu le sais bien. Je pense au contraire que cette confrontation pourrait replacer la situation. Les enfants pourraient jouer ensemble. Ça les rendrait à l'aise. Tu sais combien les enfants sont nombreux dans la famille. Juste ma sœur Émilie et son mari Rogatien, ils en ont dix-huit. L'autre jour, elle et moi, on s'est mise à compter les enfants. Cela fait une cinquantaine. Bien sûr, ils ne viendront pas tous au réveillon. Les plus grands sont partis de la maison pour gagner leur vie à Montréal. Pour en revenir au réveillon, si t'es d'accord, j'm'organiserais pour que Paul soit obligé de venir faire un tour dans la soirée. Je lui demanderais de venir signer un document par exemple. Il est si dévoué à la compagnie, il ne refusera pas.
- Bon, comme tu veux ma chérie. À date, j'ai rien à redire sur tes décisions.
- Je sais que Paul ne parle jamais de ses enfants. Mais je suis prête à gager qu'il va me remercier un jour.
- T'as peut-être raison. En tout cas, j'aurais une autre raison de faire venir Paul chez nous.
- De quoi s'agit-il mon chéri ?
- Vu qu'on s'est mariés très rapidement, j'ai pensé que cette année on pourrait profiter du réveillon avec ceux qui seront là pour souligner notre mariage. Sans que ce soit comme une vraie cérémonie avec le curé, on pourrait faire quelque chose de spécial.

Touchée par cette attention, Jackie embrassa son mari. Elle était en deuil quand elle avait accepté la demande en mariage de Donat. Les quelques mois passés à vivre auprès de son deuxième époux lui avaient donné raison d'avoir délaissé ses habits de veuve.

Elle mit son plan à exécution sans tarder. Elle composa le numéro d'Edgar Filion. Dès qu'elle eut ce dernier au bout du fil, elle expliqua le but de sa démarche. Monsieur Filion, l'un des patrons de la mine Sigma, consulta madame Filion avant de rendre sa réponse. Pour cette dernière, il allait de soi que ceux qu'elle appelait ses petits avaient le droit de revoir leur père biologique.

Le voyage des trois enfants jusqu'à la résidence de Jackie et Donat fut orchestré. Le trajet de Val-d'Or à La Sarre prendrait au minimum une heure en voiture. Heureusement, le temps était clair, le voyage serait plus facile sans précipitation de neige. Les enfants y passeraient la nuit. Madame Filion prit soin de déposer dans le coffre de la voiture une boîte remplie de paquets joliment enrubannés qui, une fois rendue sur place, serait à déposer sous le sapin par le chauffeur.

Debout sur le seuil de porte, madame Filion soufflait des baisers d'aurevoir aux enfants. Pourvu que les retrouvailles se passent bien. Surtout, elle se refusa d'imaginer que le père veuille les ravoir avec lui pour de bon. Elle s'était profondément attachée aux petits, ils faisaient son bonheur. Les Filion étaient de bons catholiques qui fréquentaient l'église tous les dimanches. Madame Filion gardait dans son sac à main une image sur laquelle un Christ en croix devant des flots en furie s'abattant sur un roc gigantesque semblait expier les péchés du monde. Au bas du papier chiffonné, on pouvait encore lire : «Acclamons le Rocher qui nous sauve... les hauts des montagnes sont à Lui,... car c'est Lui notre Dieu. Ps. 95.» Cette carte lui donnait la capacité de relativiser les événements.

Rempli de promesses, de bonbons et de lumières, ce Noël sentait bon le festin d'allégresse que tout un chacun s'apprêtait à savourer en souvenir de la naissance de l'Enfant à la crèche. Pour la deuxième fois, Donat et Jackie avaient prononcé les vœux d'engagement mutuel. Donat, qui avait été témoin de tant de morts à la guerre, ne pouvait accepter de retarder d'un seul jour le bonheur de vivre. Jackie avait vite compris l'urgence qui se terrait en lui. Sans attendre la fin de son veuvage, elle avait acquiescé à la demande subite de Donat. Tout aussi rapidement, l'alliance s'était glissée à son doigt. Jackie en signe d'assentiment montra le bijou qui ne la quittait plus depuis. L'or 14K de l'anneau supportait une rangée de diamants qui encadraient le vert de la précieuse parure.

- Mes amis, vous remarquerez que les yeux de ma femme et le bijou qu'elle porte à son annulaire gauche sont de la même teinte.

Émues, les femmes de l'assistance voulurent, chacune à leur tour, admirer le rutilant bijou émeraude. Le vétéran raconta que la bague avait été achetée chez un joaillier d'Amsterdam par un frère d'armes. Lequel, blessé mortellement au combat, avait demandé à Donat de la remettre à qui de droit une fois revenu au pays. Mais la femme à qui était destiné l'objet n'en avait pas voulu. Elle n'avait pas attendu que son fiancé revienne de la guerre pour se marier. Donat interpréta l'histoire de l'alliance que Jackie portait à son doigt comme un puissant exorcisme sur le mal et la fatalité.

La fatalité. Une fois de plus, c'était ce à quoi Paul attribuait l'invitation qu'il avait reçue de Donat et Jackie pour le réveillon. Il n'avait point envie de se mêler au monde en ce moment. C'était la raison pour laquelle il avait décliné la convocation. Paul vivait seul par choix. S'il avait refusé d'aller plus loin avec Rouge Moulin, c'était pour se refaire comme il disait. Dans sa vie intime, il n'avait connu que deux femmes. Il avait éprouvé pour Délima les plus nobles sentiments. Il s'était uni à elle pour la vie croyait-il et le destin en avait décidé autrement. Puis, il y avait eu Rouge Moulin qui l'avait en quelque sorte repêché du marasme psychologique et matériel dans lequel il marinait depuis la perte de sa femme. Sa vie avait bien changé depuis. En ce soir de festivité, même s'il avait décidé de ne pas sortir, il s'était costumé pour célébrer ce qu'il était devenu : un homme du monde. Il n'avait pas perdu ses habitudes de dandy. Vêtu de son plus bel habit, il se sentait toutefois agressé par un malaise. Il ne pouvait en déterminer la cause exacte. Il savait Rouge encore folle amoureuse de lui. Il voulait à tout prix éviter que cet amour devienne visqueux. Et si Rouge présentait des signes de désintéressement à son égard ? La question le taraudait au point de le déstabiliser. Depuis qu'il s'était fait remplacer à l'hôtel Paquette, il ne l'avait pas revu. Plus que tout, en cette veille de Noël où tout le monde s'apprêtait à festoyer avec des êtres chers, il se détestait d'être en manque de Rouge Moulin. Quelle idée lui avait-il pris de trancher les liens avec elle, justement au moment même où l'ardeur était à son paroxysme entre eux ? Paul avait trop souffert déjà. La seule pensée de s'attacher à une femme qui le quitterait lui était insupportable. Ainsi en se retranchant le premier des bras de Rouge, il croyait devancer le cruel destin qui obligatoirement la lui arracherait un jour ou l'autre. Il avait ouï-dire que son ancienne amoureuse se laissait conter fleurette. Qui était cet intrus ? « Mon Dieu, Paul, arrête de t'énerver avec cette femme. Tu l'as quitté. Elle peut bien vivre sa vie comme elle veut. »

Il ouvrit le poste de radio pour distraire ses élucubrations émotionnelles. Il syntonisa un reportage qui relatait le repli de la cavalerie américaine qui avait eu lieu douze ans auparavant. Paul qui s'était si bien entendu avec ses chevaux du temps de la ferme et du chantier, se révolta devant le sort réservé aux animaux de l'armée. Afin de se mettre au diapason de la modernité, il avait été décidé que les chars d'assaut envahiraient les champs de bataille et nonobstant leur indéfectible fidélité, les chevaux seraient abattus. Les garder coûterait trop cher. Paul s'imaginait à la place des militaires qui avaient reçu l'ordre d'assassiner leurs partenaires équins. Il se reconnaissait dans l'histoire de ces hommes de devoir. Les aspirants à la vie militaire étaient entraînés à l'obéissance de l'autorité. Ils n'avaient fait que leur devoir. Alors que la vie lui avait demandé d'abandonner les siens dans le but de leur assurer une meilleure existence. Il souffrait d'avoir eu à donner ses enfants vivants à l'adoption. Est-ce qu'ils portaient toujours son nom ? Il espérait les revoir un jour. Heureusement, il avait eu l'instinct de ne pas entraîner les petits dans son enfer.

Absorbé par ses pensées, Paul ignora l'arrivée d'un visiteur. Des coups frappés à la porte le ramenèrent à cette veillée de Noël. Il se leva, éteignit la radio avant d'ouvrir.
- Joyeux Noël Paul ! Jackie m'envoie te chercher. J'sais que tu veux pas participer au réveillon, mais elle a des papiers à te faire signer. Tu la connais ? Pas question pour elle d'attendre pour régler les affaires de la compagnie.
- Entre Donat. J'me préparais à aller me coucher.
- Tu vas allé te coucher habillé de même ?
- C'est Noël pour tout le monde, tu sais.
- Envoye, prend ton manteau ! Jackie t'attend !
- OK, pour la compagnie. Mais je reste pas après.

Arrivé sur les lieux, Paul nota la quantité de voitures qui encombraient la rue devant la maison complètement illuminée. En y entrant, un joyeux vacarme régnait. On avait réveillé les plus jeunes qui n'avaient pas assisté à la traditionnelle messe de Minuit.

Les femmes s'affairaient à la cuisine alors que les hommes fumaient dans le salon. La fumée infiltrait la horde de monde et de cadeaux. Paul salua à droite et à gauche les convives. Alors qu'il se frayait un passage, il sentit l'appréhension gagner son esprit. Pourquoi infliger tant de rencontres à un être qui aspirait à la solitude ? Il ressentait cette soirée comme s'il avait été attaqué par l'ennemi, sa veine jugulaire atteinte d'une flèche empoisonnée. Le poison de l'angoisse se répandait dans son sang pour atteindre son cerveau. Tout à coup, il comprit. À l'autre bout de la pièce, trois enfants se tenaient à l'écart. À la fois grisé de joie et rongé par la culpabilité, Paul ne sentait plus battre son cœur. Après quelques secondes d'hésitation, il réussit à décoller ses pieds fixés sur le carrelage du plancher. Chancelant, il s'approcha d'eux.

- MES ENFANTS !
- P'pa... P'pa... Papaaa.

Les deux plus jeunes se blottirent dans les bras de leur père qui pleurait et riait en même temps. Donat et Jackie ne purent rester indifférents aux retrouvailles dont ils étaient témoins. Comme le reste de la maisonnée. Le seul sans émotion apparente était un adolescent. Raoul n'avait pas pardonné à son père de les avoir délaissés. Non qu'ils fussent malheureux au sein de la famille Filion. Si son père avait été à la maison, le drame aurait pu être évité. Raoul se dévouait pour aider comme il le pouvait pendant l'absence de son père, mais il avait souffert de se retrouver avec la responsabilité de gardien du foyer à l'âge où il aurait dû jouir de l'insouciance de la jeunesse. Raoul,

alors substitut de l'homme de la famille, se sentait coupable de ce qui était arrivé. Voir ce monsieur chiquement vêtu qui se permettait de revenir dans le tableau, ça le tabassait solide par en dedans. Raoul gardait le visage fermé tout en croisant les bras en signe de rébellion. Il refusa de saluer son père avant de faire demi-tour et monter à l'étage. Il s'enferma à double tour dans la chambre que Jackie avait mise à la disposition des jeunes invités.
- Viens Paul. Laisse du temps à ton adolescent.
- Ah, Jackie! Que d'émotions! Je devrais t'en vouloir. Je sais que t'as organisé cette rencontre. Dans le fond, je suis si content de les revoir.
- Que vas-tu faire maintenant? Regrettes-tu de les avoir fait adopter?
- J'sais pas. Quand c'est arrivé, j'me sentais si vidé que j'aurais pas su m'occuper d'eux. Ils ont trouvé une vraie vie de famille là où y sont. Y'ont l'air en santé et ils sont ben habillés. Jackie, pour tes papiers à signer, si ça te fait rien, ça attendra.
- Les papiers, c'était juste pour que tu viennes ici à soir.

Cette soirée de retrouvailles, Paul la devait à Jackie. Il l'étreignit sous le regard compatissant de Donat.

LA CONQUÊTE DU CIEL

Paul s'était reconnu dans l'attitude de son fils Raoul. S'isoler, il l'avait fait assez longtemps. Même en cette soirée de Noël, où il avait était mis en contact avec ce qui lui restait de famille, il avait fallu une astuce de Jackie et de son complice de mari pour l'en sortir. Alors qu'il n'avait pas trouvé d'autre solution que de se départir de ses trois enfants vivants, il se croyait un monstre de les avoir donnés ainsi en élevage comme du vulgaire bétail. N'était-il pas celui qui aurait dû savoir protéger les siens?

Or, le fait d'avoir repris le rythme du quotidien l'empêchait de s'autodétruire. Tourner la page du passé. L'alcool n'était plus une échappatoire. Au moins, il avait gagné sur ce point. Il se pencherait plus tard sur l'épineuse question de ses enfants. En temps et lieu, il réussirait à amadouer son fils aîné. Quant aux deux autres, ils semblaient ne manquer de rien. Une visite de temps à autre suffirait à maintenir des liens.

Pour l'heure, la dernière de sa progéniture, Octave Aviation, requérait son attention. Au retour des fêtes, Donat avait suggéré l'acquisition d'un deuxième appareil.

- Je vous le dis, si on achète un modèle avec plus de capacité que le premier, ça fera de nous le joueur le plus important dans région. On pourrait offrir un service plus étendu comme des vols à Montréal. Pour ça, ce qu'il nous faut, c'est un Douglas DC-3. Y'en a beaucoup de disponibles depuis la fin de la guerre.

Lors de la même rencontre, Jackie avait présenté fièrement le registre comptable à ses partenaires. La charge de travail était énorme. Les journées se prolongeaient souvent jusque tard dans la nuit. Mais les résultats dépassaient les attentes. Visionnaire, Donat envisageait l'introduction de vols selon un horaire précis en ajoutant un deuxième appareil. La compagnie nécessiterait des mises de fonds additionnelles. Ensemble, ils évaluèrent les implications que ce changement aurait sur leur entreprise. Avec le nouvel appareil, une hausse appréciable du chiffre d'affaires était attendue. L'embauche de personnel deviendrait inévitable. Là n'était pas le plus gros obstacle à surmonter. Si l'appui financier de la banque pour ce projet se concrétisait, les aménagements tout juste complétés n'étaient pas en mesure d'accueillir un DC-3. La location d'un emplacement à un aéroport deviendrait alors incontournable.

Le projet pouvait sembler irréaliste pour une si jeune compagnie aérienne. Pendant un instant, l'idée d'abandonner se fraya un chemin dans l'esprit des trois associés. Toutefois, Paul, qui carburait au défi à relever, sut convaincre les autres. Jackie se chargea du plan financier pour la banque tandis que Donat fut mandaté pour repérer le nouvel appareil d'Octave Aviation.

Trois mois de recherches s'étaient écoulés. La clairvoyance de Donat s'était confirmée : les avions disponibles abondaient. Fabriqués en nombre pendant le dernier grand conflit mondial, des prototypes neufs ou reconditionnés avaient été remisés faute de ne pouvoir trouver preneur. Les besoins de déplacements par air avaient chuté avec la fin des hostilités et les DC-3, dont l'usage avait d'abord été d'ordre militaire, se retrouvaient disponibles pour un usage civil. Lors des nombreuses absences de Donat, Paul pilotait le Beaver. Ce qui était d'ordre routinier pour Donat, relevait d'aventure extrême pour Paul fraîchement titulaire d'une licence de pilotage. Une appréhension mêlée d'euphorie le guidait lorsqu'il transportait des gens ou des marchandises dans les territoires du nord du Québec.

Il était bel et bien fini le temps de l'hôtel Paquette où Paul se lamentait sur son sort. Depuis qu'il avait revu ses enfants, il voulait se montrer à la hauteur, surtout avec ce mode de vie qu'était devenu le sien à se dépasser constamment. Il avait perçu le malaise de son plus vieux lorsque leurs regards s'étaient croisés. Paul n'avait pas oublié les liens de complicité qui les unissaient du vivant de Délima. Ainsi, lui, le chef de famille s'était reposé sur la sagacité de son fils alors qu'il fallait gagner le pain en bûchant dans les chantiers pendant l'hiver. Raoul ne l'avait jamais déçu. Quand Paul avait appris le déroulement des événements passés, il n'avait en aucun cas envisagé que Raoul puisse être responsable de quoi que ce soit. Bien au contraire. Quant à Joachim, son équilibre mental précaire lui laissait présager qu'il avait attiré le mauvais sort. Paul n'avait pas été en mesure de maîtriser la situation dans le temps. Maintenant, il détenait le pouvoir de modifier le sort. Il l'avait fait avec sa propre existence. Il voulait intervenir pour Raoul qui, à tort, se sentait coupable.

Paul avait demandé à Jackie le numéro de téléphone de la famille Filion. Son fils aîné avait refusé de prendre l'acoustique. Paul n'avait eu d'autres choix que de se rendre directement au domicile des parents adoptifs. Madame Filion l'avait reçu avec grande bonté.
- Madame Filion, vous savez qui j'suis. Mais j'aimerais que vous sachiez le fond d'ma pensée sur mes enfants.
- Vous ne me devez rien, monsieur Audet.
- J'pense qu'au contraire j'vous dois beaucoup. J'ai pu rencontrer mes enfants à Noël. Y avait l'air correct. Sauf mon plus vieux...
- Raoul a quinze ans maintenant. Rendu presqu'un homme. Il se peut qu'il se soit montré disgracieux envers vous. Mais faut pas lui en vouloir. C'est un bon garçon, affectueux et honnête, vous savez.

- Je lui en veux pas du tout. J'pense qu'y en prend trop sur son dos. J'en connais un brin sur les malheurs dans vie. J'voudrais pas que mon fils en écope plus à cause de moi.
- Je vois. Dois-je comprendre par votre visite que vous voulez ravoir vos enfants ?
- Pas question de jouer avec leurs sentiments, pis les vôtres ! Les p'tits ont trouvé refuge dans une bonne famille. J'peux pas leurs donner un milieu de vie stable et une éducation dans des bonnes écoles comme vous le faites.
- Votre témoignage me rassure, monsieur Audet.
- Mais ce qu'j'aimerais, ce serait d'avoir l'autorisation de les voir de temps en temps.
- Je suis heureuse de vous l'entendre dire.
- J'me trouve sans cœur envers mes enfants. Si au moins, j'pouvais me racheter un peu. Comme j'vous dis, le bonheur de les avoir avec moi tout le temps, ça ferait leur malheur. C'est mieux qu'on s'en tienne à des visites.
- Ne vous tracassez pas. On trouvera un arrangement.
- Écoutez, Raoul refuse de me parler au téléphone. Y semble fâché après moi. J'aimerais l'amener faire un tour. Histoire de se retrouver. Pis de se vider le cœur !
- C'est une excellente idée. Mais où ?
- J'ai fondé une compagnie d'aviation avec deux de mes amis. On fait du transport dans le nord. Je pilote et Raoul pourrait m'accompagner pour un vol.

- Ah ! Il se peut que vous ayez trouvé la façon de vous rapprocher de votre fils. Quel hasard ! Il s'intéresse justement aux avions. Il a mis des photos sur les murs de sa chambre.

Madame Filion réussit à convaincre le fiston d'accepter l'offre de Paul, gardant pour elle sa crainte d'un accident possible. Le samedi suivant, monsieur Filion conduisit l'adolescent au lac Mance où Octave Aviation était basé. Paul s'attardait aux vérifications externes du Beaver en attendant de prendre les airs avec son fils. Raoul répondit aux salutations de son père. Mais les embrassades, ce seraient pour une autre fois. Celui qui s'apprêtait à vivre son baptême de l'air avait appris à jouer les durs à cuir. Il savait déjà compartimenter ses émotions. Après avoir détaché l'appareil du quai, le père prit place à gauche de son fils dans le cockpit. Les deux bien installés dans l'appareil chargé de marchandises à livrer, Paul poussa à fond les manettes de gaz. La course au décollage fit relever le nez de l'hydravion puis les flotteurs quittèrent le plan d'eau. Paul exécuta un virage avant de mettre le cap au nord. En montée pour l'altitude de croisière, le fils ne croyait pas à sa chance d'être là. Au-dessus de la cime des épinettes, il voyait défiler un chapelet de lacs de plus en plus minuscules. Il oublia sa rancœur envers son père.

Dès que Paul avait l'occasion, il invitait son fils à l'accompagner. Ce dernier ne refusait aucune occasion de voler. De plus, le jeune homme avait de bons biceps. Il secondait son père dans le maniement des marchandises. Les techniques de pilotage le captivaient. Paul ne lésinait pas sur les conseils. À 18 000 pieds, parmi les décibels du moteur, des sourires de satisfaction s'échangeaient entre père et fils.

DU NOUVEAU DANS LA FAMILLE

Le Beaver était un avion de brousse sécuritaire. La grande surface de portance des ailes permettait des décollages et atterrissages sur de courtes distances. Les trajets à effectuer s'orientaient principalement vers le nord de l'Abitibi et de l'Ontario. À l'occasion, des grandes villes comme Québec ou Montréal en étaient la destination. Lors d'une assemblée hebdomadaire, Jackie, qui tenait les livres de la compagnie, avait porté à l'attention de ses associés que soixante-quinze pour cent de l'achalandage provenait de Rouyn. Il existait un aéroport sommaire muni d'une piste d'atterrissage à quelques milles au nord de La Sarre. Or, les installations ne permettaient pas d'y circuler avec le petit nouveau attendu dans la famille de la compagnie d'aviation, un DC-3 de soixante pieds de long. La ville de Rouyn fut élue centre des futures activités d'Octave Aviation. Cette ville possédait un aéroport régional construit en prévision d'accueillir des exploitants éventuels. De plus, il était possible d'y louer des espaces afin d'opérer directement à partir du site de l'aéroport. Cette solution impliquait un

remaniement de l'organisation. Paul resterait responsable des opérations à La Sarre. Donat et Jackie seraient responsables de la division de Rouyn. La décision de déménager à Rouyn allait de soi.
- C'est plate que Jackie et toi ayez à vous établir à cinquante milles d'icitte.
- J'le sais bien, mon Paul. Mais tu comprends c'est mieux de même. On sera sur place pour gérer la business. Écoute, j'ai recontacté monsieur Beaudry. Tu sais le concessionnaire Ford qui avait repris mon char, j'avais promis d'y retourner. Comme les affaires roulent à mon goût, j'ai engagé la compagnie pour deux autos. Une pour Jackie pis moi. L'autre pour toi. On pourra se voir de temps en temps en dehors des heures de vol.
- Wow! C'est tout un prix de consolation pour votre installation à Rouyn. Mais t'aurais dû m'en parler avant, je veux dire nous en parler, à Jackie et moi?
- J'étais certain que tu serais d'accord. Et ne t'en fais pas pour Jackie, je l'ai convaincue.

Avec ses talents de négociateur, Donat était la personne désignée pour repérer la bonne affaire dans le lot des appareils dont l'armée se débarrassait. Au cours des recherches qu'il avait menées pour Octave Aviation, il avait constaté à quel point l'industrie manufacturière aéronautique avait été monopolisée pour la guerre. Arriva enfin ce jour où Donat revint tout excité de l'une des nombreuses expéditions de prospection.

- J'ai trouvé le nouveau venu d'Octave Aviation. Un DC-3 quasiment neuf ! Construit pendant la guerre, mais qui n'a pas été au combat. Il a juste servi un peu au transport des troupes. Depuis la fin de la guerre, il est entreposé à Wichita, aux États-Unis. Une vraie belle affaire, je vous le dis. La banque va nous supporter. Y peuvent pas nous dire non. Parce qu'avec cette beauté-là, on va monter d'un cran en business !

La beauté en question nécessitait un investissement de 35 000 $. Un prix faramineux pour la jeune compagnie aérienne. Cependant, Donat n'ignorait pas que le même modèle qui sortirait de l'usine de fabrication vaudrait quatre fois le montant déboursé.

Les trois partenaires sautèrent sur l'occasion. Jackie ajouta les nouvelles données monétaires au plan financier. À part l'achat impulsif des deux voitures, un suivi serré des budgets avait été de mise depuis le début. Les résultats des finances le démontraient. La compagnie pouvait espérer être refinancée. Le gérant de la Banque Canadienne Impériale de Commerce appréciait les rapports précis, net et concis que Jackie lui présentait. Puisque du vivant de son ex-mari, l'entreprise aéronautique travaillait déjà en partenariat avec Omer Farrell, leur banquier. Jackie avait une parfaite confiance en la réussite de sa démarche financière. Monsieur Farrell l'avait assuré que sur la foi d'un plan d'affaires bien détaillé, il accepterait d'accorder un prêt allant jusqu'à concurrence de quatre-vingts pour cent de la valeur de la transaction.

Donat avait précisé qu'ils ne disposaient que de trente jours pour effectuer l'offre d'achat. Bien qu'il n'ait jamais été question de se départir de la base du lac Mance, un acheteur potentiel s'était manifesté. Au grand dam de Paul qui ne voulait pas démordre de son attachement pour le Beaver qui y était posté. Jackie apporta alors un éclaircissement au sujet des finances. Le total des investissements requérait 50 000 $; au-delà du soutien de la banque, il fallait trouver d'autres sources de financement. La vente du premier avion pourrait aisément combler le besoin d'argent. Mais Paul tenait son bout. Il n'était pas question de vendre l'objet miracle qui avait réussi à le sortir de sa dérape personnelle.

- Faisons comme si nous avions l'argent, sans vendre le Beaver. Continuons nos démarches pour le DC-3. Si c'est pour marcher, une solution se présentera en cours de route!
- T'as raison Paul.

Dès le lendemain, Jackie téléphona au notaire attitré de la compagnie. Le professionnel était parti en voyage. Comme il n'y avait plus de temps à perdre, elle avait signalé l'étude de Camille Morneau. Celui-là même qui avait répondu à la demande de feu curé Marcellin alors qu'il avait été question de placer l'argent de l'assurance que Paul Audet avait reçu suite à l'incendie de sa maison.

L'acoustique à la main, Jackie lui exposa le mobile de sa démarche. Le noble personnage fut tenté de couper court à la conversation. Maître Morneau avait répondu lui-même au téléphone, sa secrétaire s'étant absentée pour un instant. Déjà, il regrettait d'avoir pris cet appel. À entendre parler la dame à l'autre bout du fil, il comprit que La Sarre allait perdre une entreprise en croissance au profit de Rouyn. Il eut envie de raccrocher, mais son professionnalisme ne lui autorisait pas une telle inconduite. D'une oreille distraite, il se résigna à écouter l'exposé de Jackie jusqu'au bout. Lorsqu'elle mentionna l'achat d'un DC-3, il sursauta. Cette fois, il l'interrompit sans gênes.

- Quoi? Que dites-vous là? Vous voulez acheter un DC-3? Vous êtes à La Sarre ici, madame. Les gens n'achètent pas de DC-3 à La Sarre. Que voulez-vous faire avec? C'est une blague?

Quoique farfelue de prime abord, il ne s'agissait pas d'une demande inconsidérée. Jackie reprit ses explications. Cette fois le notaire écouta attentivement. Il saisit le point de vue de la dame. Puisque son unique compétiteur se trouvait dans l'impossibilité de s'occuper du dossier, Maître Morneau allait faire une exception à sa politique de ne s'en tenir qu'à la gestion financière des riches du village. Il lui donna rendez-vous le jour même. Le plan d'affaires était bien monté. La tâche s'avérerait relativement facile pour le notaire. Sa secrétaire pourrait composer les documents à partir des ressources existantes dont elle avait accès. Il connaissait personnellement le banquier. Si tout allait bien, les papiers seraient prêts à être signés d'ici la fin de la semaine.

Le notaire voulut en savoir plus sur les trois associés. Jackie rappela au notaire son implication comme secrétaire auprès de son premier mari qui avait fondé une entreprise de transport par avion de brousse. Puis elle ajouta qu'elle s'était mariée en secondes noces à Donat Audet, un ancien pilote de guerre. Celui-ci, son beau-frère et elle-même s'étaient associés à parts égales pour fonder ADR Aviation devenu Octave Aviation. Lorsqu'elle aborda le sujet de Paul Audet, elle se contenta de mentionner l'intérêt de ce dernier à piloter le Beaver. Elle ajouta qu'il était veuf. Le nom de Paul Audet sonna familier aux oreilles du notaire. Il ne s'y attarda pas trop. Il se contenta de fixer une deuxième rencontre à laquelle les trois associés prendraient part. Satisfaite du déroulement des événements, Jackie s'empressa d'aller relater le tout à ses collègues.

Pendant ce temps, la secrétaire du notaire Morneau avait pris connaissance du rendez-vous de son patron et de Jackie. Tout de suite, elle fit le lien entre ce dossier et un autre qui dormait dans le classeur depuis plusieurs mois.

- Alors vous avez retrouvé Paul Audet, Maître? Est-ce bien le même Paul Audet de notre dossier?

Lorsque le notaire entendit ces mots, le déclic se produisit. Évidemment, le nom de Paul Audet ne lui était pas étranger.

Il s'agissait de l'homme qui avait perdu presque toute sa famille dans un terrible incendie. La souffrance du père de famille survivant qui n'avait plus sa raison à l'époque avait touché l'aile protectrice du curé de Saint-Janvier de Chazel. L'infortuné Marcellin Mercure avait sombré dans l'au-delà avant d'avoir pu fournir au notaire les détails pour rejoindre le bénéficiaire de l'indemnité. Depuis, les sommes reçues de l'assurance avaient été placées en lieu sûr et elles avaient grassement profité. Les paroles de la dame au téléphone résonnaient encore dans l'esprit de l'homme de loi. Paul Audet était veuf. Donat Audet était son beau-frère. Oui, le notaire Morneau se souvenait maintenant. Délima, l'épouse disparue de Paul Audet, avait un frère jumeau enrôlé dans l'armée de l'air.

- Mademoiselle Ginette, essayez de rejoindre ce Paul Audet. Il faut que je lui parle.
- Oui, maître. J'appelle tout de suite.

La secrétaire fit le message à Jackie : Paul devait passer à l'étude pour un entretien privé avec le notaire. On prétexta l'utilité de cette rencontre afin de mettre à jour son statut personnel avant la signature des documents. Paul était en vol. Parti livré du matériel de chantier à un entrepreneur forestier au nord-est de La Sarre, il serait de retour en fin de journée. Alors qu'il achevait son rapport de vol et effectuait les vérifications d'usage sur le Beaver, Jackie l'avait rejoint. Il apprit que le notaire Morneau voulait le rencontrer personnellement. Paul irait le voir le lendemain matin. La requête du notaire changeait ses projets. Il devait aller chercher deux pêcheurs transportés dans le nord la semaine précédente. Donat le remplacerait.

Le jour suivant, Paul se présenta chez le notaire. Après avoir échangé quelques paroles de politesse, les deux hommes, assis sur les fauteuils de velours qui meublaient l'espace bureau du professionnel, débutèrent les pourparlers. Le notaire Morneau vérifia d'abord l'identité de son interlocuteur. Il ne voulait pas qu'un plagiaire récolte l'usufruit légal d'un client que représentait l'argent confié à ses bons soins.

- Alors monsieur Audet, je vois que vous et vos associés avez un projet ambitieux. C'est avec plaisir que j'apprends l'existence de votre entreprise. Vous me semblez des personnes bien dynamiques. La région a besoin de gens de votre trempe pour se développer et entrer de pleins pieds dans la modernité. Je regrette cependant de constater que vous voulez quitter le secteur de La Sarre pour vous installer à Rouyn.

Paul expliqua au notaire que le volume du nouvel appareil justifiait le choix de l'emplacement d'affaires, sans pour autant abandonner La Sarre.

- Voilà qui est intéressant! Dites-moi, vous vivez seul? N'y a-t-il pas une madame Paul Audet?
- Je suis veuf. Ma femme et trois de mes enfants ont péri dans le feu qui a ravagé mes biens. À l'époque, mes nerfs ont lâché. Mes trois autres enfants ont donc été placés dans une famille de Val-d'Or.

- Vous m'en voyez désolé, monsieur Audet.
- Ça va maintenant. Y a-t-il autre chose que vous voulez savoir monsieur... Maître ?
- Je dois mentionner votre profession dans le contrat. Que puis-je inscrire, je vous prie ?
- Mon père était un colonisateur. Un p'tit colon comme y disait. Moi avec. J'ai défriché ma terre à Saint-Janvier. Une terre aride sur laquelle j'avais construit ma ferme et établi ma famille. Mais le destin en a décidé autrement. J'ai pas eu le choix de travailler comme bucheux pour nourrir ma famille, et c'est là que le drame s'est produit. Après, j'ai été un homme perdu, un vagabond si vous voulez. Pendant un temps, je me suis perdu. Puis j'ai rencontré une personne qui m'a donné ma chance. À l'hôtel Paquette, j'ai gravi les échelons, j'ai été barman entre autres. Quand Donat, le frère de ma défunte est revenu, avec Jackie sa femme, on a formé notre compagnie d'aviation que vous connaissez. Je suis devenu pilote aussi. Vous avez l'embarras du choix, monsieur le notaire. Inscrivez ce qui vous convient comme profession.
- Donc, monsieur Audet, permettez-moi d'inscrire tout simplement le qualificatif d'homme d'affaires.

Le notaire compléta le dossier, déposa ses lunettes sur le bureau, puis fixa Paul dans les yeux.

- Monsieur Audet, j'avais besoin plus de précisions en ce qui vous concerne. J'ai souhaité cette rencontre entre vous et moi pour un autre motif. Il s'agit, en l'occurrence, de la perte de vos biens dans le feu dont vous venez de me parler. Êtes-vous prêt à entendre ce que j'ai à vous dire à ce sujet ?

Le rappel de l'incendie avait toujours le même impact ravageur aux oreilles de Paul. Son douloureux passé revint lui marteler le cœur. Toutefois, il sut se montrer fort devant l'homme de loi.

- Dans le passé, le curé de votre paroisse, l'abbé Marcellin Mercure est venu me rencontrer ici même à ce bureau. C'était pour me confier un chèque certifié libellé en votre faveur émis par votre compagnie d'assurance. Le bon curé, que Dieu ait son âme, m'a prié de veiller à ce que cet argent soit placé et administré par mon étude. Malheureusement, l'abbé Mercure a perdu la vie en retournant chez lui. Comme je ne savais pas où vous joindre, j'ai placé l'argent en attendant.

Stupéfait des propos entendus, Paul frétilla sur sa chaise. Il se souvenait d'avoir contracté une assurance pour se débarrasser du vendeur collant comme un pot de miel. Il fallait ajouter aussi qu'il avait agi de la sorte afin de plaire à Délima désireuse de suivre les conseils du curé. Paul ne disait mot, le notaire poursuivit.

- Je ne prétends pas que ce que j'ai à ajouter effacera votre peine, mais il semble que la chance ait tourné pour vous, monsieur Audet. Le montant du chèque initial était de dix mille dollars. Conséquemment, après 24 mois en placement assuré, les revenus et les intérêts composés totalisent aujourd'hui 18 800 $.
- ...
- Monsieur Audet, pour que je puisse vous transférer votre dû, veuillez signer les documents que voici.

Paul Audet venait de sombrer dans un état second. Il signa machinalement les documents. Des fantômes du passé escortaient le butin qu'il empochait. Une fois à l'extérieur de l'édifice, Paul fit quelques pas pour se donner bonne contenance.

LE FRUIT DU HASARD

En sortant de chez le notaire, désorganisé par l'argent qui lui tombait du ciel, il ressentit le besoin de s'épancher sur le cœur d'une amie. Ce n'était pas le fruit du hasard s'il avait erré çà et là dans les rues de la ville pour finalement se retrouver devant l'hôtel Paquette. Dans le désert matinal, il vit une tête courbée sur une pile de paperasse. Il ne reconnut pas tout de suite cette blonde aux cheveux courts. Comment cette femme pouvait-elle se permettre d'être aussi attrayante ? À son approche, Rouge Moulin releva la tête. Elle lui servit un sourire de surprise tout en lui demandant quel bon vent l'amenait à l'hôtel. Elle lui proposa un café. Paul hocha la tête, un titillement au creux de la poitrine. Son cœur semblait battre plus vite que les pales du ventilateur au plafond. Il attribua son malaise à la chaleur, responsable également des frisettes qui dansaient sur la troublante chevelure couleur de soleil. Rouge l'avait laissé à son ébahissement pour aller chercher le fumant breuvage. Ils s'assirent face à face. Elle poussa la pile de paperasse sur le côté gauche de la table.

- T'arrives alors que j'suis en plein combat avec les factures à payer et la liste des commandes à remplir. Mais je peux bien me permettre un petit *break*.
- Désolé de te déranger.

Ébahi, il la regardait comme s'il la voyait pour la première fois. Il oubliait presque pourquoi il était là.
- Au contraire, ta visite est au bon moment. Les chiffres commençaient à me sortir par les oreilles.

Paul ne releva pas la remarque. Rouge pensait en elle-même que ce sacré gars s'y connaissait pour la faire chavirer. Les clientes du bar pouvaient bien ne jurer que par lui dans le temps. Rouge brisa le silence.
- Bon. Vas-tu passer ta journée à m'regarder faire en soupirant comme un soufflet de forgeron ?
- Excuse-moi ! J'me rendais pas compte que t'as de l'ouvrage en masse.
- C'est pas grave. Mais accouche ! C'est quoi qui te chicote ?
- À part ta *job* de comptable, que j'suis bien surpris de te voir faire, me semble que t'avais du personnel en masse ? En tout cas, c'est tranquille. Pas de monde dans place on dirait. Tu dois être capable de te sauver pour une couple d'heures ? Un tour de char, ça te tentes-tu ?

Étonnée par la proposition, Rouge remarqua une certaine sérenité chez Paul. Depuis le départ de ce dernier, Rouge avait dû renvoyer son remplaçant pour cause de vols. Les bons employés se raréfiaient du fait que quatre autres établissements d'hôtellerie avaient vu récemment le jour à La Sarre. Quelques hommes d'affaires n'avaient pu s'empêcher d'imiter Ti-Louis Paquette qui récoltait l'argent à pleines poches. Mais le nombre de personnes qui fréquentaient les hôtels n'avait pas augmenté pour autant. Répartie dans les nouveaux endroits, la clientèle autrefois abondante pour un seul établissement s'était plutôt diluée.

Ainsi un rituel s'était établi. Dans une même soirée, les gens faisaient la tournée des lieux pour voir lequel offrait les meilleurs prix sur les consommations et où le paysage des belles filles semblait le plus alléchant. La compétition eut un impact négatif sur les revenus de l'hôtel Paquette. Rouge dut délaisser son rôle unique de gestionnaire. Elle avait ainsi repris le tablier de barmaid. Cette situation de responsabilité constante la tracassait énormément. À l'invitation de Paul à la ballade en plein jour, elle ressentit l'urgente nécessité de s'évader. Pourtant, était-ce sage de faire l'école buissonnière avec un homme qui l'ignorait depuis des mois ?

Paul, qui attendait patiemment la réponse, finit son café. Il observa les fines particules de poussière qui jouaient avec les rayons du soleil sur la blonde tignasse de Rouge. Elle s'était remise à la paperasse, le temps de jauger la bonne réponse à donner à son ami. Les idées se bousculaient dans la tête de Paul. La proposition était venue spontanément, presque malgré lui. Il en avait été le premier surpris d'avoir osé. Soudain, Rouge

s'arrêta d'écrire et mit le bout de la plume entre les lèvres. Elle plongea ses yeux dans ceux de Paul.
- Ouais, j'pense que t'as raison. Même si j'partais une semaine, ça changerait pas grand-chose. Là par exemple y'a personne dans l'hôtel. Alors, tu veux m'amener où ?
- Vers le sud ?

Évasif et décidé à la fois, Paul avait répondu au hasard comme il avait lancé l'idée. Pour sa part, Rouge savait son emploi en danger en acceptant l'offre. Devrait-elle se trouver un autre gagne-pain au retour ?
- Bon, c'est d'accord ! Va chercher ton char. J'sers mes papiers. Le temps de téléphoner à madame Roberge, la femme de chambre, qui va garder la place, j'te rejoins.

Paul avait garé sa voiture devant la porte d'entrée. Dès que Rouge se présenta près de lui, il sortit du véhicule vers la portière côté passager qu'il ouvrit pour la belle. Elle le gratifia d'un sourire pour cette délicatesse.
- Finalement, on va où ?
- J'ai réfléchi pendant que j't'attendais. J't'amène dans le Sud comme prévu. À Rouyn.
- Pourquoi pas ? Une place ou l'autre, du moment que ça m'éloigne des tracas.
- J'veux que tu voies la place qu'on a choisie pour les futures installations de la compagnie.

Indisciplinés par les bouffées de vent de juin qui pénétrait par les fenêtres baissées, leurs retrouvailles avaient des airs de grandes vacances estivales d'écoliers. Pendant la demi-heure que dura le trajet, les deux évadés se laissèrent porter par l'ivresse du moment. Une fois à destination, Paul arrêta le véhicule un peu en retrait des installations de l'aéroport de Rouyn. Ils visitèrent les lieux qui accueilleraient le DC-3 ainsi que les bureaux attenants. Impressionnée par la dimension des espaces, Rouge pouvait comprendre l'engouement de Paul pour son nouveau métier. Le vrombissement d'un oiseau de fer au décollage entrecoupa les explications de Paul. Comme dans un rêve éveillé, elle avait accès aux aspirations de son ami. Par le passé, Rouge avait douté du bien-fondé des ambitions de celui qui avait erré d'une bouteille à une autre. Maintenant, elle le voyait sous un autre aspect. Alors qu'il rêvassait tout haut, elle se demanda s'il y avait une autre femme dans sa vie? Rouge percevait l'éclat qui brillait dans les pupilles de l'homme qu'elle n'avait jamais cessé de désirer. Elle lui dit de sortir de son rêve, car le temps passait vite. Elle devait retourner au travail. Elle regrettait de ne pas trouver les mots qui pourraient le toucher. Quoique, en y pensant bien, il n'avait pas semblé indifférent à sa nouvelle coiffure! Rouge s'était laissé convaincre par sa coiffeuse d'adopter le look dernier cri copié sur Marilyn Monroe, la vamp au sourire dévastateur. Un peu par défi, beaucoup par désabusement, Rouge avait eu besoin de changement.

- Tant qu'à être à Rouyn, j'vais aviser de ma présence en ville à Jackie et Donat. Faut trouver un téléphone.
- Bon, comme tu veux. Le mal est faite à c't'heure! J'ai abandonné le fort. Même pour quelques heures, mes *boss* vont être fous de rage quand ils vont apprendre que j'ai confié l'hôtel à la garde d'une femme de chambre.
- Ben voyons, ne te tracasse pas trop avec ça. Ça va bien aller. Tes *boss* vont comprendre. T'en fais tellement.

Paul se voulait rassurant. Ne l'avait-elle pas été au temps où l'ivrognerie le grugeait? Il n'oublierait jamais la bonté que Rouge lui avait démontrée alors qu'il était un rejet de société. Ils marchèrent côte à côte en se dirigeant vers l'aérogare. Paul avait passé son bras gauche autour de la taille de Rouge. De sa main libre, il pointa l'inéluctable cabine téléphonique. Rouge faisait les cent pas devant la porte vitrée.

- Paul, fallait justement que j'te parle. On a un colis urgent à livrer pour demain matin. T'es où?
- J'avais besoin de me changer les idées. J'suis à Rouyn.
- C'est parfait. On va avoir le stock à Rouyn tard en fin de journée. Faut aller le livrer dans un camp de pêche à cent milles au nord de La Sarre demain soir au plus tard. Tu pourrais venir coucher chez nous et partir tôt demain pour le lac Mance?
- Non, j'ai d'autres plans pour le coucher. J'te raconterai. Pour la livraison, pas de trouble, j'm'en occupe.
- Comme tu veux mon Paul. On se reparle demain.

Lorsque Paul informa Rouge du contretemps, elle lui rappela la situation plus que compromettante dans laquelle elle se trouvait. Pour se faire pardonner, Paul proposa d'aller souper dans un bon restaurant. Rouge ne put qu'accepter l'offre sachant qu'il était inutile de marchander. Le repas fut à la hauteur et, fait surprenant pour un mercredi en région, la place était bondée de monde. La serveuse leur expliqua que tout ce charivari était dû au festival de musique country qui se brassait à Rouyn durant toute la semaine. Les festivaliers avaient envahi la ville et aucune chambre ne semblait vacante. Paul et Rouge se désespéraient de trouver un refuge. Au troisième hôtel visité, la réceptionniste leur dit qu'ils avaient de la chance, puisqu'une suite venait de se libérer. Étaient-ils désireux de partager leur intimité encore une fois? De toute façon, il y aurait toujours moyen de s'organiser chacun de son côté. Effectivement, Rouge occupa le grand lit et Paul se contenta du divan-lit. La nuit avançait à pas de loup, le sommeil n'était pas au rendez-vous. Chacun tournait dans sa couche avec ses pensées. Après une bonne demi-douzaine de fois du même stratagème, Rouge brisa le silence.

- Tu dors pas hein?
- Non. J'ai la tête pleine.
- Si tu veux, viens m'rejoindre. On va jaser. Mais n'ouvre pas la lumière s'il te plaît.

Paul se retrouva assis sur le lit de son amie. Si sa tenue se limitait à un short boxer, c'est qu'il n'avait pas été question d'apporter un vêtement de nuit avant de quitter La Sarre. Tout

avait été au gré de l'aventure depuis son fameux rendez-vous avec le notaire le matin même.
- Paul, y'a un bout de temps qu'on se connaît. La première fois ou je t'ai vu, je t'aurais jamais laissé entrer dans ma chambre la nuit. Ni le jour d'ailleurs.
- ...
- T'as beaucoup changé depuis c'temps là. T'as beau faire l'homme reconnaissant, je te connais assez pour savoir que quelque chose te chicote. Dis-moi ce qui te tracasse.
- ...
- Paul. Parle-moi. On est pas venu ici pour rien.
- T'as raison. Oui, j'ai un motton sur l'cœur. Pour ce qui est de mon passé, j'étais pas beau à voir en soulon. Tu l'sais pas, mais quand tu m'as forcé à participer à l'entretien de l'hôtel Paquette, ce travail m'a permis de retrouver mes sens. De me retrouver. Si je suis encore là, on peut dire que c'est grâce à toi.

Rouge se rassit un peu plus haut sur les oreillers et ouvrit les couvertures comme une invite tacite. Paul se glissa machinalement dans le doux piège et poursuivit son monologue.
- À matin, j'suis allé voir le notaire à La Sarre. J'avais aucune idée de ce qu'il me voulait. Comme t'as vu, on est en train de grossir la compagnie et faut beaucoup d'argent pour le faire. Mais là, lui il m'apprend que j'avais 10 000 piastres d'investis.

- Ben voyons donc.
- Avec les intérêts, depuis le temps, c'est quasiment le double que ça donne. Avec c't'argent-là, la compagnie peut prendre son envol pour vrai.

Il s'arrêta de parler comme perdu dans ses pensées. Afin de le ramener au présent, du revers de la main, Rouge lui frôla l'avant-bras. Elle lui chuchota qu'il avait un beau problème. S'il avait trop d'argent, elle pouvait bien l'aider à le dépenser. Attendri par la boutade, il se tourna vers elle. Sa voix devint plus langoureuse.

- Chère Rouge, si gentille avec moi. J'ai pas été le meilleur amant du monde. Je t'ai abandonné. Pis me v'là à te déballer mes histoires alors que j'me retrouve au lit avec une si merveilleuse femme.
- T'en fais pas. Continue ce que tu voulais m'dire.
- C'est pas simple. L'argent qui me tombe du ciel, c'est l'argent que l'assurance a payé pour le feu quand ma ferme a brûlée. C'est le salaire de la mort. La paye que ça me rapporte pour que ma femme et mes enfants meurent dans la maison que j'avais bâtie. Y penser, ça fait que je peux pas toucher à c't'argent-là. J'sais pu quoi faire.

Rouge percevait le dilemme de Paul et elle se sentit submergée d'une tendresse immense. Elle l'entoura de ses bras, l'attira à elle. D'instinct, elle posa un baiser dans le cou de Paul. Soudain amnésique de la raison, il ne put que succomber aux caresses de Rouge. Il connaissait le corps de cette femme qui lui avait ouvert sa couche déjà. Il s'était souvent demandé pourquoi elle l'avait fait d'ailleurs. Ne venait-elle pas de lui avouer qu'elle n'aurait pas voulu de lui le premier jour qu'il s'était trouvé sur son chemin ? Néanmoins, elle en était venue à s'amadouer et pendant quelque temps elle avait partagé sa chambrette. Puis, c'était lui qui s'était désisté. Le destin charnel renouait avec un passé qu'il n'avait pas su goûter à sa juste mesure. Erreur qu'il n'avait pas l'intention de répéter à nouveau. Elle lui avait demandé de ne pas ouvrir la lumière et de venir le rejoindre s'il avait envie de s'épancher. Il s'était exécuté. À son tour maintenant il posait les règles du jeu et il ouvrit la lumière.

- Qu'est-ce que tu fais Paul ?
- Chut ! Laisses-moi faire. J'veux voir la nouvelle femme que t'es. Pas juste ton apparence, mais ta douceur nouvelle.
- Attention aux apparences Paul. J'suis toujours tigresse sous des dehors de blonde soumise.
- C'est ce que je voudrais bien vérifier.

Alors il rejeta la couverture et admira son corps. Malgré qu'il savait la douceur de sa peau, c'était comme s'il la redécouvrait. Les rapports charnels qu'ils avaient eus se passaient dans la noirceur totale, sous les couvertures. Il lui semblait que la blondeur de la chevelure de Rouge coulait sur l'étendue de sa peau. Aguichante, la tigresse se faisait féline. Elle ronronnait sous la magie des doigts de l'homme qui avait pris les commandes du plaisir de la femme. Se frôlant sur le torse pileux du mâle qui la dominait, celle-ci voulut à son tour le faire jouir. Elle le chevaucha telle une amazone aguerrie. La communion des corps s'avérait parfaite. L'extase de l'amour les terrassa. Les corps assouvis se ralliaient à une liberté où toute tension avait disparu. La nuit était fort avancée lorsqu'ils s'endormirent lovés l'un contre l'autre, sans couverture. Sous l'éclairage artificiel qu'il n'avait pas éteint de peur de retrouver leur vie d'avant et ses problèmes.

La grisaille d'un petit matin sortit l'amoureuse des bras de Morphée. Elle ramassa la couverture glissée par terre par les jeux amoureux et éteignit la lampe, Paul n'avait pas bronché. Elle revint auprès de son amant pour se rendormir. Un peu plus tard, le soleil, maintenant haut dans le ciel, lui fit ouvrir les yeux. La réalité la rattrapait ! Elle prit encore une fois les devants et se mit à taquiner Paul de la plus charmante manière qui fut. Elle le huma tout en lui mordillant les oreilles. Sous le sourire ravi de Rouge Moulin, Paul Audet salua le jour. Il la pénétra une autre fois comme si la posséder lui permettait de s'abreuver à l'arbre de vie. Quant à Rouge, elle pouvait reprendre les rênes de sa vie et, par ricochet, de l'hôtel.

- Faut retourner à La Sarre mon chéri !
- T'as raison. J'espère qu'y est pas trop tard pour ma livraison.
- Mieux vaut tard que jamais.
- Ouin, peut-être. Mais avant on va manger une bouchée. J'ai faim.

- Tu sais, j'ai pensé à ton histoire au sujet de ton argent. T'as qu'à ne pas y toucher, c'est simple ! Laisse-le où il est puisqu'il y fait des profits. Tu pourrais le mettre en garantie sur un prêt. Comme ça t'auras pas l'impression d'utiliser c't'argent-là.
- Rouge, comment ai-je pu penser me passer de toi ?

Toute à sa toilette alors qu'elle lui parlait de finance, Rouge rattachait ses bas à sa jarretelle lorsque le rire cristallin de son amoureux la chavira bonheur. Avant de quitter la chambre, elle se blottit une dernière fois les bras de son homme. Les yeux affamés ne pouvaient se quitter. Le petit-déjeuner servi par l'hôtel fut avalé goulument. Bras dessus, bras dessous, ils sortirent de l'établissement avec ce sentiment d'une nouvelle complicité. Paul admirait l'esprit clair et de décision de sa muse. Quant à Rouge Moulin, elle marchait sur les nuages d'avoir retrouvé l'homme qu'elle aimait. Peut-être rêvait-elle ? Peu importe, ils revinrent l'un avec un colis à livrer, l'autre avec un goût de réévaluer le sens de son existence au quotidien. Avant de la quitter, Paul demanda à Rouge si elle accepterait une autre invitation. Elle répondit dans l'affirmative, mais à la condition que la prochaine rencontre ne nuise pas à son travail comme c'était le cas actuellement. Elle effleura les lèvres de Paul, descendit de l'auto et regagna l'hôtel Paquette au pas de course.

Le baiser avait teinté de rose l'humeur de Paul. Il enfonça la pédale d'embrayage, passa en première et prit la direction du

bureau. Il était impératif de passer un coup de fil à ses associés avant d'aller livrer le colis. Au timbre de sa voix, Jackie remarqua tout de suite un changement chez Paul. On aurait dit que quelqu'un avait allumé une lumière en lui.
- Bonne nouvelle ! J'ai trouvé l'argent qui nous manquait.
- Comment ça ? Explique-nous.
- En fait, le notaire voulait me voir pour m'annoncer que j'avais une assurance de 10 000 $ qui a fait des p'tits. Je me retrouve avec au moins 18 800 piastres. C'est le curé Mercure qui s'était occupé de cet arrangement après le feu. En tout cas, le notaire avait acheté des obligations d'épargne du Canada avec l'argent. Pis là, me v'là capable de résoudre notre problème pour Octave Aviation.

Prétextant la livraison urgente qu'il devait accomplir, il raccrocha. Le Beaver l'attendait au lac Mance. Là-bas, le gardien des lieux l'aida à hisser l'encombrant colis à bord du Beaver. Fort heureusement, les concepteurs du Beaver avaient prévu de larges ouvertures pour pallier à ce genre d'éventualité. Ce serait un voyage facile en apparence. Cependant, une certaine inquiétude relative au poids du colis le chiffonnait. Il se questionna sur son contenu. Mais ce n'était pas de son ressort d'ouvrir ce qui ne lui était pas destiné. Lui-même se sentait si léger. Il sourit au souvenir d'un soutien-gorge posé négligemment sur le dossier d'un fauteuil. Il se demanda comment Rouge s'était fait recevoir à son retour au travail. Il était confiant en ses capacités. Rouge en avait vu d'autres. Il se concentra sur la manœuvre du décollage.

Tel un cygne, le Beaver avançait lentement sur le lac. D'abord au ralenti, le moteur se réchauffait pour ensuite se positionner vers le nord afin de prendre son envol dans l'axe le plus dégagé. Paul poussa la manette des gaz. Tout en maintenant le nez de l'appareil qui demeurait docile, il gagna de la vitesse provoquant ainsi un formidable grondement à travers la tubulure d'échappement. Sous l'impulsion du pilote, la bête rugissait. Puis ayant atteint sa pleine puissance du moteur, elle s'arracha de la gravité terrestre. D'abord quelques pouces la distançaient de la surface du lac. Paul tira le manche encore plus vers lui. En moins d'une minute, l'appareil avait dépassé la hauteur des arbres qui depuis un instant semblait une menace. Puis le pilote réduisit la puissance du moteur qui se fit moins bruyant. Il prit un cap à 43 degrés, direction nord-est. Les quelque 200 milles qui le séparaient du camp à atteindre pour la livraison allaient être franchis en moins d'une heure quarante-cinq. Il serait de retour à la base aux alentours des dix-huit heures selon ses prévisions.

Paul savourait tout particulièrement la minute où l'avion prenait son envol. Il lui semblait que le Beaver possédait une vie propre dont il faisait partie intégrante. Tel un muscle dans un corps, il participait, par ses manœuvres, à la progression de l'appareil. Paul et son avion dominaient les hauteurs comme des complices. L'homme se laissait couler dans ce confort mécanique où se mêlaient avec familiarité le chant du moteur en action et le parfum d'huile surchauffée qui s'en dégageait.

Au-dessus du lac Abitibi où il était parvenu, il pouvait constater l'exactitude de la définition du mot algonquin qui décrivait l'Abitibi : là où les eaux se partagent. De minces artères bleuâtres filaient vers le sud où elles iraient se noyer dans le fleuve Saint-Laurent alors que d'autres gravissaient le nord pour atteindre les glaces de la Baie-James, sa destination. En effet, le camp forestier où il devait livrer la marchandise se situait sur les berges d'un important affluent du nord, la rivière Braoadback. À ce moment-ci, Paul ne sut départager le responsable entre le temps parfait du jour et l'état d'euphorie qui ne le quittait pas. Lequel des deux était responsable de ce vol particulièrement agréable ?

DANSER AVEC LA VIE

L'hôtel Paquette, l'endroit qui avait permis à Paul de renaître, demeurait son port d'attache. C'est pourquoi il aimait y retourner. Après l'épisode de l'escapade à Rouyn avec Rouge, l'atmosphère s'était alourdie. Louis Paquette n'avait pas fait les yeux doux à Paul Audet lorsque ce dernier s'était pointé en demandant où se trouvait Rouge. Le propriétaire, choqué, avait confié sa déception devant l'incartade de sa meilleure recrue. Alors qu'il s'était présenté à l'improviste à l'hôtel, il avait constaté avec stupeur l'absence de Rouge. Tout en prenant connaissance de la note laissée par celle qu'il considérait comme son bras droit, madame Roberge lui avait expliqué que Rouge l'avait mandatée pour surveiller les lieux jusqu'à son retour. Le patron s'était offusqué de tant d'inconduite de la part de Rouge Moulin. Il avait semoncé l'irresponsable. Il ne la licencierait pas. Toutefois, en guise de représailles, il l'avait contraint d'entraîner rapidement la jolie barmaid qu'il venait d'embaucher. Ti-Louis avait ajouté qu'il lui serait plus aisé de pardonner une erreur à une débutante. En fait, Ti-Louis savait à quel point Rouge se dévouait corps et âme pour l'hôtel.

Cette histoire d'école buissonnière avait confirmé qu'il devait l'aider à organiser son emploi du temps afin qu'elle dispose davantage de temps pour elle.

Le patron craignait l'épuisement de sa meilleure employée en raison de son implication et qu'elle quitte pour de bon. Malgré les jours difficiles imputables à la forte concurrence actuelle, Rouge avait grandement contribué au succès de l'hôtel Paquette. Ti-Louis se demandait encore quelle mouche l'avait piquée quand il lui avait fait des remarques à propos de sa façon de former la nouvelle recrue. Rouge avait claqué la porte. Peut-être avait-il levé le ton un peu trop fort? Il avait seulement voulu apporter une remarque constructive. Ti-Louis eut une autre raison d'être surpris. Paul, au lieu d'arborer son air sérieux habituel, affichait un sourire.

- Écoute Ti-Louis, je compatis avec tes histoires, mais là faut que je rencontre Rouge. J'ai des affaires à lui dire.

Paul avait quitté l'hôtel à son tour laissant Ti-Louis en plan.

Paul s'était dirigé tout droit vers l'appartement de Rouge. Il avait frappé une première fois, sans réponse. La deuxième fois, plus fort. Il commençait à désespérer lorsqu'il avait perçu un raclement de gorge de l'autre côté de la porte.

- Rouge! Ouvre la porte. C'est ton chum, Paul.

Un déclic. La porte s'ouvrit. Elle s'était enveloppée d'un peignoir. Les yeux bouffis, les cheveux rebelles, à l'évidence, il l'avait tirée du lit.

- C'est peut-être pas le bon moment pour se parler. J'aurais dû téléphoner avant. J'm'excuse de t'avoir dérangée.

Paul avait déjà tourné les talons. Il allongeait le pas pour quitter quand il se sentit tirer vers l'arrière. Rouge avait juste eu le temps d'attraper au vol un pan de sa veste et de le ramener vers elle. Quand il se retourna, l'ardeur d'un baiser le plaqua contre la porte. Dès qu'elle le libéra, il alla droit au but.
- Rouge, c'est assez le niaisage. Je t'aime pis je veux qu'on soit ensemble. Veux-tu devenir ma femme ?
- Quoi ? Tu veux qu'on se marie ?

Elle revivait toutes les étapes par lequel Paul Audet était passé dont elle avait été témoin. Elle devait reconnaître qu'il était un homme de ressource capable de maîtriser son destin. Avec détermination, il avait dompté ses démons intérieurs et il prenait maintenant sa revanche sur la vie. Il n'était plus tout jeune, mais il avait un brillant avenir devant lui. Elle, par contre, se trouvait en précarité d'emploi. Heureusement qu'Alice volait déjà de ses propres ailes. Rouge avait eu à affronter des obstacles douloureux en tant que mère célibataire. Ce choix à contrecourant lui avait coûté cher. Son père l'avait rayé de son testament. Elle aurait dû accepter qu'il lui paye les services d'un avortement. Un voyage rapide aux États et l'affaire aurait été réglé. Mais non, elle avait préféré plonger sa famille dans la boue en poursuivant une grossesse hors du mariage. Que diable ! Elle ne pouvait concevoir sa vie sans Alice.

Voilà qu'elle venait une fois de plus de quitter son travail en plein jour. Exaspérée des remarques de Ti-Louis, elle avait pris la poudre d'escampette sans réfléchir. Elle ne savait expliquer le pourquoi de ses agissements, si ce n'était que la première fois elle avait cédé à l'alléchante invitation du beau Paul qui se tenait devant elle et qui venait de lui faire la grande demande.

- Paul, on est plus des enfants! On peut pas se marier juste parce qu'on a passé du bon temps ensemble. Y'a des choses de mon passé que tu dois savoir. Des confidences que j'ai dites à personne. L'homme qui partagera ma vie devra tout connaître de moi avant et m'accepter tel que je suis. Pas question pour moi qu'une ombre de mon passé revienne hanter ma vie. Ça fait que j'peux pas te répondre maintenant.
- Je suis ton homme prêt à t'écouter ma belle.
- Attends-moi au salon Paul. Le temps que j'm'fasse un brin de toilette.
- Moi j'te trouve parfaite de même avec ton allure de fille qui se réveille.

Rouge en fit pourtant à sa tête et revint s'asseoir à ses côtés sur le divan où Paul s'était confortablement installé en l'attendant. Il avait enlevé son veston et ses souliers vernis. Les jambes allongées sur le repose-pied, il lui avait fait de la place lorsqu'elle s'était lovée contre lui. D'une confidence à une autre, l'heure de souper avait sonné. Ils préparèrent une omelette qu'ils savourèrent en tête à tête en écoutant Frank Sinatra chanter *Night and Day* à la radio. Les chandelles

scintillaient toujours lorsque Paul revint sur le sujet du mariage.
- Rouge, t'as pas à te justifier de quoi que ce soit. Ta vie d'avant, c'est pas mes affaires. J'veux dire que t'es qui tu es, parce que t'as vécu ce que t'avais à vivre. C'est la même chose pour moi.
- J'comprends. Mais je voulais que tu saches mon histoire. Se faire mettre dehors d'la maison familiale, ça changé ma vie. Même si le père de mon enfant voulait s'marier. Les circonstances ont décidé autrement. Il avait besoin de s'expatrier. L'Abitibi était pas assez grande pour lui. Il a voulu voir l'Europe. Au fond, y m'aimait pas assez pour rester dans notre pays de maringouins pis de gros frette. Peut-être aussi que j'avais besoin qu'y s'en aille ailleurs pour me débrouiller dans vie sans m'appuyer sur la force d'un homme ?

Elle lui effleura les mains qu'il avait posées à plat sur la table. En passant près des chandelles, une goutte de cire avait échaudé la galante. Elle souriait. Paul était complètement sous le charme. Rouge le rassura : les bras d'un homme fort autour de sa taille ne pouvaient qu'être souhaitables pour elle maintenant.
- Rouge, j'te juge pas ! Au contraire. T'as fait preuve de courage en décidant de garder et d'élever toi-même ton enfant. T'as ignoré les commérages. C'est correct. Je serais prêt à l'adopter ta fille, pis lui donner mon nom si c'est ça que tu veux !

- C'est bon de l'entendre dire !
- J't'aime assez ! Tu sais que pour moi aussi c'est difficile de sauter dans l'mariage quand j'y pense. J'ai l'impression de trahir ma première femme. Même si est partie. C'est plus fort que moi.
- Alors ? Pourquoi qu'on se marierait ? On est ben comme on est là ! Laissons faire les autres. Après tout, y s'agit de notre bonheur. C'est pas la société qui peut savoir ce qui est bon pour nous autres !

Rouge et Paul étaient tous les deux sous le sceau du nouveau courant de liberté qui s'amorçait au pays. D'un commun accord, ils décidèrent d'une période de fréquentation de quelques mois à la suite desquels ils se marieraient, peut-être. Tous les deux savaient intuitivement qu'ils en resteraient là avec cette histoire d'épousailles.

AU FIL DU TEMPS

Octave Aviation florissait sans cesse. Le DC-3 permettait de répondre aux demandes de transport aérien en région et ailleurs. En cette année 1957, Paul pilotait encore le Beaver avec toujours autant de plaisir. Il n'avait pas rêvé à la richesse, c'était plutôt elle qui l'avait trouvé. Comme dans une salle d'attente, il avait survécu à sa vie dans une petite chambre d'hôtel pour tenter d'égarer dans le néant un passé distordu par le destin. Élégamment vêtu, Paul ne fréquentait que les grands restaurants en compagnie de Rouge qu'il n'avait pas épousé. Il s'était marié une fois et les choses avaient mal tourné. Il ne voulait pas tenter le mauvais sort une autre fois. Rouge l'avait compris et acceptait de vivre avec lui dans ces conditions. Les gens riches se classifiaient dans un créneau à part. Quand le couple entrait dans un établissement, ils étaient reçus comme des vedettes. Malgré les ragots des mégères du coin.

C'était donc la tête haute que Paul et Rouge défiaient la chic société de La Sarre qu'ils n'avaient pas voulu quitter. Tandis que Donat et Jackie vivaient à Rouyn à proximité des nouvelles installations de la compagnie. Ainsi, lorsqu'il avait affaire au bureau-chef, Paul n'avait qu'une demi-heure de route en plus à franchir pour visiter ses enfants à Val-d'Or. Raoul avait dix-neuf ans. Il portait une fine moustache. En bons termes avec son père depuis le baptême de l'air, il ne désirait qu'une chose : devenir pilote et prendre un jour la relève de la compagnie. Paul en était flatté. Quant à son autre fils, il semblait porter lourdement le poids d'antan. Joachim, seize ans, avait l'âge mental d'un garçon de six ans. Heureusement, sa mère adoptive, qu'il appelait Mam Flon, l'avait pris sous son aile de mère poule. Paul devenait sombre devant ce fils que la nature n'avait pas favorisé. Les années l'avaient rendu responsable du feu de 1949. Au fond de lui-même, Paul n'oubliait pas que s'il avait été sur place, les événements n'auraient pas été les mêmes. Délima serait restée dans la maison et lui aurait dû aller traire les vaches. Non, valait mieux ne pas tomber dans le piège des j'aurais-donc-dû. La page était tournée. Et puis, il y avait Lucienne. Déjà à treize ans, des courbes féminines se dessinaient sur la charmante silhouette. Il faudrait que madame Filion surveille cette petite, car bientôt, si ce n'était déjà fait, ces jeunes messieurs lui tourneraient autour comme des abeilles à la ruche. Mais la petite avait du caractère et de l'intelligence, de la jarniguouane, comme on disait dans le coin.

- P'pa, j'voudrais piloter moi aussi. Tu voudrais me montrer comment?
- T'es une fille. Tu peux pas!

À la réponse négative de son père, Lucienne se mettait en colère et réclamait justice. Un jour, elle aurait ce qu'elle voulait. Elle l'avait toujours. Elle reviendrait à la charge. Elle en parlerait à sa belle-mère, Rouge, qui semblait plutôt de son bord. Mais il faudrait procéder à l'insu de sa mère adoptive qui ne voulait à aucun prix qu'elle soit en danger de quelque façon que ce soit.

Dans le canton, on avait plus ou moins entendu parler des événements qui s'étaient produits une vingtaine d'années plus tôt au nord de Macamic. À la fonte des neiges, le père Médée Audet avait été retrouvé sans vie après avoir disparu pendant un hiver complet en forêt. Le coroner avait procédé à une autopsie sur le corps en décomposition. Il avait rendu un verdict de septicémie provenant d'une morsure de chien reçu avant le départ pour son camp forestier situé près de la rivière Wawgosik. Cette version était celle du journal. Une rumeur alléguait que le père Audet, n'en pouvant plus des remords qui le grugeaient, s'était tiré une balle dans la tête dans son camp de chasse. Paul était adolescent lorsqu'il avait vu son père pour la dernière fois. Paul avait remarqué que ses sœurs se méfiaient de lui. Il croyait que c'était normal d'être mis à l'écart des femmes de la maison, étant devenu le seul représentant masculin. Jusqu'au jour où il surprit sa sœur aînée en larmes, Marjorie, la maman qu'il n'avait plus. Ça lui avait fait tout drôle de l'entendre dire qu'elle se désespérait de ne pas voir revenir son père tout en se réjouissant qu'il en fût ainsi. Elle et les autres filles de la famille avaient connu les attouchements interdits du père qui dessoûlait à peine depuis la mort de leur mère. Marjorie avait comblé la place vide comme une rivière se jette dans la mer. Elle n'avait pas osé s'opposer aux avances doucereuses du paternel. Ne lui devait-elle point obéissance ? Elle avait vu aussi les gestes pervers se perpétrer sur la plus jeune sœur qui portait une robe jaune, elle s'en souvenait très bien et l'avait rapporté à Paul. La petite de cinq ans était assise sur un banc de la même teinte. Comme une marguerite déflorée avant d'éclore.

La facture était grosse pour les filles Audet qui payaient du prix de leur enfance le décès de leur mère. Quand celle-ci était morte, la boisson avait commencé à couler sans arrêt dans les veines du mari devenu veuf. Enivré, incapable de prendre conscience de la gravité de ses actes, au-dessus de toute forme de remords. Bien avant sa mort, il n'était plus vraiment là pour sa famille. Le malheur d'avoir perdu sa femme l'avait transformé. Le fils Paul s'était emmuré dans un mutisme sur le sujet tabou. À vivre sous le même toit, ça n'avait pas été sorcier de découvrir le sombre jardin secret qui fomentait entre les murs de la petite maison campagnarde. Que pouvait-il faire ? Était-ce parce que la méchanceté avait envahi l'esprit d'un veuf qu'il avait le droit d'abuser de ses filles, de ces enfants dont lui incombait la protection ? Il ne voulait surtout pas ressembler à son père.

Il s'était considéré chanceux d'avoir pu sortir de son ivrognerie au temps des mauvais jours. Il le devait à Rouge. Car en réaction à son passé, Paul s'était éjecté du mal. C'était sa manière de se révolter. Il s'était posé là sur sa propre vie comme un oiseau se pose sur les remparts d'un garde en bois.

Ces cogitations dans l'esprit de Paul refirent surface au moment où, beaucoup plus tard, en compagnie de Rouge et de ses associés, il se retrouva en position de danger. Malgré un ciel incertain, ils étaient partis pour un voyage d'agrément avec le Beaver. Au retour, ils n'avaient pu éviter les cellules orageuses. Le ciel s'était assombri si subitement, Paul avait manœuvré un amerrissage forcé qui avait secoué fortement les occupants. L'appareil avait encaissé bien plus de peur que de mal. Ils s'en étaient bien tirés tous les quatre. Mais Paul ne voulait plus danser avec la mort. Il envisagea de planifier son départ.

Lorsqu'il fit part de son intention à ses associés, Donat ne se montra pas surpris outre mesure. Paul n'avait pas l'aviation dans le sang comme lui. Il excellait en tant que pilote et partenaire d'affaires. Mais le monde de l'aviation ne lui était pas aussi essentiel. En effet, Donat qui, d'abord à la guerre, puis depuis toutes ces dernières années comme copropriétaire-gestionnaire d'Octave Aviation, ne quitterait ce domaine qu'une fois six pieds sous terre. Comme il aimait le répéter à tous ceux qui voulaient l'entendre. Donat n'oublierait jamais le moment où il avait fait des recherches pour dénicher le fameux DC-3 qui allait propulser la compagnie vers les plus hauts sommets. Cette période grisante, il l'a devait à Paul qui avait su motiver le trio à voir plus grand.

Pourquoi vouloir relever d'autres défis? Ne recevait-il pas sa part du gâteau? À force de persévérance, Paul s'était libéré de la bouteille et gagné l'admiration de son entourage. Il ne manquait pas d'argent et roulait avec une voiture de l'année. Toujours vêtu à quatre épingles, les femmes se retournaient au passage de ce beau grand monsieur qu'il était devenu. N'avait-il pas eu la chance de refaire sa vie avec Rouge? Il en vient à la conclusion qu'il pouvait encore valser avec l'aviation.

ON SE RETROUVE, ON SE SÉPARE

Quarante-huit mois s'étaient écoulés. Depuis l'anglicisation de la compagnie, on roulait sur l'or. Telle une famille qui s'agrandit, d'autres avions s'étaient ajoutés au fil des ans. Les membres du personnel augmentaient à mesure que le chiffre d'affaires progressait. Les propriétaires d'Octave Aviation devenaient des gens prospères bien en vue dans la région.

Donat pilotait à l'occasion l'un ou l'autre des aéronefs de la flotte par pur plaisir ou pour dépanner. Quant à Paul, il pilotait que le Beaver. Il n'avait pas voulu poursuivre ses qualifications pour de plus gros appareils, faute de temps, ou plutôt d'intérêt. Toujours fiancé à Rouge, il avait espéré être père à nouveau. Avec ses enfants mis en adoption, les contacts se raréfiaient ; ils avaient appris à ne pas compter sur sa présence. S'il avait un enfant avec Rouge, Paul s'était promis de s'en occuper. Il le reconduirait lui-même à l'école. Il lui montrerait à lancer des balles comme il l'amènerait pêcher. Une visite au médecin lui avait coupé espoir : le couple ne pourrait pas avoir d'enfant.

Paul se sentait redevable à ses associés qui avaient contribué grandement à sa montée vers le sommet. Celui qui, par le passé, ne connaissait que la nudité des grands espaces agricoles de Saint-Janvier de Chazel s'était vu offrir une vision étendue du monde en côtoyant Donat. Ce dernier avait voyagé et la connaissance de l'être humain qu'il en avait acquise dans l'Europe de l'après-guerre lui avait ouvert l'esprit sur l'aventure. Curieusement, les malheurs dont Donat avait été témoin l'avaient rendu optimiste devant la vie.

Donat avait raconté à Paul l'un des cauchemars qu'il avait fait du temps qu'il était soldat. Un petit garçon jouait dans le sable avec sa petite sœur. L'un portait des vêtements neufs alors que la fillette était nue. La mère, qui tenait dans ses mains une toilette de cotonnade, appela l'enfant pour la vêtir à son tour. Pendant qu'elle finissait d'attacher les rubans de la robe, le garçonnet s'échappa. Il marcha vers la rue, tomba et se fit frapper par une voiture. Donat s'était éveillé en sueur. Il avait interprété ce rêve comme un présage de la mort de sa sœur jumelle Délima.

Donat n'avait jamais avoué à personne qu'il avait souhaité, alors qu'il était plus jeune, ne pas avoir de jumelle. Plus tard, la vie lui avait fait comprendre qu'il valait mieux regarder le bon côté des choses au lieu de se casser la tête. Donat était bien vivant et entendait profiter pleinement de son bonheur avec Jackie.

Quant à Paul, il avait absorbé comme une éponge les enseignements de ses pairs. De la même façon qu'il avait appris à piloter, il voyait à ce que sa participation dans l'entreprise soit la plus performante possible. Il mettait son cœur à la tâche en tout ce qu'il entreprenait. S'il avait décidé de continuer avec Octave Aviation, c'était pour éprouver du plaisir dans l'accomplissement. Ses préférences allaient à ces instants d'évasion que lui offrait un séjour près d'un lac dans le calme de la forêt nordique. Taquiner le poisson ou rapporter un trophée de chasse tout en faisant son travail de pilote pour des vacanciers, c'était la grande vie.

Avec le temps, les montées d'adrénaline se raréfièrent. À force d'être répétés, les défis, quasi insurmontables d'autrefois, étaient devenus routine. Il n'en avait pas fallu davantage pour que les ombres du passé reviennent troubler sa quiétude. De plus en plus fréquemment, il lui arrivait de lire pendant deux ou trois heures, affalé dans le fauteuil de la salle de séjour, en plein cœur de la nuit.

Lors de l'une de ces séances d'insomnie, alors qu'il revenait d'un voyage d'affaires à Toronto, il réalisa que ses choix ne le comblaient plus. Il ne voulait pas passer le reste de sa vie à travailler comme il le faisait. Il prit la décision de consacrer plus de temps à des activités de loisir et de détente, car il ne trouvait plus la saine fatigue qui lui était nécessaire pour trouver facilement le sommeil. Il s'en ouvrit à Donat qui fut enchanté d'apprendre la nouvelle. Pour lui aussi, il était temps de diminuer les heures de travail et de consacrer plus de temps à sa famille. Jackie serait d'accord avec l'idée. Elle-même avait fait part de son besoin de ralentir la cadence.

Depuis l'amerrissage forcé du Beaver, les associés avaient mis un terme aux vols pour des fins personnelles. L'appareil servait moins, il fut décidé qu'il reprendrait du service pour les besoins des propriétaires. Paul et Donat fixèrent la date de l'escapade après le brouhaha de la saison estivale. Il faudrait vérifier l'attirail de pêche se disait Paul. Un soir de septembre alors qu'il était à préparer ses bagages pour le départ prévu pour le lendemain, un visiteur se présenta chez lui. Paul était seul à la maison. Il alla répondre à la porte.

- Regardez donc qui est là! Roméo Gamache!
- Ça fait longtemps.
- Longtemps tu dis? Envoye rentre. J'suis content de t'voir.
- Hey mon Paul! T'en as fait du chemin! C'est beau chez vous.
- La vie a fini par être d' mon bord. Viens t'assoir. T'es chanceux de me trouver à maison. J'pars tôt demain matin pour un voyage de pêche. Pis, toi, Gamache? Qu'est-ce que tu deviens?
- Pas grand-chose.
- Ben voyons. Un Roméo, ça sûrement rencontré une petite femme.
- J'ai marié ma belle Irma.

- Qui est Irma ?
- T'en rappelles-tu la fois qu'on a quitté le chantier pour débarquer à l'hôtel Paquette ?
- J'ai jamais oublié la fois où j'ai appris la mort de ma femme pis de mes enfants.
- Excuse-moé Paul. J'voulais pas remuer des fantômes.
- C'est pas grave. La vie m'a comblé de mes pertes si on peut dire.
- En t'attendant, y'avait une belle fille assise au bar, belle en joualvert. Tsé, le gars niaiseux pis gêné avec les femmes. Et bien, c'est là qu'on s'est rencontré, ma Irma pis moi. À c't'heure on est marié et on a quatre enfants.
- Ouin ! T'es pas si niaiseux que ça mon Gamache.
- Pis toé, vous allez où à pêche demain ?
- On monte au nord. On a loué un camp sur le bord de la Broadback.
- Ça fait un boute que j'ai pas faite une sortie comme ça.
- Ça te tente-tu de venir avec nous autres ? On est juste mon beau-frère Donat pis moé. Y'a d'la place en masse dans le Beaver si tu veux venir avec nous.
- J'dis pas non à une excursion de pêche, en hydravion à part ça !

Le départ eut lieu le matin suivant. Paul fit les présentations. Donat et Roméo ne s'étaient jamais rencontré, bien que chacun ait entendu parler de l'autre. Une fois à bord du Beaver, ils décolèrent en direction du lac Evans traversé par la rivière

Broadback. Une envolée d'une durée prévue de deux heures. Cette destination avait été choisie par la présence d'un banc de doré qui frétillait abondamment dans la rivière.
- Hey Donat! On va tirer au sort pour savoir qui pilotera à l'aller. Pis au retour.
- OK. Pile ou face?

Il en résulta que Paul piloterait à l'aller et Donat au retour. En septembre, les changements brusques de la température pouvaient représenter des risques. Les hommes étaient hardis. L'existence de couches nuageuses lors du décollage ne les freina guère. Après tout, la météo avait prédit du beau temps pour les trois jours à venir. Comme ils l'avaient estimé, le vol s'était bien déroulé. Au moment de l'amerrissage, la situation devint plus délicate. Alors que Paul manœuvrait pour survoler cette petite île qui semblait surgir de nulle part, le Beaver percuta de plein fouet une volée d'outardes. Les oiseaux migrateurs, alertés par le vrombissement du moteur de l'avion, avaient instinctivement pris leur envol. Tels des météorites en chute libre, cinq ou six d'entre eux s'écrasèrent sur l'avion. Déstabilisé par la rapidité de l'événement, Paul réussit à maintenir sa trajectoire de vol et à amerrir sur la rivière. Les volatiles morts, happés par l'hélice avant sous l'impact de la collision, avaient barbouillé le pare-brise de sang dans lequel des plumes s'agglutinaient à qui mieux mieux. La vision presque réduite n'alarma pas outre mesure le pilote. Ce qui l'inquiétait le plus, ce fut la présence d'une trace d'huile qui se diluait à la mixtion du pare-brise. L'avion tout entier avait vibré fortement lors du rendez-vous mortel avec les oiseaux migrateurs et le voyant de basse pression d'huile s'était allumé. Avant même que les flottilles du Beaver touchassent l'onde, Paul coupa le moteur par précaution.

Il fallait agir promptement, car le fort courant de la rivière qui se précipitait dans les rapides tout près risquait de les faire dériver sans espoir de salut. Paul et Donat sortirent de la cabine, en se tenant sur le dessus des flotteurs. Chacun de leur côté, ils approchèrent vers l'avant d'où ils pouvaient inspecter le moteur. Gamache toujours assis derrière frissonnait d'incertitudes en voyant Paul et Donat jouer les équilibristes. Donat repéra la fuite. Celle-ci provenait d'une conduite de retour d'huile vers le réservoir. Le débit d'eau était rapide. Il entraînait l'appareil irrémédiablement. Les secondes se décomptaient à une vitesse vertigineuse. Tel l'envoutement de sirènes maléfiques qui attiraient à elles des marins voués à l'éternité, le clafoutis des rapides tranchait sur le silence de la peur des hommes. D'un signe de tête, Donat fit comprendre à son coéquipier qu'il valait mieux regagner le cockpit. Il lui cria les manœuvres à travers le roulement de tambour qui surgissait du bouillonnement de l'eau en colère sous leurs pieds.

- OK. Démarre le moteur au quart de vitesse. Regagne le rivage de ton bord. Je vais m'occuper du moteur.

Paul s'exécuta. Il se guidait en regardant par la fenêtre ouverte de la porte du cockpit. Il se demanda un moment si le vent allait lui arracher la tête. Ses lunettes semblaient inutiles et plutôt embarrassantes. En dépit de l'importante vibration qui secouait la carlingue, il réussit à mettre le cap vers le rivage de la rivière. Pendant la manœuvre, Donat avait ouvert le bouchon du réservoir d'huile, et muni de la précieuse réserve qu'il avait sous la main, il veillait à maintenir le niveau. «Merci, monsieur De Havilland!» Aucun des deux autres occupants n'avait porté attention à la remarque de Donat au sujet du concepteur de l'avion qui avait eu la clairvoyance de placer le réservoir d'huile moteur dans le cockpit.

Enfin, ils atteignirent une petite baie sur la rive. Après avoir amarré le Beaver en sécurité, ils purent faire une inspection approfondie de l'appareil blessé. À deux endroits sur l'aile gauche, ils localisèrent des bris mineurs. L'appareil pourrait reprendre le chemin du ciel. Le ciel des vacances et non celui de leurs décès comme Roméo Gamache l'avait cru un instant. Impuissant, coincé à l'arrière de l'avion, il avait récité son chapelet. Si le trio était sain et sauf, c'était grâce à la série de Notre-Père et Je-Vous-Salue-Marie monologué. Gamache était un bon croyant ayant assimilé les enseignements du Petit Catéchisme sur les bancs d'école.

- T'as vu l'hélice Paul? Une pale déformée et désaxée. On peut pas reprendre les airs sans la réparer. Pis la fuite d'huile doit être colmatée.
- T'as raison. Impossible de repartir dans ces conditions. Mon cher beau frère, nous v'là pris au piège dans ce coin perdu. Qu'est-ce que t'en penses Gamache?

- J'y connais rien moé. Mais j'fais confiance à Dieu. Si j'avais su par contre...
- Tabarnak, Gamache, ta gueule. T'étais pas obligé de venir avec nous autres.
- Hey, hey, Paul! Choque-toi pas de même. Ton ami a raison. On va se sortir de là. On est tous les trois vivants.

Les jurons du temps des chantiers refaisaient surface. Donat n'avait pas l'habitude de voir Paul sous ce jour, il était devenu un vrai gentleman. Donat avait l'entraînement des réactions de panique : la guerre ne lui avait pas appris juste à piloter. Les trois hommes évaluèrent leur chance de revenir à la civilisation. De par leur position, la radio de bord était inutile pour établir une communication avec un service de circulation aérienne ou une tour quelconque. D'autres appareils dans les environs pouvaient être contactés, mais aucun autre avion ne survolait le secteur. Leurs appels de détresse restèrent sans réponses.

Le camp loué était de l'autre côté de la rivière. Paul réussit à colmater tant bien que mal la fuite d'huile à l'aide du matériel de la trousse de dépannage. Les esprits s'étant calmés, ils purent redémarrer le moteur et traverser la rivière. Les aventuriers purent atteindre le camp et s'y installer. Ils s'étaient mis à l'aise, les pieds bien installés sur la porte du fourneau du poêle à bois où une grosse bûche de bouleau libérait une chaleur réconfortante. Donat avait fait chauffer de l'eau et on se faisait des ponces de gros gin en riant de la mésaventure. Le problème redeviendrait au moment de quitter le camp.

Des provisions pour une semaine avaient été apportées, bien que le voyage ne devait durer que trois jours. Ils décidèrent de profiter de leur séjour tout en espérant que des secours arriveraient une fois les trois jours écoulés. Ce qui se produisit. Jackie, ne voyant pas arrivé son mari à la date convenue, avait pris des dispositions pour envoyer un pilote en éclaireur. Les sinistrés furent donc rescapés sains et saufs. Des employés de la compagnie furent chargés de récupérer le Beaver.

L'aventure aurait pu virer au drame. Paul réfléchissait. Il éprouvait ce besoin qu'ont les hommes de s'évaluer et de réajuster leur vie lorsqu'ils atteignaient le mitan de leur existence. Peut-être à cause de son âge, l'expérience l'affectait plus que de raison. Il n'en était pas à ses premiers contacts avec le danger. Cependant à deux reprises, il avait vu les prémices de la mort. L'excursion sur le bord de la rivière Broadback avait éveillé en lui un nouveau besoin. Celui de vivre pleinement sa vie et de profiter de chaque minute.

À partir de ce moment, son intérêt pour le développement des affaires dans le monde de l'aviation s'effrita. Jour après jour, il devenait de plus en plus indifférent. Lui qui avait atteint l'apogée aux commandes du Beaver le délaissait, comme une maîtresse dont on a obtenu les faveurs et qui devient un fardeau juste à la regarder.

Donat s'était habitué aux performances audacieuses de Paul, il ne réalisa pas l'ampleur des séquelles de l'accident sur son associé. Au fur et à mesure que le temps passait, force lui fut de constater que son compagnon l'avait abandonné, en esprit du moins. Car même s'il se présentait de temps à autre au travail, l'impulsion dynamique qui était la pierre d'achoppement insufflée à toute l'équipe avait disparu chez l'un des patrons de la compagnie.

Le temps était venu pour Paul de se redessiner un nouvel avenir. Il en avait pour preuve le fait qu'une deuxième amie du passé l'avait retracé : l'insomnie. Justement, il irait voir Gamache dès le lendemain. Maintenant que les deux amis de chantier s'étaient retrouvés, il avait quelqu'un d'en dehors de sa compagnie et de sa famille pour s'ouvrir le cœur.
- As-tu ben pensé à ton affaire de quitter la compagnie ? T'as une belle grosse *job*. Un gros train de vie. Tu roules en grosse voiture. J'te reconnais pu mon Paul. Moé si j'avais tout ton prestige, j'en profiterais.
- Peut-être qu'à l'extérieur ça paraît ben, l'argent et toute. Mais en dedans, ça me tente pu pantoute.

Les deux hommes avaient fait le tour de leurs préoccupations respectives pendant des heures. Qu'il était bon d'avoir un ami. Ainsi, Paul avisa ses associés de sa décision de quitter la compagnie. Jadis, son fils Raoul avait manifesté le désir de reprendre les affaires de son père. Paul ne savait plus au juste ce qui s'était passé, le projet était tombé à l'eau. D'ailleurs, il ne voyait plus aucun de ses enfants. En fait, oui, il savait. Il était tombé dans le piège du travail. Le succès lui avait monté à la tête et les visites des enfants s'étaient distancées. Eux-mêmes avaient manifesté de moins en moins d'intérêt envers ce père trop souvent absent. Ce qui n'était pas le cas avec leurs parents adoptifs qui trouvaient toujours le moyen d'être disponibles pour eux.

À son insu, Paul s'était placé en situation de dépendance avec la compagnie. Par le fait même, il avait raté son coup avec ce qui lui restait de sa famille du passé. Plusieurs fois, la nuit, le même songe le hantait. Alors qu'il avait un voyage de prévu, il se présentait trop tard à l'aéroport. Figé sur le tarmac, il regardait impuissant un Boeing 707 s'élevant dans le ciel sans lui. Croulant sous la sueur, il se réveillait, envahi d'un sentiment de culpabilité inexpliqué. Sortir du lit et faire quelques pas suffisaient à chasser le malaise.

Par contre, ces cauchemars récurrents devaient avoir un sens. Après l'accident du voyage de pêche, Paul se mit à en tenir compte. Irait-il jusqu'à consulter une voyante ? Voilà la question qui lui avait été posée par ses associés lorsqu'il avait expliqué sa décision de se retirer définitivement de la compagnie. Paul ne savait pas au juste ce qu'il adviendrait de son avenir. Il n'avait pas été insensible à la nouvelle qu'il avait entendue à la radio au sujet de cet accident qui venait de se produire au-dessus du Grand Canyon. Alors que le pilote de ligne avait eu la gentillesse de survoler le lieu mythique pour le plaisir des passagers, un manque d'attention avait provoqué un heurt mortel avec un autre appareil. Les boîtes noires des deux appareils détruits sur le coup de l'impact avaient été retrouvées. Mais cette découverte fortement médiatisée ne ramènerait pas à la vie les personnes décédées. Donat avait pris connaissance de la nouvelle et le *crash* mortel ne le laissait pas indifférent non plus. Il ne tint pas rigueur à son beau-frère qui avait perdu le feu sacré. Donat et Jackie possédaient le premier droit de rachat des parts de Paul, mais ils hésitaient à aller de l'avant. L'investissement revendiquerait une grande partie de leurs avoirs. Si on ajoutait à cette donnée qu'un groupe d'acheteurs avait abordé la compagnie d'aviation, la décision méritait un temps de réflexion.

L'AMOUR SANS SOMBRER

I*'m so lonesome I could cry...* Du poste de radio émanait une exhortation mélancolique à laquelle Donat se ralliait bien malgré lui. Comment était-ce possible que Hank Williams connaisse son état d'âme? Paul était parti. Ce dernier avait eu besoin de vivre autre chose. Qui pouvait le blâmer? Donat n'avait pas voulu faire pression sur son beau-frère pour le garder dans la compagnie. En revanche, il aurait aimé acheter sa part. L'investissement représentait une liquidité qu'il ne possédait pas. Donat et Jackie nageaient dans l'aisance, ils ne voulaient pas modifier leur style de vie. La mort dans l'âme, Donat avait donné son aval aux acheteurs qui s'appropriaient ainsi du bébé qu'il avait mis au monde. Heureusement, la perte de la compagnie n'apportait pas que déception. À l'aube de la quarantaine, il était encore possible de rêver à d'autres grands défis avec un tel bagage financier.

Au cours de l'hiver 1960, Donat et Jackie vendirent leur maison de Rouyn et retournèrent vivre à La Sarre. Paul, qui au contact de Donat avait entrevu l'immensité du monde, s'était mis en tête de le parcourir. Il n'avait jamais voyagé sauf lors des déplacements relatifs à son travail de pilote de brousse. Les splendeurs d'outremer relaté par son beau-frère avaient fait germer en Paul le goût du voyage. À part l'Abitibi, il existait tout un univers qui n'attendait qu'à être découvert par lui. Le temps et l'argent ne représentaient plus un problème. Il ne lui restait qu'à convaincre sa partenaire de vie de l'accompagner. Rouge, peu encline à l'exil, adhéra tout de même à ses arguments. Au fond, ça ne lui ferait pas de mal de voir ailleurs comment les gens vivaient.

Ils iraient en croisière. Paul en avait fait la promesse afin de l'amadouer. Il lui faudrait rafraîchir sa garde-robe, des tenues dernier cri, sans oublier les jupes longues à revêtir lors des soupers avec le capitaine. À l'idée d'avoir à magasiner des fanfreluches, Rouge sautilla de joie. Il lui revenait en tête des relents de fêtes de Noël vécues aux jours où toute sa famille vivait encore ensemble, alors qu'elle se trouvait encore dans les bonnes grâces de son père. Mais ce temps était bien révolu et aujourd'hui elle ne regrettait pas le courant de sa vie. Car en grandissant, Alice était devenue sa complice. Elles iraient ensemble faire les boutiques pour le voyage. Alice était heureuse du bonheur que sa mère vivait depuis qu'elle formait un couple avec Paul. La jeune femme pouvait avoir sa propre vie sans se sentir prise sous le fardeau d'une mère aigrie par la solitude. Rouge se rappelait les escapades de ses patrons vers le sud, ce qui l'obligeait à travailler en double pour combler leurs absences de l'établissement hôtelier. Elle aurait enfin sa revanche. Dans les bureaux de l'agence de voyages qu'elle et Paul avaient consultés, des affiches publicitaires faisaient miroiter des bleus de ciel et d'océan à jamais sans nuages. Paul avait suggéré de passer quelques semaines en Floride une fois débarqués du paquebot.

Le jour du départ, Paul et Rouge bénirent leur bonne fortune. Le dépliant n'avait pas menti. Tout était parfait. La mer jouait de ses flots lumineux à travers les récifs de corail où une profusion de poissons exotiques ne demandait qu'à être admirée. Alors que le *nightlife* se résumait à un immense frisson où l'ambiance omniprésente de carnavals et de music-hall envoûtait autant les étages du paquebot pendant la traversée que les rues illuminées et les innombrables cabarets de Miami. Le couple québécois se trouva heureux d'apprendre que certaines boîtes de nuit offraient des spectacles d'artistes de leur coin de pays. Oui, on pouvait être grisé par l'exotisme d'une langue étrangère, et se retrouver entre gens de même culture, alors qu'on était si loin de la maison. Ça faisait chaud au cœur.

Comme à l'abri, sous les petits parapluies qui décoraient les verres de cocktails du *resort,* les vacanciers fermaient les yeux pour protéger leur béatitude. Les alentours de la piscine distillaient une frénésie quotidienne où le soleil ne semblait jamais absent, dorant à outrance les corps offerts à l'oisiveté. Or, Paul et Rouge s'étaient vus contraints de se réfugier sous de vrais parasols, car leur carnée de peuple nordique demandait grâce. De plus, Rouge commençait à sentir mal à l'aise dans cette structure de vacances éternelles. En fait, si elle avait accepté une fois sur place de poursuivre l'aventure de la Floride *ad vitam aeternam*, c'était pour faire plaisir à son amoureux en l'accompagnant dans ce périple qui semblait sans fin. Voilà qu'un sentiment de timidité à l'égard des autres lui fit prendre conscience de ce qu'elle désirait réellement. Qu'est-ce qui ne collait pas dans son histoire avec Paul ? Tout à coup, elle eut besoin d'air. De vive et positive, elle était devenue cassante et agressive au fil des jours. En fait, elle n'en pouvait plus de vivre dans un pays de palmiers. Elle se surprenait à se languir des tempêtes de neige de l'Abitibi. Le crépitement des pas sur la neige durcie lui semblait la plus belle musique du monde.

- Paul, tu fais c'que tu veux, mais moi j'en ai assez ! J'pars demain matin pour retourner chez nous ! Tu viens avec moi ou tu restes ici ?
- T'es malade ! Notre vie est icitte. Il fait toujours beau. Qu'est-ce que tu veux de plus ?
- Ça fait un bail que je n'ai pas vu ma fille et ma mère dont j'ai pu de nouvelles. J'voudrais les revoir. Je m'ennuie d'elles. Tu peux pas comprendre. Toé, t'as juste vu tes enfants au réveillon de Noël dans l'temps. Tu t'es à peine investi auprès d'eux par après. Tu parles jamais d'eux. On dirait qu'ils sont morts, eux aussi. J'veux pas devenir égoïste comme toi avec les autres.
- Ha ouin ! Fais donc ce que tu veux ! Moi je reste.

Rouge avait pris le vol suivant pour Montréal. De là, elle ferait le trajet en autobus pour se rendre en Abitibi. Dans l'avion de retour, elle s'était laissé aller à ses émotions. Cloîtrée dans son silence, elle n'avait parlé à personne. Elle avait vécu avec et pour Paul comme une droguée. Ce n'était pas l'homme qui l'avait rendue dépendante de l'amour, c'était plutôt leurs besoins respectifs d'affection. Le rapprochement entre eux était certainement dû à quelque substance chimique produite par le cerveau afin de modifier la perception qu'ils avaient eue l'un pour l'autre lors de leur première rencontre. Elle, la femme libérée, s'était entichée d'un robineux. Malgré le fait que cet ex-soulon faisait maintenant partie de la haute société, il n'en demeurait pas moins qu'il était très imbu de lui-même se disait-elle. «Pourquoi m'a-t-il laissé partir? Il n'a même pas levé le petit doigt pour essayer de me retenir. Et de me comprendre. Y'a beau avoir de l'argent, qu'il s'étouffe avec!» Il était bien loin le temps où la présence de son homme activait son plaisir. Un mélange d'excitation et d'énergie débordante. Elle devait se l'avouer : c'était auprès de ce même homme qu'elle avait vécu enfin en paix avec elle-même. Comme tout était compliqué! Quand il lui touchait les cheveux en lui disant qu'elle était belle, une hormone au nom savant agissait sur elle comme de l'opium freinant ses cellules nerveuses. Elle avait lu un livre de psychologie qui prétendait qu'une peine d'amour se vivait en cinq étapes : le choc, la colère, le marchandage, la dépression et l'acceptation. Elle les avait tous vécus avant de le quitter. «Pauvre lui! Au fond, ce n'est pas un mauvais diable. Y'a vécu tant d'affaires pas faciles!» Rouge se passait continuellement le film des années passées en Floride. Leur vie sous le soleil avait commencé par un simple voyage qui ne devait durer que deux semaines. Puis, il lui avait demandé une prolongation de deux autres semaines qu'elle avait accepté à contrecœur.

Un matin, elle l'avait accompagné pour une excursion d'un jour en haute mer. Ils étaient partis très tôt. Personne n'aurait pu prédire les événements qui suivirent. D'abord, le capitaine du voilier les avait fait bien rire. À ce moment, Paul et Rouge étaient très amoureux, au stade des fous rires faciles. Fabuleusement basané, l'homme soulevait régulièrement sa casquette blanche sous laquelle une masse hirsute de frisotis blonds semblait n'avoir jamais rencontré un peigne. L'œil droit légèrement affaissé du personnage lui conférait une allure inquiétante. Il aurait pu être borgne et porté un cache-œil, l'exotisme de ce faux pirate les avait charmés. En un rien de temps, Capt'n Ron et Paul étaient devenus complices. Il n'en avait pas fallu davantage pour que Paul se prenne d'intérêt pour l'embarcation. Doué pour l'apprentissage de tout ce qui s'appelait mécanique et moteur, Paul n'eut aucun mal à comprendre les principes de la voile. Ils étaient donc partis sur le *Volontad del Viento*, la détente et la bonne humeur étaient de mise. Sous la férule du maître à bord, le moussaillon d'un jour avait vite maîtrisé les manœuvres de base, qu'en fin de matinée, le voilier filait toutes voiles dehors au large de la côte. Paul était ébahi de se retrouver commandant du voilier de son nouvel ami Capt'n Ron. Alors que le ciel immense s'égayait d'un seul petit nuage en forme de fleur, on voguait allègrement lorsque le vent, jusqu'alors soutenu, devint indolent. Un signe avant-coureur connu des marins annonçant une dégradation des conditions météo. Pendant quelques secondes, la voile se dégonflait pour se grossir aussitôt sous le halètement qui menaçait de se déchaîner. Capt'n Ron qui avait pourtant permis à son nouvel élève de tenir le gouvernail, le reprit subitement.

Confortablement installée sur une banquette dans la cabine, Rouge s'était endormie d'un sommeil si profond qu'elle n'avait pas eu conscience des soubresauts de l'embarcation. Le temps se calma un instant, Paul put reprendre la barre. Capt'n Ron en profita pour ajuster le réglage de la grand-voile afin d'augmenter la vitesse de déplacement. Sous l'effet de la poussée latérale du vent, le voilier se courbait. Il s'était laissé distraire par le spectacle qui s'offrait à lui à travers le hublot. La jupe retroussée par le vent coquin laissait entrevoir les jambes dénudées de la dormeuse. Afin de mieux profiter de la vision, le voyeur s'était penché un peu plus par-dessus la rambarde. Il oublia momentanément qu'il avait donné du mou au palan de l'écoute.

Soudain, une bourrasque plus importante causa un affaissement presque total de la voilure. Le mouvement eut pour effet de surprendre le fautif. En homme de mer habitué aux soubresauts du vent, il se redressa sans s'alarmer outre mesure. Il se releva lentement et entreprit de fixer correctement le câble du palan. À cet instant précis, le vent reprit de plus belle, cette fois-ci en direction opposée. Sous l'impulsion, la voile claqua et se gonfla dans l'autre sens, entraînant la bôme qui fit un puissant et rapide mouvement de rotation vers la droite. Le palan retint la bôme au bout de sa course. La coque du voilier s'inclina lourdement du côté opposé du vent tout en continuant sa trajectoire. Sous le coup de l'impact, la dormeuse fut projetée sur le sol.

Au claquement fatidique de la chute de Rouge, d'instinct, Paul avait relevé la tête en direction du haut du mat. Puis, le cri de Rouge avait attiré son attention vers la porte de la cabine. Il ne vit pas la bôme projeter le capitaine par-dessus bord. Il fouilla du regard l'endroit où se tenait le capitaine l'instant d'avant. Personne en vue. Ni sur la surface de l'onde. Déjà le voilier avait parcouru une distance suffisante pour rendre invisible l'homme qui se débattait hors des vagues. Rouge avait rejoint Paul à la barre. Le capitaine avait disparu.

Paul fit virer le voilier dans le sens contraire du vent. Il rentra les voiles. Le voilier s'immobilisa quelque peu, mais le vent qui avait augmenté de façon significative ne laissait présager rien de bon. Esseulés, sans le savoir-faire du capitaine, l'homme et la femme évaluaient leur situation. Paul estima que leur embarcation se trouvait à quelques dizaines de miles nautiques de la côte. Ils avaient navigué en direction nord-nord-ouest. Ils prirent un cap sud-sud-est pour retourner à leur point de départ. Paul pouvait naviguer sommairement avec le sloop, sans l'expérience du capitaine disparu en mer le risque était grand. La jolie fleur nuageuse du matin s'était transformée en un champ peuplé de dragons qui grondaient. L'arrivée de l'orage n'était qu'une question de minutes.

Certaine d'y laisser sa peau, Rouge avait survécu à cette mésaventure avec Paul. Le souvenir de la terreur vécue lors de cette expédition en voilier se colla de nouveau à elle. Pourquoi Dieu les avait-il sauvés si c'était pour la faire échouer maintenant? Comment allait-elle pouvoir vivre sans Paul? C'était un vrai cauchemar. Et si elle reprenait l'avion une fois rendu à l'aéroport de Montréal pour revenir vers Paul? Il serait content et lui pardonnerait sa fuite. Elle interpela l'hôtesse de l'air pour lui demander une couverture. Rouge nota que les autres passagers de l'avion semblaient dormir profondément. L'employée courtoise revint vers elle.

- Voici votre couverture madame. Y'a-t-il autre chose que je peux faire pour vois?
- Merci! Dites-moi, quand atterrirons-nous à Montréal?

Soucieuse, Rouge ne l'écoutait plus. Elle se cala dans l'étroit fauteuil et ferma les yeux pour replonger dans ses tourments. Paul se fiche d'elle. Il ne pense qu'à ses rêves à lui. Ça ne peut plus marcher ainsi.

Rouge naviguait entre les souvenirs de l'aventure en mer et son retour en Abitibi. Le voilier de sa vie filait. Le vent la poussait-il dans la bonne direction? Le film de son vécu se fondait avec les nuages qui avaient fini par cracher leur venin sur l'embarcation à la dérive. Au cœur de la tempête, la colère du temps cognait sur eux. Des vagues menaçantes ouvraient leurs immenses gueules afin de dévorer la coque du voilier qui dansait avec frénésie de gauche à droite.

Après la chute qui l'avait tiré du sommeil, Rouge avait cherché Paul dans la tempête. Balancée aux rythmes démoniaques de l'onde, elle avait vomi sur elle. Ce fut un combat épique qui se livra entre le dieu de la mer en furie et l'embarcation de plaisanciers amputée de son capitaine. Malgré les attaques sournoises de Poséidon armé de son trident, le voilier résistait. Paul avait revêtu sa veste de flottaison et, à l'aide d'un cordage, s'était attaché à la rambarde. Par deux fois, cette précaution lui avait permis de reprendre la maîtrise à la barre du voilier qui subissait les assauts comme un brave. Le temps semblait arrêté. Pourtant la tempête finit par mourir. Le vent devint serein. Les vagues montrèrent patte blanche. Totalement épuisé par l'effort, Paul comprit que la furie de la bête étant domptée, ils n'étaient pas encore sortis de leurs peines. Le jour allait s'éteindre à son tour. Bientôt la noirceur allait les envelopper et il deviendrait impossible de voir poindre le continent à l'horizon.

- Rouge, viens me remplacer un peu au gouvernail.
- As-tu faim toi Paul ?
- Pas vraiment ! Je ressens que l'urgence de mettre un pied sur le plancher des vaches.

Les dernières heures avaient miné la résistance de Paul qui avait jugé plus sécuritaire de faire une pause. La nuit tombée,

Paul s'était montré si attentionné et si romantique sous la couverture trouée d'étoiles qui brillaient au-dessus d'eux. Ils étaient en mer depuis seize heures. Ils avaient perdu leur capitaine. Ils avaient survécu à la tempête et ils auraient dû atteindre la côte depuis longtemps. Ils n'avaient aucune idée de l'endroit où ils étaient rendus. Paul avait repris la gouverne du voilier.

Au moment où la clarté du jour s'était pointée, le continent s'était dévoilé. Ça les avait fait rire et pleurer de soulagement. Une fois amarrés, ils s'étaient dirigés vers le premier établissement qui avait pu les accueillir. Trois semaines plus tard, ils logeaient toujours au même hôtel. Le hasard leur avait fait découvrir un endroit idyllique. Le climat semblait une caresse perpétuelle où la finesse du sable de la plage s'étirait doucereusement entre les marées de l'océan. Paul et Rouge avaient découvert le paradis terrestre. Adam et Ève ne voulaient plus quitter les lieux. En fait, ils ne pouvaient guère partir de la Floride. La disparition de Capt'n Ron demeurait un mystère. L'inquiétude inhérente à l'enquête policière troublait leur bonheur.

En dépit de la situation, Paul avait trouvé la quintessence de sa vie. Plus question pour lui de revenir en arrière. Grisé par sa découverte, il s'était offert une Cadillac Eldorado, convertible. Rien de moins. En voulant faire la surprise à Rouge, il l'avait aperçu se prélassant sur l'une des chaises longues disposées autour de la piscine de l'hôtel. Incrédule de

la voir exposée ainsi au regard de tous. Brigitte Bardot venait de créer tout un scandale dans les cinémas du monde entier en s'affichant presque nue dans le film *Et Dieu... créa la femme*. Des images explicites de l'actrice française s'exhibant dans un bikini minuscule circulaient. Voilà que Rouge en faisait autant. Aucune autre femme dans le coin ne portait ce genre de vêtement, si on pouvait appeler ainsi ces deux morceaux de tissu qui cachaient à peine les formes suggestives. Paul avait tout de même souri en notant le rouge de la tenue de sa dulcinée, de la même teinte que l'auto qu'il ramenait à l'hôtel.
- T'es pas mal audacieuse, Rouge !
- C'est pas joli ?
- J'ai pas dit ça. Mais...
- Mais quoi ? Tu sais que j'suis une femme moderne. C'est pas à La Sarre ni à Rouyn que j'pourrais m'offrir ce genre d'excentricité comme tu dis.
- T'as raison ! Viens voir ce que je viens d'acheter. C'est presqu'aussi flamboyant que toi, ma chérie !

Elle l'avait suivi jusqu'au stationnement devant l'établissement. Les autres hommes se retournaient au passage de cette femme. Paul l'avait remarqué et il n'en était pas peu fier. Rouge avait un corps de sirène. C'était sa femme, malgré la vaine demande en mariage faite des années auparavant. Il se disait que c'était mieux ainsi. On vivait dans un monde nouveau et il fallait avoir l'audace de ses convictions.

Rouge soupira. Elle descendrait de l'avion dans un quart d'heure. Elle se sentait si loin de cette journée où Paul l'aimait plus que tout, plus que sa Cadillac rouge. Elle connaissait sa passion pour tout ce qui était moteur. C'était aussi cette fois-là qu'ils avaient traversé l'île où ils avaient échoué pour aboutir à un terrain vague aux allures d'un dépotoir oublié. Ils avaient noté le numéro de téléphone de la pancarte du terrain de camping à vendre.

CROIRE EN SA BONNE ÉTOILE

Paul carburait aux défis. Loin de le rebuter, l'état du terrain de camping l'avait incité à faire une offre d'achat. L'offre d'achat acceptée, lui et Rouge avaient entrepris de retaper le camping. Les premiers travaux furent consacrés à la restructuration des infrastructures. Paul s'était mis en tête de faire un camping de luxe dans ce cadre où la mer volait la vedette. Les chemins de circulation entre les emplacements furent asphaltés. À chaque site, une plaque de béton fut coulée. Du gazon et des palmiers plantés çà et là recouvraient le reste des espaces. Les chanceux qui avaient les moyens de s'offrir une roulotte pouvaient profiter des installations où on avait raccordé l'eau courante, l'électricité et même les égouts. La clientèle ne tarda pas à affluer. Le luxueux terrain de camping affichait complet la plupart du temps. Il était fréquent d'y recevoir des personnages publics. Jacques Plante, premier joueur de hockey à porter un masque en 1959, était devenu un visiteur assidu. La présence du populaire gardien de but de Montréal semait l'émoi à chacun de ses passages : des admirateurs voulaient obtenir un autographe du grand sportif masqué.

Trois ans s'étaient écoulés. Paul, dont la bonne étoile continuait de briller, décida d'investir cette fois dans la construction d'un hôtel. La proximité de la plage ainsi que la vue en direct sur les prouesses colorées du soleil seraient des gages de réussite. Il fit construire un hôtel cinq étoiles, capable de recevoir tout près de deux mille vacanciers. Paul n'avait pas eu peur d'engager la totalité de ses avoirs dans cette transaction audacieuse. L'ivresse qu'il tirait à prendre des risques le payait de ses peines. Il continuait de miser au casino de la chance. Fort heureusement, il tirait encore le bon numéro et l'investissement s'avéra judicieux. En peu de temps, il faisait ses frais. En plus des revenus du terrain de camping, l'hôtel rapportait un joli dividende.

Paul et Rouge vivaient dans le luxe. Ils étaient arrivés comme touristes et grâce à son toupet en affaires, Paul avait atteint la réussite professionnelle. Le multimillionnaire qu'il était devenu pouvait se permettre toutes les fantaisies ou presque. Pourtant, la joie de vivre n'était pas au rendez-vous. Le cap de la cinquantaine se laissait entrevoir, l'anxiété le rongeait au fond de lui-même. Il avait horreur de se regarder dans le miroir du passé. Surtout lorsque l'image renvoyait six petits marmots l'attendant au retour des chantiers. L'argent n'avait pas gommé le mal. Il savait ses trois enfants vivants heureux chez les Filion. Pour calmer sa conscience, Paul payait une rente à la famille adoptive et ne lésinait pas à étendre sa générosité dans des organismes d'aide aux familles défavorisées. Cependant, son incapacité à admettre sa lâcheté à reprendre contact pour de bon avec ses enfants le détruisait petit à petit. Par ricochet, Rouge était celle qui écopait de sa mauvaise humeur.

Renfrogné sur lui-même, comme au temps de sa déchéance, il ne s'apercevait plus de la présence de Rouge. Celle-ci avait compris qu'elle ne pouvait plus rien pour lui. Paul avait commencé à avoir des problèmes de digestion. Le travail qui l'avait tant envoûté l'éreintait de plus en plus. Il devenait impatient avec ses employés, voire acariâtre. Le climat s'alourdissait. Sa Rouge n'était plus qu'une suiveuse à ses yeux. Il avait cru qu'en la brassant un peu, elle redeviendrait la fonceuse d'autrefois.

Rouge ne supportait plus ces écarts. Elle aimait Paul parce qu'il était doux et distant, comme un père absent dont on voudrait reconquérir la présence. Pendant leurs premières années de vie commune, elle avait cru réussir. Mais la routine du travail qui l'accaparait éloignait tout romantisme dans leur relation. Se laisser pénétrer de la vie des autres par le truchement d'un roman s'avérait une panacée efficace à leur vie de couple qui s'effritait de jour en jour. Un dimanche après-midi alors qu'il pleuvait à torrents dans ce pays au soi-disant soleil éternel, elle leva les yeux de sa lecture. Une cruelle douleur lui transperça le cœur. Tout à coup, la neige lui manquait. Sa fille lui manquait. Sa mère lui manquait.

Le beau de sa vie avec Paul avait totalement disparu. Elle se demandait même ce qui lui avait pris de suivre cet homme plus vendu à ses affaires qu'à sa femme. Elle se souvenait de sa mère qui avait toujours été là pour elle, dans ses prouesses comme dans ses pires déboires. Les deux femmes s'écrivaient une fois par semaine dans la première année du séjour de Rouge en Floride. Puis Rouge, emportée dans le tourbillon social des réceptions et des voyages, ne s'était plus préoccupée de poursuivre la correspondance. Rouge se sentait fautive envers sa mère qui vouait une véritable adoration pour sa fille. Si Rouge était encore saine d'esprit aujourd'hui, elle le devait en grande partie au dévouement de sa mère. Faire preuve d'affection tactile en société n'était pas de bon ton, mais Rouge ressentait le besoin de prendre la main de sa mère dans la sienne en cet instant où le bonheur qu'elle s'était construit auprès de Paul s'estompait. C'était un besoin plus fort que celui d'essayer de recoller son couple. Pas mariée, il lui serait plus facile de quitter son homme. Elle savait aussi qu'elle se retrouverait sans le sou, car les biens du couple en concubinage appartenaient à l'homme. Elle ferait confiance au destin tout comme elle l'avait toujours fait. Paul pouvait garder son argent. Rouge reprendrait sa liberté. Elle ne vivrait plus les rêves des autres avant de vivre les siens comme elle le faisait depuis trop longtemps. Elle avait accepté les décisions de Paul comme des paroles d'Évangile. Son indépendance lui manquait. Celle qui avait dirigé l'hôtel Paquette avait retenu sa colère trop longtemps. Elle se dit qu'enfin elle pouvait à nouveau libérer cette colère pour la sauver de l'infortune morale et retrouver une dignité intérieure. Elle était décidée : elle partirait le lendemain. C'était de cette façon qu'elle avait retrouvé sa répartie et avait pris l'avion pour revenir en Abitibi.

SE RÉCONCILIER

Des gestes routiniers la gardaient les pieds sur terre. Le matin de son retour, Rouge finissait d'attacher ses bas nylons aux jarretières de son sous-vêtement alors que sa fille Alice lui détaillait les événements passés pendant ses années d'absence, presque une décennie. Rouge se sentait tellement fautive. Sa mère était décédée sans qu'elle le sache. Rouge avait retrouvé sa fille, mariée et mère de quatre enfants, dont un couple de jumeaux. Si Rouge avait été mise à l'écart des nouvelles de sa famille, c'était bien de sa faute. Elle tentait de réchauffer son cœur rempli d'amertume pour être demeuré auprès de Paul qui l'avait vidé de tous ses intérêts. Sa rage n'était pas envers lui, mais envers elle.

Rouge avait appris les détails du décès de sa mère par sa fille. Alice lui avait raconté qu'elle avait succombé à un accident d'auto survenu dans le parc La Vérendrye deux ans plus tôt. La voiture avait percuté un orignal et les passagers de la voiture avaient été éjectés sur le coup de l'impact. Les deux autres personnes avaient survécu, tandis que sa grand-mère avait succombé dès son arrivée à l'hôpital. Si Rouge n'en avait rien su à l'époque, c'est qu'elle avait perdu sa trace. Alice avait tenté de la rejoindre tellement de fois. Toute à sa peine, Rouge voulut revoir son père. Alice lui avait annoncé que ce dernier était atteint d'un cancer. Il vivait seul, sa deuxième épouse étant décédée. Les nouvelles que lui donnait Alice la glaçaient des pieds à la tête.

Les retrouvailles entre Rouge et son père furent pénibles et touchantes. Rouge ne pouvait que disculper son père de l'avoir abandonné autrefois, elle-même avait laissé sa fille Alice en plan pour partir vivre dans le Sud. Le vieil homme se reconnaissait dans sa fille. L'intransigeance de Rouge lui rappelait sa jeunesse. Depuis qu'Alice avait brisé la glace des relations tendues au sein de la famille, il se traitait d'imbécile d'avoir voulu l'avortement de sa petite fille née hors mariage. Cette jeune femme était un ange. Comme les conventions pouvaient être source de problèmes inutiles ! Rouge qui n'avait plus d'endroit pour loger en Abitibi accepta l'offre de son père d'habiter avec lui. Le père de Rouge ne fut pas insensible aux attentions de sa fille. Fortement atteint par la maladie, il lui pardonna ses frasques d'adolescente. Ensemble, ils se racontèrent leurs vies. Enfin, ils partageaient de doux instants.

Rouge ne savait pas si l'ouverture d'esprit démontrée par son père était due à son âge avancé ou aux drogues fortes qu'il prenait pour amortir le mal. Monsieur Alphonse Moulin modifia son testament afin que sa fille fût la légataire universelle de tous ses biens. La fortune acquise dans l'exploitation minière lui reviendrait. Témoin de la vive souffrance de son père sur son lit de mort, Rouge en oublia le ressentiment qu'elle avait entretenu envers lui depuis sa grossesse. Personne ne méritait de mourir dans la souffrance. Une lente agonie consciente à sentir la maladie évoluer en soi pendant de longs mois jusqu'à la fin immuable. Puis, ce furent les obsèques. Une foule avait assailli le salon mortuaire. Le défunt était un personnage fort connu dans la région. On avait voulu lui rendre un dernier hommage.

Au cours de ces heures sombres, Rouge n'avait pu se retenir de faire un appel longue distance en Floride. Comme une junkie, elle avait eu besoin de reprendre contact avec Paul. La douleur d'avoir perdu ses deux parents avait estompé sa colère. Les anciens amants se demandaient où était passé l'amour qu'ils avaient eu l'un pour l'autre. Voilà que Rouge et Paul avaient envie de lâcher prise face à l'autre, respectivement. Se faire dire non ! Et puis après ? Ils avaient besoin de l'un et l'autre comme ces couples qui partageaient des décennies de complicité. La romance érotique n'était pas morte. Tous les espoirs étaient permis. Paul accepta de quitter son pays de soleil pour revenir auprès de Rouge : l'idée de perdre à nouveau la femme qu'il aimait lui était insupportable. Ils reprirent leur vie commune. Cette fois, en famille, avec Alice et ses enfants.

Vive d'esprit et rassembleuse, Paul ne put qu'admirer la femme qu'était devenue Alice. C'est en la côtoyant qu'il comprit Rouge d'être revenue auprès de sa famille. Il prenait conscience du vide de leur vie causé par le sillon du travail et de la recherche de la fortune. Il fut charmé par les quatre petits d'Alice qui l'acceptèrent comme grand-père. Il ne voulait plus se passer d'eux.

Paul avait retrouvé sa Rouge, mais il devait la quitter pour un moment encore. Il lui fallait retourner en Floride. Combien de temps durerait son séjour aux États-Unis ? Le temps de liquider son commerce là-bas. Néanmoins, tout avait été orchestré pour reprendre sa vie en Abitibi. À son retour, Paul et Rouge s'établiraient à La Sarre. Ils avaient acheté un immense terrain semi-boisé sur une colline au sud de la ville sur lequel s'érigerait une résidence suffisamment vaste pour loger toute la famille élargie. Lorsque la construction de la nouvelle demeure s'éleva, les gens ne tardèrent pas à l'appeler Le Château.

UNE BELLE JOURNÉE

En 1967, Dany Aubé, chanteuse yéyé originaire de La Sarre, tenait le haut du palmarès avec *Ma Casquette*. La Polyno, établissement éducatif qui accueillerait des milliers étudiants du niveau secondaire, s'érigeait sur un terrain vague à l'entrée de la ville. Le réseau routier de l'Abitibi suivrait le progrès. Juste à temps pour l'exposition universelle de Montréal où, à l'ombre d'une biosphère vitrée, gens de tous âges et de toutes cultures découvriraient la planète.

Les baby-boomers arrivaient sur le marché du travail. La main-d'œuvre abondante frétillait de jeunesse. Les enfants de l'après-guerre, qui n'avaient pas connu les privations et l'horreur, sortaient, vindicatifs, des sentiers battus. Le Québec grouillait de partout. Des mouvements de masse se levaient. La province se voulait libre. La musique des Beatles et des Rolling Stones accompagnait cette nouvelle vague. La visite de par le monde avait rapporté les hallucinogènes dans ses bagages et la guerre du Vietnam tenait l'affiche dans les médias.

Paul et Rouge s'étaient exclus de la mêlée. Retraité de la frénésie du travail depuis belle lurette, Paul jonglait encore une fois avec le passé. Trois enfants en adoption le hantaient. Dans le temps, Raoul avait travaillé avec lui en apprenant à piloter. Mais de Lucienne et de Joachim, il n'en savait pas grand-chose. Paul avait cru bon de ne pas les déloger de leur foyer d'accueil pour qu'ils grandissent dans de meilleures conditions, loin d'un père qui n'avait pas su les protéger. Comme une vieille photo qui ternit au fil du temps, les souvenirs d'eux s'embrouillaient. Rongé par les regrets, il peinait à différencier ce qui s'était passé entre les années 1967 et 2000. Comme le temps avait passé ! Ce qu'il savait, c'est qu'il était devenu octogénaire. Il avait encore la forme et vivait avec Rouge, la femme qu'il aimait. Mais l'argent, les amis, les sorties, les voyages ne suffisaient plus à résorber l'entaille profonde de l'abandon de ses enfants. Des enfants qui n'en étaient plus d'ailleurs. Comment pouvait-il s'y prendre pour rétablir le contact ? En bâtissant Le Château, il avait cru qu'ils viendraient à lui.

Les visites à son ami Roméo Gamache le raccrochait au présent. Les deux amis s'étaient perdus de vue un bout de temps après la mésaventure de la Broadback. Depuis qu'ils s'étaient croisés par un heureux hasard en Floride, les deux comparses avaient gardé contact. Gamache vivait à Montréal. C'était relativement facile de le visiter. De La Sarre en Abitibi, où se dressait sa luxueuse demeure, Paul empruntait la route plus ou moins monotone du parc La Vérendrye. Au volant de sa voiture, il observait l'enfilade d'épinettes faire révérence aux bouleaux blancs. Les corbeaux perchés sur des branches dénudées guettaient la décapotable rouge suivi d'un camion dix roues chargé de bois d'œuvre. Telles des libellules à la surface de l'eau, les deux véhicules si différents l'un de l'autre semblaient glisser sur le ruban goudronné. Avec la route rectiligne qui se dessinait devant lui depuis des heures, la vigilance de Paul s'amenuisait. « Ouvre une fenêtre. Monte le son de la radio. Mâche de la gomme. Reste réveillé Paul. Si au moins y avait une place pour m'arrêter et faire une sieste au lieu de m'endormir au volant... »

Malgré les conseils à lui-même, Paul fermait les yeux de plus en plus souvent. L'auto prenait le contrôle sur l'homme qui n'était plus le maître. Sous l'assaut du sommeil, la voiture rouge avait fait une sortie de route. Le camionneur qui suivait s'était arrêté. Sous le coup de l'adrénaline, le routier avait réussi l'impossible : extirper la victime inconsciente de ce qui était devenu un tas de ferraille sous l'emprise du feu.

Couché sur une civière, Paul eut une nouvelle perte de conscience. Ce qui ne surprit pas Lucienne lorsqu'elle revint auprès de lui. Il avait subi une baisse de pression artérielle probablement due aux émotions brassées par les retrouvailles de sa fille. Lucienne venait de reconquérir son père. Allait-elle le perdre pour de bon cette fois ? Au mieux, elle se félicita de n'avoir émis aucun reproche. Pour l'heure, il fallait s'occuper du plus urgent : réanimer le blessé. Elle appela le médecin de garde. Par la suite, il serait toujours temps de rétablir le fil de sa vie personnelle.

Lucienne avait dû quitter la chambre de son père : on l'avait réclamé dans une salle de l'urgence où un autre monsieur Audet se battait entre la vie et la mort. Joachim Audet avait été retrouvé inerte dans une ruelle de La Sarre, derrière le pavillon de la gare de train. Les résultats des examens médicaux de son frère tardaient à venir. Ce soir, son quart de travail à l'hôpital lui ramenait les siens, du moins en partie. Lucienne refoula son envie de pleurer les malheurs qui hantaient sa famille. Elle retourna au chevet de son père qui recevait une perfusion sanguine. Réanimé par le procédé, Paul se réjouit à la vue de Lucienne qui resta près de lui aussi longtemps que possible. Paul s'endormit, cette fois d'un sommeil réparateur. Lucienne retourna auprès de son frère. La situation demeurait statu quo. La nuit achevait.

L'infirmière Audet quitta le bloc infirmier. La vie s'ouvrait sur un nouvel horizon. Elle ne s'inquiétait pas trop de son frère épileptique. Joachim avait traversé les ans dans une demi-conscience. C'était en jouant avec des allumettes qu'il avait allumé le feu responsable de la saga des Audet. Lucienne avait choisi son métier d'infirmière pour apprendre à guérir son passé. Elle ne fuirait pas devant les aléas de sa profession. Demain, elle prendrait contact avec son frère aîné Raoul. Elle organiserait une rencontre de famille.

En Abitibi, une famille disloquée par les épreuves renouait les liens qui les unissaient. Paul et Rouge se consacrèrent à reconstituer ce tableau de famille. Dans Le Château de La Sarre, la famille était réunie. Alice et les siens résidaient dans l'aile construite pour eux. Lucienne et Raoul occupaient les chambres qu'on avait prévues pour eux du temps de la construction. Quant à Joachim, il habitait désormais les lieux de façon permanente. Une infirmière, amie de Lucienne, prenait soin de lui. Elle veillait à ce qu'il prenne sa médication et fasse du sport quotidiennement.

Paul avait fait installer un court de tennis et une piscine chauffée recouverte d'un dôme derrière la grande résidence. Raoul et Joachim aimaient s'échanger des balles en compagnie de leur père qui avait retrouvé une certaine mobilité depuis l'accident. Alice et Lucienne appréciaient les baignades nocturnes. Avec Rouge, elles se laissaient flotter sur le dos à observer l'immensité céleste.

Désormais, Paul vivait ses montées d'adrénaline avec la reconstruction de son noyau familial. Une revanche à la vie. À pratiquer trente-six métiers, il s'était lui-même perdu. Où était son amour pour sa défunte ? Comment ce sentiment si intense s'était-il déformé pour laisser place à une autre dans son cœur ? Comment avait-il pu survivre aux décès de ses petits ? La souffrance l'avait rendu insensible si longtemps. Apprivoiser les fantômes du passé ; voilà ce qu'il avait réussi à faire à travers son hyperactivité professionnelle. Maintenant, la présence de la jeunesse dans son quotidien le rendait sage et serein. Sérénité qu'il partageait avec son ami de longue date, Gamache.

- Paul, réveille-toi. Pis toi aussi mon jeune. On est rendu au lac Mance.
- J'dormais pas pantoute. C'est beau par ici! T'as-tu une ligne à pêche pour moi, p'pa?
- Bien sûr, mon fils.

La forêt abitibienne brillait. Paul plissa les yeux et replaça sa casquette. Le soleil plombait sur l'onde. « Ça va être une belle journée aujourd'hui ! », se dit-il.

FIN

Made in the USA
Coppell, TX
10 September 2020